KB112500

아픔은 삶이 되고

아픔은 삶이 되고

발행일　　2018년 1월 12일

지은이　　김 성 숙
펴낸이　　손 형 국
펴낸곳　　(주)북랩
편집인　　선일영　　　　　　　　　편집　　오경진, 권혁신, 최예은
디자인　　이현수, 김민하, 한수희, 김윤주　　제작　　박기성, 황동현, 구성우
마케팅　　김회란, 박진관, 김한결
출판등록　2004. 12. 1(제2012-000051호)
주소　　　서울시 금천구 가산디지털 1로 168, 우림라이온스밸리 B동 B113, 114호
홈페이지　www.book.co.kr
전화번호　(02)2026-5777　　　　　　　팩스　　(02)2026-5747

ISBN　　　979-11-5987-869-5 03810 (종이책)　　979-11-5987-870-1 05810 (전자책)

이 도서의 국립중앙도서관 출판예정도서목록(CIP)은 서지정보유통지원시스템 홈페이지(http://seoji.nl.go.kr)와
국가자료공동목록시스템(http://www.nl.go.kr/kolisnet)에서 이용하실 수 있습니다.
(CIP제어번호 : CIP2018000673)

(주)북랩 성공출판의 파트너
북랩 홈페이지와 패밀리 사이트에서 다양한 출판 솔루션을 만나 보세요!
홈페이지 book.co.kr ・ **블로그** blog.naver.com/essaybook ・ **원고모집** book@book.co.kr

김성숙 에세이

아픔은 삶이 되고

세상에서 자신이
가장 불행하다고 느끼는
사람들에게 꼭 들려주고
싶은 이야기

북랩 book Lab

이 책을 내 어머니 마금순 막달레나께
바칩니다.

어릴 때부터 독서를 너무나 좋아했던 나는 돈을 벌기 시작하면서 급여일이 되면 반드시 서점에 가곤 했다. 읽고 싶은 책 서너 권을 고르다 보면 그렇게 행복할 수가 없었다. 서너 권 정도면 한 달에 후다닥 읽어 치울 수 있었다. 더 어린 시절엔 주변에 있는 책 나부랭이나 만화책까지 다 읽었다. 그러고 나면 나는 라면땅을 사 먹고, 거기에 쓰여 있는 글자를 한 자도 빼지 않고 읽었다. 아직 영어를 배우지 않은 때라 영어로 쓰인 글자만 빼고 다 읽어치웠다. 정말 읽을거리가 귀하던 시절의 얘기다.

가난한 집, 어머니의 막노동으로 우린 먹고 살았다. 스무 살이 되었을 때 나는 결심했다. 명품을 입을 수 없다면, 내가 명품이 되기로. 그 누구보다 잠을 아꼈고 노력했다. 그토록 열심히 살았건만 언제부터인가 삶의 무게가 나를 질식시키고 있었다. 내가 짊어진 짐이 감당하기 어려울 만큼 무거워졌다. 40대 중간의 어느 날 밤 나를 버리기로 했다. 너무 슬프고 무서워서 숨도 제대로 쉴 수 없었다. 하지만 어둠은 나만 상처 입힌 채 이 세상에 그대로 놔두고 가버렸다. 남은 건 손바닥 없이 남은 손목에 매달려 있는 왼손 엄지손가락 하나. 나를 죽여 영원히 사라지고 싶었는데, 운명은 나를 다시 이 지구 위에 세워놓았다.

앞으로 어떻게 해야 하나, 한 손으로 무얼 할 수 있단 말인가? 다시 나를 보내버리고 싶어도 이번엔 용기가 나지 않았다. 어머니에게 제일 먼저 말했다.

"어머니, 이젠 나 어머니한테 용돈 못 줘, 그러니 어머니가 벌어서 써"

스무 살 이후 처음으로 내가 아무것도 못한다는 것을 알았다. 도저히 받아들일 수 없었다. 어느 날 어머니 집에 가보니, 어머니는 소주병을 약 20여 개나 주워다 놓고 계셨다.

"어머니, 이거 뭐 하려고?"

"팔아서 용돈이나 할까 해서…"

나는 그때 어머니에게 불같이 화를 냈다. 제발 이런 거 하지 말라고, 다 갖다 버리라고.

그렇게 3년을 살다가 어머니는 급성 림프종으로 돌아가셨다. 약한 심장이 독한 항암제를 견디지 못했기 때문이다. 나는 어머니에게 속죄하기 위해 이 글을 썼다. 내가 돈을 번 이후로 어머니를 사랑하면서도 함부로 대했고, 어머니를 좋아하면서도 악을 쓰고 대들었다. 어머니가 없으면 못 살 것 같으면서도 어머니를 무시했다. 어머니가 돌아가셨는데 난 울지 않았다. 어머니는 금방 돌아오실 것이므로. 이렇게 아픈 나를 두고 어머니는 절대 나를 떠나지 않을 것이므로. 장애인인 나를 두고 어머니는 절대 죽으면 안 되니까. 어머니의 죽음이 슬퍼서가 아니라, 나 때문에 눈물이 났다. 왜 나를 두고 가셨는지. 장례식을 치르고 4년이 지난 어느 날 대성통곡을 했다. 그냥 눈물이 막 쏟아져 나왔다. 하루도 어머니를 생각하지 않는 날이 없었다. 잠자고 눈을 뜨면 어머니 생각이 났고 밥을 먹다가도 어머니 생각이 났고 벚꽃이 피어도 어머니가 생각이 났다. 눈물의 힘은 참 대단했다. 이제 어머니의 부재를 받아들이게 된 것이다.

한 해 두 해 지나면서 어머니는 가끔 꿈에서 만난다. 어머니는 이제 절대 내게 돌아오지 않을 것 같다. 세월이 흐르면 나도 어머니 옆에 가 있겠지.

나와 같이 늙어가는 초코를 위해서도 이 글을 쓴다. 그날 밤 내가 다쳐 의식을 잃어갈 때, 문 앞에서 얼마나 안절부절했을까? 너무나 영리한 아이여서 무슨 일이 일어나고 있다는 것을 알고 있었을 것이다. 하마터면 이 아이를 잃을 뻔했다. 퇴원 후 초코를 만났다. 내 왼팔에는 절대로 장난도 걸지 않는 아이. 착하고 순한 내 푸들 초코. 다음 생에는 꼭 사람으로 태어났으면. 할 수 있다면, 내 딸로 태어나길 바란다.

누구에게나 상처가 있다. 이 글을 쓰는 나처럼 자신의 상처가 너무나 커서 이 세상 위를 한 발짝도 내딛지 못하는 사람이 있을 것이다.

사람이 너무 미워 하루에도 열두 번 상대방을 죽이고 싶은 사람도 있을 것이다. 그러지 않아도 인간은 누구나 죽는다. 그러니 증오를 내려놓기 바란다. 그리고 상대방에 대한 증오 대신 자기 자신을 사랑해줘야 한다. 자신을 사랑해야 하는 줄 알면서도 우린 그것을 잘 못한다. 인간은 누구나 마찬가지다. 크든 작든 고민이나 걱정거리를 한두 개씩은 가지고 있다. 그 중에 자기 상처가 제일 커 보일 뿐.

다친 후 나는 현관 앞까지도 가지 않고 몇 년을 살았다. 갑자기 장애인이 되어 손이 한쪽 없어진 나를 받아들일 수가 없었다. 상처 때문에 나처럼 된 분이 분명 계시다는 걸 안다. 내 경험으로 보면, 밖으로 나가 햇볕만 좀 쬐어도 기분이 나아진다. 정말 밖에 나가기 힘들면, 태양 빛이 비추는 창문 앞에라도 앉아 있으면 좋겠다. 해가 옆으로 가면 또 옆 창문으로…. 그렇게 해바라기가 되어 보시면 어떨까?

죽음에서 살아나와 이 글을 쓴다. 내가 눈을 뜨자 남편은 앞으로 남은 삶을 나를 위해 살겠다고 했다. 하지만 그게 그렇게 쉬운가? 먹고 살아야 할 현실이 있는데.

나는 너무나 평범해서, 이 책을 읽는 독자에게 내세울 것이 하나도 없다. 그럼에도 불구하고 이 책을 펴서 읽으면서, 작은 희망부터 가지시라고 권하고 싶다.

무섭고 힘들던 시절은 시간이 치유해주었다. 견디다 보니 밖에도 나가고, 가끔 보고 싶은 친구도 만난다. 우리는 서로가 보이는 만큼씩 늙어 가고 있다. 그리고 삶의 연륜만큼 조금은 현명해져 있다고 확신한다.

한 손으로 이 글을 썼다. 오른손으로 쓰는데, 왜 왼쪽 어깨가 그리 아픈지.

오타투성이에다 한참 쓰다 보면 내가 쓴 단어가 분명한데도 뜻이 연결이 안 되는 문장이 한 무더기다.

불구가 되고 도저히 살아갈 희망이 보이지 않는 그런 시기에도 솟아날 구멍은 어딘가에 존재하고 있었다. 나는 자이언트 글쓰기 스쿨을 만나 나의 이야기를 쓸 용기를 얻었다.

앞이 안 보인다고 너무 절망하지 말고 미어캣처럼 일어서서 주변을 살펴보자. 그리고 가까이 있는 사람에게 손을 내밀어 자신의 고통을 얘기해 보시길 바란다. 반드시 그 손을 잡아줄 사람이 당신을 기다리고 있을 것이다.

차 / 례

다섯 번째. 나는 이렇게 살아간다

잃어버린 왼손

퇴원하는 날

약 6개월여의 입원을 마치고 이제 며칠 후면 퇴원이다. 이식수술한 팔과 무참히 생살을 베어낸 허벅지의 통증은 여전하다. 사람의 팔목 뼈와 팔꿈치 사이에는 두 개의 뼈가 있다. 하나는 엄지와 연결되는 척골 뼈이고, 나머지 하나는 새끼손가락 쪽으로 연결되는 요골 뼈이다. 나는 팔꿈치 약 10센티미터 아래부터 요골 뼈와 요골 뼈에 연결된 팔목 뼈, 그리고 손바닥과 손가락이 없다.

없어진 뼈 부분과 상한 조직을 모두 걷어내고 그 부분에 이식수술을 했다. 나는 허벅지가 튼실해서, 허벅지 살로 그 부분을 메웠다. 옆구리 살로 이식할 수도 있다고 했는데, 수술하고 나와 보니 다리에 유리로 후벼 파는 듯한 아픔이 느껴졌다.

이 수술을 의사들은 유리 피판술이라고 부른다. 이식할 곳에 허벅지 살과 혈관, 신경을 떼어다 이식하는 것인데, 굉장히 어려운 수술이라고 한다. 사실 머리카락 굵기만 한 신경을 머리카락보다

가는 실로 연결하려면, 숙련된 의사가 반드시 있어야 한다. 다행히 나는 좋은 의사를 만났고, 그 덕분에 이렇게나마 모양을 유지하고 있다.

퇴원 얘기가 나오고 그동안 정들었던 교수님, 레지던트 선생님들과 헤어질 생각을 하니, 좀 섭섭한 마음이 들었다. 이상했다. 병원은 누구라도 한시 바삐 도망치려 하는 곳이 아닌가? 퇴원하는 날 난 이 기분의 정체를 파악했다. 두려웠던 것이다. 40 중반까지 살면서 내가 장애인이 되리라는 생각을 조금이라도 한 적이 있던가. 당연히 없다. 오히려 암이라면 그래, 그 병은 많이들 앓으니까 걸릴 수도 있다고 조금쯤 인정하고 살았을 것이다. 하지만 장애인이라니, 그것도 여자가 손 한 쪽이 없는 장애인이라니…

게다가 통증은 아직도 잦아들지 않고 있었다. 생살을 떼어낸 허벅지가 오히려 더 아픈 것 같았다. 걸을 때 전혀 힘을 쓸 수 없었다. 아무리 급해도 평생 달리는 일은 없겠구나 싶었다. 계단 오르기도 어려운데, 버스는 어떻게 탈 것인가. 팔의 통증 또한 만만치 않다. 있는 손보다 사라져버린 손들이 너무 아팠다. 때로는 왼손 가운데손가락을 거친 시멘트 벽에 북북 긁어내리는 것 같고, 어느 날은 새끼손가락이 불에 타는 듯 아팠다. 의사들에게 얘기하니 환상통이라고 했다. 없어진 부분을 아직도 있는 것으로 인식한 뇌가 그쪽으로 계속 신경을 전달한다고 했다. 머리카락이 쭈뼛 서는 것 같은 통증. 어디다 머리라도 박고 싶었다.

드디어 날짜는 가고 퇴원 날이 왔다. 어머니가 퇴원을 도우러 와주셨다. 그런 어머니에게 무서워서 퇴원 못 하겠다고 하면 얼마나 상심하실까. 어떻게 해도 공포감을 잠재울 수 없었다. 원무과 수속을 끝내고 이제 약만 도착하면 병원 문을 나서야 한다. 약을 기다리는 동안 환자복을 벗고 사복으로 갈아입었다. 할 수만 있다면 그냥 환자복 차림으로 병원을 나서고 싶은 마음도 잠깐 들었다.

병원에 입원해 있을 때는 너도 나도 환자이고, 어디가 잘리고, 다치고, 거의 비슷한 모습들이다. 그래서 상대의 아픔을 잘 보지 않는다. 철없는 문병객들이 가끔 나에게 말을 붙인다. 어쩌다가 팔을 다쳤냐고 묻는다. 간단하게 "화상요" 하면 궁금증에 더 불이 붙는다. 그들이 꼭 덧붙이는 말이 있는데, '오른쪽이 아니라 그래도 왼쪽이라 다행'이라는 말이다. 다행? 나는 삶과 죽음을 왕복하며 겪어내고 있는데, 이게 다행이라고? 쉽게도 말한다. 그럼 유방암에 걸렸는데 '오른쪽이 아니라 왼쪽 유방이라서 다행이네요' 이렇게 얘기해도 되는 건가? 남의 아픔은 걱정해주는 척하면서 쉽게 얘기하면 안 된다. 그만하길 다행이네요. 환자들이 이런 소릴 들으면 기뻐할 줄 아는가? 아니다. 절대 아니다. 그러니 병문안 간 사람은 웬만하면 입을 다무는 게 좋다. 자기도 모르는 사이에 말실수를 할 수 있으니까.

간호사가 약을 한 뭉치나 가지고 왔다. 저 많은 약을 다 먹어야 하나 하고 잠시 생각하는데, 간호사가 약에 대해 설명해준다. 그리고 신청한 서류라며 내어주는데, 한 개가 모자랐다. 나중에 필요할 것 같아서 영상의학과에서 찍은 엑스선 자료와 혈관 조영술 했던 자료를 CD로 부탁했었다. 내가 부탁했던 간호사는 아직 경력이 얼마 안 돼 보이는 어린 간호사였다. 갑자기 머릿속에서 불같이 화가 일었다. 너무 화가 나서 말을 하는데, 입이 마비되고 말 그대로 눈에서 불꽃이 튀었다. 그걸 잊어버리다니, 그 멍청한 간호사는 어디 있느냐고, 매일 하는 일도 제대로 못 하면서 어떻게 환자의 생명을 돌볼 거냐며, 있는 대로 화를 냈다. 간호사 스테이션에 있던 선임자 간호사가 미안하다며, 한 시간만 기다리면 빨리 해서 갖다주겠다고 했다.

한 시간? 나는 항공편이 예약되어 있어서 바로 공항으로 가야 하는데, 한 시간이 그렇게 짧은 것 같으냐며 정말 미친 듯이 소리를 질렀다. 옆에서 어머니는 안절부절 못하고 계셨다. 폭발한 나의 감정을 쉽게 재울 수가 없었다. 그냥 가방을 끌며 아래층으로 갔다. 뒤에서 간호사가 주소 알려주면 우편으로라도 보내주겠다고 했다. 나는 그 말을 무시했다. 어머니가 뭐라고 사과하는 얘기가 들렸다. 난 어머니에게 버럭 소리 질렀다. 안 가실 거냐고.

아래층으로 내려왔는데 너무 밝아서 잠시 눈을 감았다. 어지럼증이 밀려왔다. 도저히 버스를 못 탈 것 같았다. 지난 가을에 입원해 병원에서 겨울을 나는 동안 남편이 긴 파카를 보내줘서, 그 옷을 입고 산책을 하곤 했다. 지금은 온갖 꽃이 피어 있는 눈부시게 밝은 봄이다. 그런데 나 혼자 그 두터운 긴 파카를 입고 있었다. 아아, 내가 내려간다고 살아낼 수 있을까?

하지만 나를 기다리는 아이가 있었다. 내 강아지 초코. 그 아이는 내가 인터넷으로 찾아 낸 애견 호텔에 맡겨놓고 있었다. 이제 이렇게 다치고 나니 내가 할 수 있는 게 없었다. 버스나 지하철을 타기가 무서웠다. 사람들과 눈을 마주치는 게 두려웠고 부끄러웠다.

그래, 택시를 타자. 서울 지리에 미숙한 나는 택시비가 얼마나 나올지 감도 안 잡혔다. 하지만 그냥 택시에 올라탔다. 어머니와 같이 내려가고 싶었지만, 어머니는 동생네 아이들을 더 돌봐줘야 했다. 어머니와 같이 갈 수만 있어도 이렇게 무섭고 떨리지는 않을 텐데. 마른 침이 꼴깍 넘어갔다. 공항 가자고 택시 기사에게 얘기해야 하는데, 목소리가 나오질 않았다. 겨우 "공항이요" 한마디 하고 뒷좌석에 몸을 숨겼다. 택시 기사가 이것저것 물어보면 골치 아프니까.

차창 밖으로 서울의 거리가 눈에 들어왔다. 아파트, 한강, 철교 위를 지나는 전철, 그렇게 내가 없는 6개월 동안 세상은 잘 돌아가고 있었다. 삶 속으로 내가 녹아들 수 있을까. 이 아픈 팔다리로 남의 도움 없이 살 수 있을까, 씻는 게 가능할까? 왼팔에는 안에 솜을 둘둘 말아 넣고 그 위에 통 깁스를 해놓은 상태다. 머리라도 감으려면 왼팔을 쳐들고 오른손으로 어찌어찌 씻어야 하는데…, 거기까지 생각이 미치자 모든 것이 절망적으로 보였다.

생각이 너무 많아지자 머릿속에서 전기가 흐르듯 갑자기 불꽃이 일었다. 깜짝 놀랐다. 그래, 내려가보자. 가서 부딪쳐보자. 우선 오늘은 초코를 찾는 거다. 6개월이라는 긴 시간이었지만, 나를 잊지는 않았을 거다. 애견 호텔비로 수중에 있는 비상금이 바닥나 있었지만, 후회는 없었다. 내게 중요한 건 우리 초코니까. 이 아이가 없었다면 분명 나는 제주도로 가서 딴 맘을 먹었을 거다. 내가 없어도 사람들은 시간으로 극복하며 어떻게든 살아낸다. 하지만 우리 초코는 내가 없으면 사라지게 된다.

깁스한 팔 상태가 좀 이상해 보였는지 항공사 직원이 수술 날짜와 부위 등에 대해 물어온다. 퇴원 계획서를 보여주었다. 의식이 명료한 환자인데 비행기에 안 태워줄 이유가 없다. 제주로 내려가게 되는구나, 드디어. 제주도는 정말 좁은 지역사회다. 조금만 번화한 곳을 한 시간만 걸어보자. 그럼 반드시 아는 사람 둘셋은 만나게 된다. 그만큼 좁은 곳이다. 나는 어떻게 해야 하나. 그렇게 잘난 체, 똑똑한 체하며 살던 저 김성숙이 이제 저것밖에 안 되는구나. 모두가 나를 비웃을 것 같았다.

몇 분 후 착륙한다고 안내 방송을 한다. 심장이 두방망이질을 쳐댔다. 손도 떨리고 목도 말라왔다. 어떻게 내리지? 손은? 그나마 다행으로, 팔은 깁스를 해서 어깨에 걸치는 보조기에 잘 숨겨져 있었다. 이만 하면 아무도 모르겠지. 하지만 끝에 손가락이 안 보였다. 내 손가락이 없는 걸 사람들이 볼 것 같아 불안했다. 사람들을 따라 내려 대합실에서 남편을 찾았다. 남편이 고생했다며 나를 맞아주었다. 남편도 힘든 나날을 보낸 건 마찬가지였다. 이제 누구 탓을 하면 뭘 한단 말인가. 어릴 적부터 힘든 일도 전부 걷어내며 강하게 앞길을 개척하며 살아온 내게 이 상황은 도무지 납득이 가지 않는다. 이것보다 더 힘들 때도 죽을 각오로 살아내지 않았던가? 두려움에 쫓기고 사람에게 쫓기고, 결국 영원히 숨을 길을 택했다. 하지만 사람은 나를 보내지 않았으며, 하느님은 날 받아주지 않으셨다.

오랜만에 온 제주가 낯설어 보였다. 서울과는 확실히 다른 섬만의 느긋함, 천천히 흘러가는 발걸음, 누구 하나 길을 재촉하며 뛰어

다니지 않는다. 그것이 내가 살아온 제주도였다. 하지만 나는 제주
도처럼 살지 않았다. 가진 것 없이 태어나 아버지도 없이, 어머니와
동생을 데리고 치열하게 살았다. 그런 내가 무너져 내린 것이다.

남편과 나는 초코부터 데리러 가기로 했다. 갑자기 마음이 급해
졌다. 나를 잊었으면 어떡하나? 내가 집에서 없어진 후 밥을 먹지
않는다고 했다. 일주일 이상 밥을 먹지 않아서, 갈비를 먹다가 갖
다 주면 조금 먹는다고 했다. 내가 사라지고 얼마나 충격을 받았
을지, 그건 그 아이만 알 것이다.

애견 호텔 앞에 차를 세우고 들어갔다. 얼른 둘러보는데 초코가
안 보이는 듯했다. 자세히 보니 초코는 목욕을 하고 예쁜 옷을 입
고 나를 기다리고 있었다. 내가 "초코야!" 하고 불렀다. 초코는 한
순간 못 알아듣는 것 같았다. 다시 "초코야!" 하고 불렀다. 그러자
그 아이는 단숨에 낮은 울타리를 힘껏 뛰어올라 내게 안겼다.

나는 초코를 안았다. 초코의 그 순한 눈망울에 가득 고인 눈물.
그 아이 눈에서 눈물이 또르르 굴러 떨어졌다. 우리 초코의 눈물
이 나를 울컥하게 했다. 나는 초코가 눈물을 떨구는 걸 두 번 보
았다. 한 번은 탈구되어 뒷다리를 양쪽 다 수술했는데, 수술 후 데
리러 갔을 때였다. 나를 보더니 한쪽 눈에서 또르르 눈물이 방울
져 떨어져 내렸다. 얼마나 무섭고 아팠을까? 자기를 버린 줄 알고
상심하고 두려움에 떨었을 작은 생명이 너무나 가여웠다.

초코는 내 코를 핥고 입술을 핥고 내 얼굴을 핥느라 정신이 없었
다. 그렇게 나는 집에 내려왔고, 우리 초코도 되찾았다. 내가 입원

후 몇 개월 지났을 무렵 남편은 식당을 하면서 동시에 팔려고 정리하고 있어서 초코를 돌볼 마음의 여유가 없었다. 12월 31일이 되면 어딘가로 보내겠다고 했다. 나는 동생을 보내 내가 알아본 애견 호텔로 데려가라고 부탁을 했다.

"이제 엄마랑 만났으니 넌 아무 데도 안 갈 거야. 엄마가 미안해, 초코야. 그리고 많이 사랑해!"

이식수술

    화상 전문 병원이라는 데서 한 달간 시간만 낭비하다가 한양대 병원으로 옮겼지만 여기서도 팔에 소독만 받고 있었다. 한 달이 넘어가고 있었다. 어느 날 자려고 밤에 누웠는데, 왼팔에서부터 이상한 느낌이 계속되고 있었다. 아주 작은 물방울이 또르르 굴러가다 팍 터지는 듯한 느낌이었다. 어쨌든 이 밤이 지나가야 아침에 의사들을 볼 거라서 극도의 마인드 컨트롤로 참고 있었다. 하지만 그것이 점점 등과 엉덩이, 몸에 열이 있는 부분으로 확대되었다. 그러면서 더 이상 마인드 컨트롤이고 뭐고 견딜 수 없는 지경이 되고 말았다. 간호사를 부르게 했다. 상처 있는 왼팔이 너무 심하게 아파서 붕대를 풀어보니, 아직 핏물이 흐르는 상처 안쪽에 남아 있는 살과 새로 생기기 시작하는 근육이 작고 뾰족뾰족한 피부염으로 빽빽이 채워져 있었다. 주사를 맞으면서 보니 등이며 엉덩이에도 그 뾰루지 같은 피부병이 가득 올라와 있었다. 소독만 하고 상처가 오픈되어 있는 왼팔에 가득 난 뽀루지. 이제 더 이상 참을 수가 없었다. 간호사에게 말했다. 내일 교수님 올라오면 바로 팔 잘라 달라고, 잘라주면 내가 제주도 가서 죽든 살든 알아서 할 테니까, 내일 당장 잘라달라고 했다. 간호사는 몸에 이런 게 나고, 아픈 곳도 가렵고 다른 곳도 너무 가려워서 그런 거니까, 조금만 마음을 가라앉히고 아침에 교수님이 오면 얘기하자면서 나를 달랬다. 나는 그때 결심이 확고했다. 아침에 레지던트들과 교수님이 오시면 바로 자르고 내려간다고.

아침이 밝아오고 레지던트들이 한두 명씩 보이기 시작하더니, 내가 있는 병실로 왔다. 무슨 일이 있었냐고 묻는다. 대답하기가 싫었다. 그런데 내 침대를 밀고 어디론가 나를 데려갔다. 어딜 가려는 거지? 나를 데려다놓은 곳은 간호사실 뒤에 있는 집중 치료실이다. 조금 후 성형외과 외래 보시는 교수님이 와서 그런다.

"팔 자르는 것도 힘든 수술이에요. 정형외과 예약 잡고 자르면 피부 이식수술도 해야 하고, 쉬운 게 아니에요. 그러니 한 번 더 생각해보세요."

좀 있으려니 내 담당 교수님이 들어오셨다.

"힘들어요? 김성숙 씨!"

눈물이 나왔다. 근 한 달간 보기 싫은 팔에서 붕대를 풀어 세숫대야만 한 통에 베타딘을 부어 30분씩 담그고 있어야 했다. 치료실에 들어오는 환자는 모두 그것을 안 보는 체하면서 다 보고 있었다. 심지어 일부러 보러 오는 사람도 있을 정도였다.

"교수님, 저, 팔 잘라주세요. 빨리 제주도 가서 마무리 짓고 싶어요."

"에이, 그런 말 하는 것 아니야. 어머님도 계신데 그런 말 하면 안 되지. 자식들은 어떻게 하고."

남은 가족에게 더 상처 주면 안 된다며 나를 달래주셨다. 기도를 열심히 하라고 하셨다. 어머니가 불쌍하지 않으냐면서, 어머니와 같이 기도하라고, 그럼 마음이 편해질 거라고. 굉장히 힘든 수술인데, 어떻게 수술 계획을 해야 최대한 조직을 남기면서 편하게 해줄 수 있는지 지금까지 방법을 찾고 계셨다고 한다. 어려운 수술이라 시간이 필요했다고.

그 끔찍한 피부병은 베타딘에 의한 부작용이었다. 피부과 며칠 다니고 깨끗이 나아졌고 절망적인 기분도 한결 나아졌다. 그 다음 주 화요일에 수술이 잡혔다. 시간이 걸리는 수술이다 보니, 그날 교수님 수술은 나 혼자뿐인 것 같았다. 새벽에 이것저것 수술 전 준비를 마치고 수술실로 향했다. 크게 두려운 마음은 없었다. 화상병원에 입원하여 벌써 두 번 수술 받은 경험도 있고, '아파야 얼마나 아프겠어?' 하는 마음이었다. 수술실로 들어가면 의사들이 괜찮은지 묻는다. "이제 마취할게요!" 하면서 입에 뭔가를 씌운다. 그리고 오른팔에 준비된 주사관으로 약을 밀어넣는다. 나는 "악!" 하고 소리를 지른다. 마취약이 들어갈 때는 정말 아프다. '좀 천천히 해주세요' 하고 싶은데, 나는 곧 의식이 사라진다.

이렇게 타거나 썩어서 없어진 부분에 피부와 살과 혈관 신경을 이식하는 수술을 유리 피판술이라고 한다. 옆구리 살이나 허벅지 살을 주로 사용한다. 난 옆구리 살을 떼었으면 좋겠다고 생각하면서 수술실로 들어갔는데, 마취되는 순간 아무 기억도 떠오르지 않는다. 피부나 혈관을 이식하는 것은 그래도 좀 쉬울 것 같다. 하지만 신경의 경우엔 머리카락보다 가는 신경을 그보다 더 가는 실로서로 연결해야 한다. 혈관도 이식하는 곳에 같이 이식을 안 해주면 이식받은 곳이 에너지를 받지 못해 썩고 만다. 그래서 이식한 살을 떠낼 때 혈관, 신경도 같이 가져와서 이식해야 한다고 한다.

시간이 많이 걸렸다. 아침 7시 30에 들어가서 5시 반에 회복실에서 마취를 깨면서 누워 있었다. 병실로는 가지 않고 간호사실 뒤에 있는 집중 치료실에 있었다. 전공의들이 밤새 들락날락하면서 피부 색깔이 변하는지 봐야 했다. 자기 살을 이식해도 잘 붙지 않고 푸르게 변하면서 썩어버릴 수가 있다. 수술 부위에 자그맣게 창을 하나 내어 의사들이 수시로 드나들며 보고 있었다. 도플러로 혈관이 잘 뛰고 있는지 확인하며 밤을 새웠다. 집중 치료실에 있었기 때문에 남편은 누울 곳이 없어서 밤새 내 옆에서 잠도 못 자고 내 신음 소리를 들어야 했다. 참 힘들었을 것이다.

수술한 팔을 베개 위에 올려놓고 절대 움직이면 안 된다. 잘못하면 겨우 붙어 있는 신경과 혈관들이 분리될 수도 있다. 그럼 수술은 헛고생이 되고, 이제 또 다른 곳 살을 떼어서 붙여야 한다. 마취가 풀리며 통증이 오기 시작했다. 허벅지는 뭔가 날카로운 걸로 쭉쭉 찢어내는 느낌이고, 고압전류 같은 것이 빙빙 돌며 그 열로 내 팔을 태우는 것 같았다. 도무지 참을 수 있는 통증이 아니었다. 제발 재워달라고 사정했다. 그랬더니 마취과로 보내서 겨드랑이에 마취 주사를 놓았다. 겨드랑이에서 손으로 내려오는 신경을 차단

하는 주사라, 임시적이지만 며칠 만에 잠을 좀 잘 수 있었다. 매일매일 치료를 하는데, 한 군데가 물이 좀 차면서 안 좋아지는 것 같았다. 할 수 없이 다른 쪽 허벅지를 대패 밀듯 얇게 떠내서 썩기 시작한 부분에 다시 이식해주었다. 수술하고도 몇 달 더 입원하면서 몇 차례 보완 수술을 했다.

지금 생각해보면 한양대 안희창 교수님이 나를 살려주신 것 같다. 팔꿈치에서 절단해서 집으로 내려왔다면, 난 더 이상의 미래를 생각하지 않았을 것 같다. 조직이 살아 있는 부분을 최대한 남겨서 수술해주시려 노력했고, 나중에 일상생활 할 때 조금이라도 불편을 덜어주시려고 최선을 다해주셨다. 나의 왼팔은 안희창 교수님이 살려준 거라고 생각한다. 그리고 끝까지 포기하지 않고 팔을 살리려는 남편의 노력이 있었다.

나는 몰랐지만 어머니는 교수님에게 당신의 팔을 잘라서 붙일 수 있을지 물어보신 것 같다. 그런 말을 나한테 꺼내면 내가 난리 칠 게 뻔했을 테니까, 교수님 따라 나가서 물어보신 것 같다. 세계적으로 아직은 남의 팔을 갖다 이식하는 게 보편적으로 행해지지는 않고 있는 듯하다. 면역 체계에 문제가 생겨서 오래 못 산다고 한다. 가능하다고 해도, 난 어머니의 팔을 갖다가 내게 붙이지는 않겠다. 불쌍한 어머니는 그렇게 해서라도 나를 돕고 싶어 하셨다.

지금도 너무 그리운 어머니!

교수님은 내게 하느님께 기도하라고 보실 때마다 말씀하셨다. 어머니를 따라 성당에 다니라고 하면서, 내게 기도로 마음의 안정을 찾기를 바라셨다. 나보다 더한 사람들도 밝게 살면서 남을 돕는 일을 한다고 하셨다. 나보다 더 잘 살고 명예 있으셨던 분들도 다 내려놓고 남을 위해 봉사하는 삶을 사시면서 인생을 충만하게 보낸다고 하셨다. 힘을 내야지, 자꾸 안 좋은 쪽으로만 생각을 몰아가면 주변 모두가 불행해진다고 볼 때마다 그러신다. 힘을 내서 살라고, 신신당부의 말씀을 잊지 않으셨다.

어머니는 정말 독실하게 하느님을 믿으셨다. 나를 치료해 주시는 성형외과 교수님은 독실한 기독교 신자다. 어머니가 오시면 항상 좋은 말씀을 해주시고, 어머니가 성당에 다닌다고 하니까 너무 좋아하셨다. "기도를 많이 해주세요. 김성숙 씨도 기도해요, 꼭" 그러면서 내가 수술해서 퇴원해 내려올 때면 화살기도도 해주겠다고 하셨다. 퇴원하고 3년은 1년에 3, 4번 수술 받을 일이 있었는데, 그때마다 꼭 어머니의 안부를 물어봐주셨다. 2013년 가을에 다시 왼쪽 팔뼈가 부러져서 수술을 받으러 갔다. 그때 어머니가 돌아가셨다는 말을 듣고는 "참, 좋은 분이었는데…" 하시며 안타까워 하셨다.

어머니가 돌아가시고 나는 남편과 함께 1년간 교리 공부를 하고 세례를 받았다. 어머니가 가끔 "성숙아, 너 성당에 안 다닐래? 나 혼자 가는 것도 외롭고…" 하시면서 몇 번 말꼬리를 흐릴 때가 있었다. 아, 왜 좀 더 일찍 성당에 어머니와 함께 다니지 못했던 것일까? 아주 가끔 세례를 안 받았을 때 어머니와 두어 번 성당에 간 기억은 있다.

어머니는 성당에 가도 어울릴 사람도 없고 외롭다고 한 적이 있었다. 그래서 일요일에 몇 번 따라 나선 적이 있었다. 따라 부를 수 없던 찬송가들. 반복하여 일어서고 앉고를 자주 하고, 앞으로 몇 번인가 나갔다 들어오기도 했다. 아무것도 모르겠고, 긴장되었다. 미사가 다 끝나니 너무 지쳐버렸다. 지금은 그 순간들이 너무 그립다. 조금만 더 일찍 어머니를 따라 성당을 같이 다녀드렸다면 얼마나 좋았을까. 만일 그랬다면 어머니가 그렇게 외롭게 하루 종일, 옛 노래가 나오고 가끔 사람들이 노래 신청도 하는 시청자 참여 음악방송 프로만 틀어놓고 멍하게 계시진 않았을 것이다. 지금도 가끔 어디서 어머니가 좋아하시던 노래가 들려오면 얼른 고개를 돌려 본다. "내 어머니가 좋아했던 노래네" 하고 중얼거리면서.

어머니는 내가 장애인이 되고 겨우 3년 뒤에 돌아가셨다. 팔을 잘라서라도 내게 주고 싶었던 어머니. 어머니는 나 때문에 너무 힘든 3년을 보냈다. 풍족하게 키우지도 못할 거면서 왜 나를 낳아서 이 고생하게 만드느냐고, 돈이 없으면 자식도 낳지 말아야 한다며, 어머니의 아픈 곳을 더 세게 후벼 팠다. 돌아서면 후회하고 속상해하면서도 3년간 지독히도 어머니를 괴롭혔다. 그래도 어머니는 묵묵히 매일 집으로 와서 빨래를 하고 밥을 해주셨다. 더운 여름 걸어서 땀을 뻘뻘 흘리며 와서는 나를 거두신다. 분명 나의 입에서 원망의 폭탄이 쏟아질 줄 알면서도 어머니는 그렇게 딸네 집으로 발걸음을 옮기시곤 했다.

내 사랑하는 어머니, 저를 용서해주세요. 이제 천국에서 어머니가 꾸미고 싶은 천국을 꾸미면서 사세요. 텃밭도 가꾸고 우리가 데려왔던 쎄리, 한중이, 천둥이 모두 다시 같이 살면 참 좋겠지요. 어머니…, 그곳에서는 꼭 행복하게 사세요. 매일 매일 그립습니다.

잃은 것과 얻은 것

퇴원하자 평범한 생활로 돌아가야 했다. 병원에 입원해 있을 때는 크게 불편함을 못 느꼈던 것들이 일상생활로 돌아오자 굉장히 힘들어졌다. 병원에서는 시간이 되면 밥이 나오고, 세탁할 일도, 청소할 일도 없었다. 집으로 돌아온 후 바로 밥도 해먹어야 하고, 세탁도 해야 하고, 샤워도 혼자서 해야 했다. 아직 수술 부위가 아물지 않고 뼈가 약해져 있는 상태라 통 깁스를 하고 있었다. 통 깁스를 해본 사람은 알겠지만, 정말 무겁다. 팔걸이를 하고는 있지만, 그 무게 때문에 어깨가 굉장히 아프다. 쌀을 씻고 밥하는 게 너무 힘들었다. 쌀을 씻어 밥통을 들고 돌아서서 전기밥솥에 넣어야 하는데, 왼손을 못 쓰니 손에 잡은 걸 내려놓고 나서 밥통 뚜껑을 열고 집어넣어야 했다. 처음에는 이런 게 익숙하지 않아 정말 힘들었다. 짜증이 머리끝까지 솟구쳤다. 머리 감을 때도 한 손에 샤워기를 잡으면 샴푸 칠할 손이 없어서 정말 힘들게, 겨우 옷을 다 적시며 감아야 했다. 빨래를 하고 빨래를 개켜야 하는데, 한 손으로 하는 게 결코 쉽지 않았다. 수건같이 반듯한 것들이야 쉽게 할 수 있겠지만, 셔츠나 양말 같은 것들은 그냥 서랍장 안에 넣어버렸다. 빨래 개기가 힘든데, 그걸 하면서 화가 머리까지 솟구칠 게 뻔한데…, 웬만하면 화내지 않는 방향으로 마음을 다스릴 필요가 있었다. 예전처럼 모든 걸 완벽하게 할 수 없다는 걸 받아들여야 한다.

혼자 하기 어려웠지만, 시간이 지나면서 조금씩 익숙해지기 시작했다. 물건을 들고 문을 열어야 하면 미리 문을 열어놓고, 냉장고에 음식을 넣어야 하면 냉장고 문을 미리 연 뒤 음식을 손에 잡고 냉장고에 넣는 식으로 미리 계산하고 행동했다. 그러다 보니 정신적으로 조금씩 안정을 찾기 시작했다.

그리고는 마음을 다스려야 한다는 생각에 성경을 쓰기 시작했다. 우선 신약성경을 먼저 쓰기 시작했다. 밤이든 낮이든 잠자지 않는 시간에는 성경을 써내려갔다. 약 1년에 걸쳐 신약성경을 다 썼다. 두꺼운 대학노트 6권 정도를 써서 신약성경 필사를 완성했다. 이 시기에 내가 성경이라도 쓰지 않았다면 나는 미쳐버렸을지도 모른다. 나는 그렇게 마음을 다스려야 했다.

시어머니는 내가 일을 할 수 있는데도 안 한다고 생각하시는 것 같았다. 작은 시누이가 아기를 낳아서 이틀 연속 갔더니, 어떻게 시간이 남아 또 왔냐고 하셨다. 물론 찾아보면 일을 못 할 것도 없다. 하지만 아직은 팔과 허벅지의 통증이 상상을 초월한다. 허벅지는 혈관과 신경들을 생살 그대로 고스란히 떠낸 상태라 통증이 더 심한 것 같다. 버스에 오르내리기가 어려울 정도이고, 빨리 걷지도 못했다. 아들 혼자 일하고 고생하는 게 안쓰러워서 그러신다는 것을 이해는 한다. 둘이 식당을 하다가 제대로 되지 않았고, 4년 만에 가진 돈 다 쓰고 시어머니한테 빚까지 얻은 상태로 문을 닫았다. 식당과 집이 같이 있는 건물이었는데, 내가 수술 끝나고 내려가서 얼마 안 있어 바로 팔렸다. 그때 우리는 누구보다 시어머니 빚을 먼저 갚았다. 은행에서 대출까지 받아 빌려주신 돈이라 하루라도 빨리 갚아 드려야 했다. 우리가 제대로 하지 못해 실패했기 때문에 변명의 여지도 없었다. 그 모든 것은 나의 책임이었다. 내가 잘못했고 스스로 다쳤기 때문에 문을 닫았고 팔 수밖에 없게 된 것이다.

식당을 하면서 나는 육체적으로, 정신적으로 참 힘들었다. 손님들의 언어폭력이 난무했다. 일이 힘드니 부부싸움도 잦을 수밖에 없었다. 나는 시들어가기 시작했다. 마음이 힘들고 몸이 힘들어 체중이 40kg이 안 될 정도로 빠지기 시작했다. 너무 아팠다. 남편의 말이 가슴 아프고, 식당일이 힘들어 몸이 점점 쇠락해갔다. 그렇게 약 4년 가까이 일을 하다가 결국 나는 모든 걸 포기하는 길을 택했다.

제삿날이었다. 부지런히 식당일을 좀 일찍 마감하고 서귀포 시집으로 향했다. 하지만 신발을 채 벗기도 전에 시어머니는 우리가 늦은 것에 대해 나무라기 시작하셨다. 정말 최선을 다해 하루 종일 일하다가 조금이라도 빨리 오려고 헐레벌떡 일찍 문을 닫고 왔는데…, 가게가 어떻게 되든 일찍 와서 준비를 할 걸 하는 후회가 되었다. 남편은 화가 나서 나가고, 나는 시어머니의 화를 들으며 그대로 굳어 버렸다.

그때의 나는 최악의 위기를 겪고 있었다. 여행사를 운영했는데, 식당을 개업해서 정말 시간적으로 여행사 일에 신경 쓸 수가 없었다. 식당일은 하루 종일 해도 해도 끝이 없었다. 나는 지쳐갔다. 여행사는 국내 여행과 대한항공, 아시아나 발권을 하고 있었다. 그러다가 해외 수요가 있었고, 해외 여행업 허가를 내는 데 통장 잔고가 필요했다. 제부에게 보증을 부탁하니, 제부 명의의 땅을 담보로 돈을 마련할 수 있게 해주었다. 그 돈도 어느 정도 쓰고 제부에게 돌려주어야 하는데, 여행사 일에 신경을 못 쓰게 되면서 이자가 밀리기 시작했다.

월급을 주기 위해 내가 갖고 있던 목걸이, 시계, 귀고리 등 금붙이를 모두 팔아치웠다. 그걸로 직원들 월급에 보태 썼다. 결국 제부가 보증 서준 돈을 못 갚게 되자 제부 아버님이 대출을 대신 가져가셨다. 정말 제부와 동생, 사돈집에 얼굴을 들 수 없는 상황이 되어버렸다. 하지만 그분들은 정말 어떻게 표현해야 할까, 인격적으로 너무 다듬어진 분들이었다. 그런 일에도 찾아와 욕설 한 번 안 한 분들이었다. 나중에 제부는 아버님 계좌번호를 주면서, 얼마큼이라도 갚을 수 있는 만큼씩만이라도 입금해달라고 했다. 어떻게 안 할 수가 있겠는가?

남편은 내게 집으로 가라고 했다. 혼자 제사를 지내고 집으로 온다며 나와 아들을 먼저 집으로 보냈다. 그날 나는 그렇게 왼손을 잃었다. 도무지 살아갈 용기화 희망이 안 보였다. 세상과 나를 연결해줄 끈이 모두 끊어져 아무것도 붙잡을 것이 없어보였다. 그런 비극적인 생각과 절망이 나를 암흑의 세계로 인도하고 있었다. 두렵고 고독했다. 무서워서 이가 덜덜 떨렸고 가슴 양쪽이 커다란 바위에 눌린 듯 아파서 숨 쉬기가 힘들었다. 어머니 생각에 가슴이 미어지는 것 같았다. 화장실 바로 앞에 앉아 있는 우리 강아지 초코의 숨소리가 느껴졌다.

하지만 아직 세상에 못 다 갚은 빚이 있어 나는 이 세상에 다시 나왔다. 우리 초코를 되찾았다. 그 아이에게 너무나 미안했다. 어머니는 또 얼마나 놀라고 가슴 아팠을까? 매일 우리 집으로 오셨다. 내가 한 손으로 아무것도 할 수 없다고 생각하시고 나를 도와주러 오셨다. 그런 어머니에게 나의 분노를 대신 표출했다. 지금 생각해봐도 내가 정상이라면, 우리 어머니같이 착하고 어진 분에게 그런 악다구니 말들을 어떻게 쏟아낼 수 있었을까. 믿을 수가 없다. 내가 얼마나 못된 딸이었는지, 어머니가 돌아가신 지금 가슴이 미어지게 아프다. 가끔 어머니가 너무 그리워 목 놓아 어머니를 부르고 또 부르며 피맺힌 울음을 운다. 그렇게 사랑한 어머니에게 말로 할 수 있는 모든 고통을 안겨드린 나. 이제 와서 후회해도 어머니는 내 곁에 안 계신다. 울컥 가슴에서 뜨거운 덩어리가 차올라올 때면, 그리운 어머니가 꿈에라도 한 번 오시면 얼마나 좋을까 하고 부질없는 바람을 가져본다.

이제 한 손으로도 웬만한 것은 거의 할 수 있다. 과수원 가서 일도 할 수 있어 그리 눈치가 보이지도 않는다. 처음엔 무리해서 어떻게든 잘해보려고 일하다 다친 왼팔 뼈가 골절되었다. 그 때문에 서울 가서 수술 받은 적도 한두 번이 아니어서 수술로 지쳐갔다. 하지만 이젠 그리 무리하지 않고 내가 할 수 있는 일을 소신껏 하고 있다. 귤을 수확하면 택배로 판로를 개척하고 조금이라도 소득을 올릴 수 있는 방법을 생각해내고 실천한다. 사람들을 써서 일을 하게 되면 간식 챙기는 일도 내가 할 수 있으니, 그런 일도 즐겁다.

나를 죽음의 계곡에서 건져주신 하느님의 뜻이 반드시 있을 것이다. 죽음 대신 삶의 축복을 주셨으니, 나는 미움과 증오를 얘기하는 대신 내 희망을 쓰겠다. 하느님은 다시 내가 죽을 때까지 축복을 주셨고, 분명 나의 길을 열어두셨을 것이다. 나의 기쁨과 행복이 돌아가신 내 어머니의 절망에 대한 치유이다.

어머니, 보고 싶습니다. 제가 잘못했습니다. 용서해주세요.

'나는 행복해진다. 나는 가슴 풍요로운 삶을 살아간다. 나는 사회에 꼭 필요한 일을 한다. 그것이 버려진 쓰레기를 줍는 일이라 할지라도, 기쁜 마음으로 그것을 할 것이다.'

과거의 과오와 실패, 잘못된 판단으로 내 어머니와 동생들에게 아픔을 준 것을 후회하는 대신, 나의 행복을 기원하겠다. 내가 행복하고 스스로 잘 서 있어야 가족들과 주변 사람들도 행복해질 것이다. 내가 누구를 행복하게 해주려고 노력하는 대신, 내가 즐겁고 웃고 스스로 행복해지면 자연스레 주변 모두 행복해지리라 믿는다.

발가락 이식과 친구 선영

왼팔을 자르지 않고 엄지손가락을 구하고, 몇 개월 만에 퇴원을 했다. 1년쯤 지나자 남편은 발가락 한 개를 남아 있는 엄지 옆에 붙여보자고 했다. 나는 정말 그 수술이 무서웠다. 허벅지 살 뗄 것도 아팠는데, 발가락을 잘라내야 하다니, 얼마나 아플지 상상이 가지 않았다. 손가락을 움직이면 내가 생활하기가 훨씬 편할 것이라는 이유였다. 물론 밭일도 거들 수 있다는 생각이었다.

너무 강력히 얘기하는 바람에 초코를 동물병원에 맡기고 어머니와 서울 한양대 병원으로 향했다. 이번 수술은 정말 정교하고 시간이 많이 걸린다고 했다. 정말 그랬다. 아침 7시가 조금 넘어 수술실에 가서 준비를 했다. "이제 마취 시작합니다" 하면서 입에 튜브로 연결된 마스크를 씌우고 링거 줄에 마취약을 밀어 넣었다. 또 '악' 소리가 났다. 혈관을 칼로 긋는 듯 아팠다. 수술을 마치고 회복실에서 눈을 떠보니 거의 밤 9시가 다 되어 있었다. 눈을 뜸과 동시에 참을 수 없는 고통이 몰려왔다. 아픈 곳이 팔인지 발인지 분간할 수도 없었다. 발가락을 자른다고 해서 발가락만 싹둑 자르는 게 아니다. 발등에서 발가락 까지 뼈를 잘라 내야 하는데, 절개를 발등과 발바닥에 동시에 한다. 완전히 발을 두 갈래로 쪼개서 뼈를 잘라 내는 것이다. 그러니 통증은 내가 아는 어떤 말로도 표현하기가 어려울 지경이었다.

처음에 다치고 거의 1년간 수차례의 수술을 거쳐, 이젠 좀 통증을 받아들이기 시작했다. 안 아픈 것은 아니지만 진통제로, 마인드 컨트롤로 어느 정도는 통증과 같이 갈 수 있었다. 처음에 화상으로 타버린 뼈와 살을 메꾸는 이식수술이 성공적으로 잘 끝났다. 그 사이 중간 중간 팔에 이상이 생겨 몇 번의 수술을 더 했다. 골절되거나 수술한 팔 안에 뼈를 이어주는 나사가 빠져 피부를 뚫고 나와서, 다시 새것으로 교체하는 간단한 수술들을 했다. 커다란 종양이 신경 끝에서 자라면서 신경을 압박하여 그것을 제거하는 수술도 있었다. 1년에 2~3회, 참 쉬지 않고 수술 받으러 서울을 드나들었다.

이번 수술은 시간도 오래 걸렸지만, 통증을 어떻게 다스릴 수가 없었다. 모르핀은 물론 그것보다 더한 마약성 진통제를 써도 통증을 견디기에는 역부족이었다. 잠이라도 오면 좋으련만, 너무 아프면 잠도 안 온다. 드레싱 해놓은 발을 바람처럼 가볍게 터치해도 끔찍한 통증을 느낄 정도였다. 갑자기 입이 얼어붙는 것 같았다. 얼굴에서 피가 다 빠져나가는 느낌이 들었다. 진통제를 더 달라고 해야 하는데, 말이 안 나왔다. 메모지로 진통제를 달라고 '진통제'

라고 쓰고 의사에게 건넸다. 갑자기 위와 장이 꼬이고 숨조차 안 쉬어졌다. 아아, 이 통증이 도대체 언제까지 갈 것인가? 팔목 뼈도 거의 없는데, 엄지 옆에 발가락을 하나 붙였다고 사용할 수 있을까? 후회가 밀려왔다. 이렇게 아플 거라면 하지 말았어야 한다. 어머니가 같이 가 계셔서 난 입이 마비되고 얼굴이 마비되고 호흡이 마비되는 순간에도 어머니에게 아프다는 말을 안 했다. 어머니의 걱정과 불안이 극에 달할 테니까. 어머니는 하지 말라고 말렸던 수술이다.

첫 번째 수술을 하고 제주도로 내려갔을 때, 난 외출을 거의 하지 않았다. 병원에 가는 날엔 꼭 호주머니 있는 옷을 입고 왼손을 주머니 안에 넣고 다녔다. 하루에 한 번 초코는 산책을 시켜줘야 했다. 그때도 꼭 호주머니 있는 옷에 모자를 반드시 쓰고 다녔다. 아무도 마주치고 싶지 않았다. 멀리서 아는 사람이 보이면 얼른 다른 길로 돌아갔다. 장애 3급, 짧아진 왼쪽 팔, 너무 초라해진 나를 아는 사람에게 보이는 게 정말 죽을 만큼 싫었다.

그런데 친구 선영이가 보고 싶었다. 선영이는 초등학교, 중학교, 고등학교 때부터 현재까지 친하게 지내고 있는, 마음이 가장 잘 맞는 친구다. 처음 교사 발령을 경기도로 받아 그쪽에서 결혼도 하고 열심히 사는 친구이다. 이런 모습이지만, 그 친구만큼은 나를 있는 그대로 보아줄 것 같았다. 전화를 하니 그 주 토요일 당장 오겠다고 했다. 교사라 평일은 시간이 없다. 남편과 오지 말고 혼자 와달라고 했다. 친구가 알았다고, 꼭 온다고 하며 전화를 끊었다. 아, 괜히 전화를 한 것일까? 다친 지 2년이 다 돼 가는데….

친구는 정말 병원으로 나를 보러 와주었다. 어머니가 "선영이 왔구나!" 하시면서 밖에 좀 있겠다며 나가자, 친구도 따라 나간다. 어머니가 울컥 눈물을 참는 것을 본 것 같았다. 잠시 후 들어온 친구 눈도 벌겋게 충혈되어 있었다. 몇 년이나 지났는데, 왜 이제야 연락했냐면서 원망 아닌 원망을 했다. 네가 어떻게 생각할지도 모르겠고, 사실 누구에게도 알리고 싶지 않았다고 했다. 왜 그랬는지도 묻지 않았다. 내가 얘기하고 싶으면 언젠간 얘기할 거라는 걸 알 테니까. 이제까지 수술 후 방문한 유일한 친구다.

선영이는 어머니가 와서 나를 병간호하시는 걸 보고 마음 아파했다. 어머니는 심근경색, 협심증을 앓고 있어 무리한 일을 안 해야 하는데, 나 때문에 몸도, 정신도 완전 피폐해지셨다. 그런 어머니가 내 병시중을 들고 있는 것이다. 보호자용 침대는 진짜 사람 폭만 한 크기에 이불도 제공되지 않았다. 그래서 내 담요를 드려 덮으시게 했다. 나야 침대 위니까 시트를 두 장 덮으면 춥지 않았다. 환자 보호자는 꼭 있어야 한다면서 이불은 주지 않는 불합리. 간병인 아주머님들을 보니 이불을 돌돌 말아 가방에 넣고 다니신다. 여하튼 간병하는 사람이 불편한 게 한두 가지가 아니다.

친구와 얘기하다 보니 앞으로 어떻게 살아야 할지 미래가 보이질 않았다. 장애인이 된 몸으로 결혼 생활을 이어가고 싶지도 않았고, 밭에 가도 제대로 일도 못 할 건 당연했다. 정말 미래가 암흑 속에 묻혀 아무것도 보이지 않는 듯했다. 밖이 깜깜해져갔다. 뭐 필요한 것이 없냐고 물었다. 나 원 참, 그때 왜 가습기 생각이 난 걸까?

나는 바보 천치가 된 기분이었다. 병원 공기가 너무 건조하여 숨쉬기가 힘들다고 느껴져, 그냥 생각 없이 가습기가 하나 필요하다고 내뱉었다. 친구는 바로 나가 왕십리역에 있는 이마트에서 가습기를 하나 사다주었다. 병원까지 와준 것도 고마운데 그런 심부름까지 시키다니.

수술한 지 며칠 지나지 않은 상태라 아직 걷지 못할 때였다. 통증도 만만한 상태가 아니었고, 자주 마취통증과에 가서 주사를 맞고 올라와야 겨우 두어 시간 잘 수 있었다. 더 어둡기 전에 친구에게 가라고 하고, 나는 다시 혼자가 되었다. 다다음주에 다시 온다고 해서 오지 말라고 했다. 서울은 교통도 많이 막히는데 어떻게 다시 오냐고, 안 와도 된다고, 오늘 와준 것만도 너무 고맙다고 했다. "몸조리 잘해" 친구는 작별인사를 하며 돌아섰다. 어머니가 선영이를 배웅하려고 같이 나갔다. 늘상 혼자였으면서, 새삼스레 굉장히 외롭다는 생각이 들었다. 소리 없는 눈물이 베갯잇에 방울방울 떨어져 내렸다. 어머니가 선영이를 배웅하고 들어왔다. 내가 울면 어머니 가슴이 미어질 것이다. 그동안 울지 않으려고 얼마나 어금니를 물고 참아왔던가. 눈물이 가득한 눈을 뜰 수가 없었다. 어머니가 내게 선영이가 봉투를 하나 주었다고 했다. 안 받으려고 했는데 얼른 어머니 주머니에 집어넣고는 승강기에 타버렸다고 했다. 봉투에는 30만 원이나 들어 있었다. 이렇게나 많이…

'맛있는 거 사먹고 빨리 기운차려.'

2주 후 친구는 정말로 왔다. 마음 한구석엔 기다리는 마음이 있었나보다. 너무 반가웠다. 이번 수술은 수술시간이 긴 만큼 입원

기간도 길었다. 이식해서 손으로 옮긴 발가락이 이상 없이 잘 붙는지, 절단한 발은 이상 없는지 살펴야 했다. 한 달쯤 되니 벽을 짚으면서 혼자 화장실에 갈 수 있는 정도가 되었다. 어머니를 제주도로 내려 보냈다. 어머니도 나를 간병하며 너무 힘들어서, 왕십리역 근처에 있는 정형외과에 치료받으러 다니시곤 했다. 초코도 굉장히 기다리고 있을 것이다. 하얀 차만 보이면 의자 등받이에 올랐다 내렸다를 반복하며, 내가 왔는지 확인하곤 할 것이다. 엄마가 안 보이면 얼마나 실망할까? 하루에 몇 번을 그렇게 실망하고, 또 기다리기를 반복하고 있을 것이다. 초코는 그 동물병원에 자주 가 있었다. 내가 수술하러 갈 때마다 가 있었고, 나중에 어머니가 림프종으로 투병하실 때도 가 있었다. 난 그때 병원에 24시간 있어야 했으므로.

선영이와 나는 정말 오랜 기간 서로를 알아가며 성장했다. 초등학교 때 선영이는 공부도 잘했지만, 예쁜 옷도 많이 입고 다녔다. 할머니가 부산 사시는데, 일 년에 두어 번 내려오셨던 것 같다. 선영이에게 예쁜 걸 많이 사다주셨다. 선영이는 공부도 잘하고 학교 선생님에게 귀여움을 독차지하고 있었지만, 그 당시 나는 동생이 어린아이여서 동생을 돌보느라 결석도 잦았고 공부에 대한 관심이 크게 없었던 것 같다. 4학년쯤으로 기억된다. 과학 선생님이 계셨는데, 나보고 자꾸 "똑똑한 아이야!" 하고 부르셨다. 과학실 심부름도 내게 시키면서 "똑똑한 아이야" 하며 과학실 가서 이런저런 걸 가져오라고 곧잘 시키셨다. 그때가 계기였던 것 같다. 공부를 잘하면 선생님들에게 인정받는다는 것을 알게 되었다.

그 후 정말 열심히 공부했다. 국사책을 한 권 외워버릴 정도로 공부를 했다. 그 결과가 조금씩 나타나더니 5학년 때부터는 줄곧 상위권을 지켰다. 그래서 공부 잘하는 선영이와도 친구가 되었다. 그리고 지금은 나를 가장 잘 알고 이해해주는 가족 같은 존재가 되었다. 얼마 전 자이언트 스쿨 글쓰기 강좌가 끝나는 날, 선영의 집을 잠깐 방문하고 돌아왔다. 행복한 가정을 꾸리고 사는 친구가 좋았다. 그 친구가 항상 건강하고 행복하길 바란다. 나에겐 없어서는 안 될 소중한 사람이므로.

두 번째

사랑하는
사람들

생이별

큰일을 겪으면서 느낀 점은, 가족 중 한 명이 돈으로 절망의 골짜기에서 헤매든지, 부부관계, 사회에서의 인간관계 등에서 최악의 시련을 겪고 있든지 간에, 혈연으로 연결된 가족은 결코 저버릴 수 없다는 것이다. 잘못한 형제나 부모, 자식에게 화가 나서 화풀이를 할지언정 당장 나가라고, 이 집에서는 밥 먹을 생각 하지 말라고 하는 따위의 말을 결코 할 수가 없다는 것이다. 처음엔 정말 화가 나고 해결의 기미가 보이지 않아 화가 난 나머지, 입에 총부리를 단 것처럼 얼마간은 쏘아대다가, 결국은 등을 쓰다듬으며 같이 울게 된다는 점이다.

20대 후반에 나는 그때만 해도 직원들이 부러워할 만한 직업을 갖고 있는 사람과 결혼했다. 나도 회사 다닐 때라 크게 돈에 구애를 받고 살지는 않았다. 둘이 통장에 들어오는 금액이 보통 600~700만 원, 많으면 800~900만 원 정도는 되었던 것 같다. 지금부터

28~29년 전쯤의 일이니 지날 만큼 지난 일이다. 물론 다른 회사에 비교하면 어떤지 모르겠지만, 나름 돈에 신경 쓰면서 허덕이는 삶을 살지는 않았다.

나에겐 정말 눈에 넣어도 아프지 않을 딸이 하나 있었다. 무얼 해도 예쁘고 그 아이 입에서 나오는 얘긴 뭐든 듣기가 좋았다. 문방구를 좋아하여 그 앞을 지나올 때는 발길이 떨어지지 않아, 색종이라도 하나 사야 그 앞을 지나올 수가 있었던 아이였다. 하지만 난 낳기만 했지 진짜 엄마인 적은 없었던 것 같다. 아이가 다섯 살쯤에 이혼을 했고 아이를 나와 살게 해주겠다던 애 아빠는 어느 정도 아이 양육비를 부쳐주다가 홀연히 내려와 아이를 데려가 버렸다. 갑자기 나의 존재 이유가 사라져버려서, 모든 삶을 포기하고 놓아버리려 했다. 하지만 어머니가 완강하게 나를 붙잡았다. 한편으로 어머니의 존재 이유는 바로 나였기 때문이다. 그때 꼭 이혼을 했어야 했을까. 지금도 가끔 의문을 던져본다.

당시 아는 사람이 하도 급하다면서, 보증을 서주면 가까운 시일 내에 이자도 높게 쳐서 반드시 갚아준다며 나를 안심시키고 대출을 받았다. 지금 생각해보면 참 어이없고 바보 같은 짓을 한 거였지만, 사람을 잘 믿는 나는 아무런 의심을 하지 않았다. 그러다 IMF가 터졌고, 사업하는 사람들과 직장에선 명예퇴직이 전염병처럼 퍼졌다. 지인이 처음엔 대출받은 후 이자도 착실히 잘 갚아서 정말 안심하고 있었다. 대출도 한 군데 은행에서만 받은 게 아니리, 꽤 여러 군데에서 받은 것 같았다. 나 말고도 보증 서준 사람이 또 있었던 것이다.

결국 대출받은 사람은 전화도 안 받고, 말 그대로 세상에서 사라져버렸다. 정말 일에 집중할 수 없을 만큼 금융기관에서 전화가 오기 시작했고, 그들은 결코 멈추질 않았다. 당사자가 사라졌으니 보증인으로서 직장이 있는 내가 제일 가능성이 있어 보였던 것이다. 하지만 그 당시 거의 제주도 아파트 한 채 값의 보증을 섰고, 억울하게도 당장 갚을 돈이 없었다. 어떻게 해야 할지, 정말 매일매일 이 살얼음 위를 걷는 듯한 기분이었다. 휴대폰으로 전화라도 오면 나는 거의 경기를 일으킬 정도로 무서웠다. 이자를 당장 안 내면 신용 불량자로 완전히 몰릴 판이었다. 그래서 할 수 없이 내가 가지고 있던 신용카드로, 용어도 잘 생각나지 않는다. 카드론인가? 여하튼 그런 종류의 대출을 받아 급한 이자들을 대신 물 수밖에 없었다.

그때 참 고마웠던 S은행 대리님이 기억에 남는다. 그 대리는 나보고 이렇게 하는 건 결국 밑 빠진 독에 물 붓기이니, 은행하고 상담해서 내 몫만 갚는다고 하고 상환금액을 최소한으로 해보자고 했다. 내가 갚을 수 있는 금액이 어느 정도인지 확인하고 지점장에게 결재를 받은 후 내 보증 몫만 갚도록 결재를 해주었다. 큰 금액의 대출이라 그 은행엔 나 말고도 다른 보증인이 있었다. 그렇게 은행 담당자와 상의하고 내 명의로 대출을 받고 갚아 나가기 시작했다. 하지만 그 은행만 있는 게 아니었다.

N은행도 꽤 큰 금액이 대출되어 있었다. S은행에서 배운 게 있는지라 대출을 받고 그 돈을 사용한 사람이 연락이 안 되어 할 수 없이 은행에 왔지만, 가지고 있는 돈도 없으니 내가 대출을 받고

대신 갚겠다고 했다. 하지만 N은행에선 보증인을 요구했다. 내가 어디 가서 보증인을 구할 것이며, 보증인을 세워가며 그런 돈을 대출받고 싶지도 않았다.

나는 큰돈을 벌어 막 쓰면서 사는 걸 좋아하는 사람이 아니다. 돈보다 명예를 굉장히 중요하게 여기는 사람이다. 정말 위기에 빠졌다는 것을 실감했다. 돈의 금액이 너무 컸다. 나의 자존심으로 아이 아빠에게 도와달라고 하고 싶지도 않았다. 가진 것도 변변찮고 물려받은 재산도 없고, 오로지 노력으로 나를 세우며 살아온 사람이다. 명품을 입을 수 없다면 나 자신이 명품이 되어야 한다는 각오로 20대를 치열하게 보냈다. 허무하게 질 수는 없었다.

내가 이혼 얘기를 꺼냈는데, 아이 아빠는 이유가 뭐냐며, 미치겠다는 표정에 굉장히 폭력적인 언어를 서슴지 않고 퍼부어댔다. 난 어릴 적부터 남자가 말을 무섭게 하거나 큰 소리로 윽박지르거나 하면 거의 정신이 나가 얼빠진 사람이 되고 만다. 하지만 아이 아빠 일이 정보를 다루는 일이라서, 내가 얘기하지 않아도 모든 걸 알아냈다. 나보고 어떻게 할 거냐며 화를 냈다. 나보다 더 정신없는 사람처럼 보였다. 기왕에 전부 알아버렸는데, 그럼 나를 한 번만 도와달라고 했다. 내가 나중에 어떻게든 다 갚겠다고 했다.

그 당시 우린 서울 개포동 쪽에 아주 작은 평수의 주공아파트를 하나 사둔 게 있었다. 재건축 붐이 한창이었던 때라 아파트 값이 조금 지나자 꽤 많이 올라 있었다. 어차피 아파트 사고 거의 2년은 내 월급으로 생활했으니, 혹시나 하는 기대를 갖고 물어보았다. 하지만 아이 아빠는 그 아파트는 안 된다고 했다. 살 때 대출을 끼고 산 거라 아직 대출금도 다 갚지 못했다며 단호하게 부정적인 반응을 보였다. 이제 내가 선택할 길은 하나였다. 아이 아빠와 이혼하고, 어찌되었든 그 모든 게 나의 짐이니 나 혼자 해결하기로 마음먹었다.

아이 아빠는 이혼은, 그것만은 안 된다고 했다. 그럼 내 목숨도 사라지는 것이고, 우리 아이 엄마는 이 세상에 없는 것이 될 거라고 했다. 할 수 없이 그는 이혼을 승낙했다. 우리는 법원으로 가서 협의이혼 합의서에 서명을 마쳤다. 이혼 수속을 마치고 우리는 어이없게 법원 근처에 있는 식당에서 국수를 먹었다. 그 후 아이 아빠는 서울로 전근 신청을 해서 올라갔고, 애를 나한테서 빼앗지는 않을 것이라는 말을 철석같이 믿고는 딸과 어머니와 함께 정말 평온하게 살고 있었다.

그러던 어느 날 그가 내려왔다. 나보고 서울로 같이 가자고 했다. 하지만 시집 식구들이 다 알고 있었기에 10형제나 되는 그 많은 사람들에게 나를 드러내고 싶지가 않았다. 너무 자존심이 상할 것이고, 나를 향한 비판들이 무서웠다. 나는 못 간다고 버텼다. 어머니 앞에서 큰소리들이 오고갔다. 그는 참 쌍욕도 너무 잘하는 사람이었다. 내가 몰랐던 그런 부분이 화가 나자 밖으로 머리를 내밀기 시작했다. 그 사람이 화낼 때마다 조금만 참으라고 어머니는 사정했고, 나도 큰소리가 나왔던 것 같다. 갑자기 가스레인지를 들어 나를 때리려고 했다. 그런데 다섯 살짜리 딸이 울면서 아빠 다리를 안으며 "아빠, 제발 하지 마세요!" 하고 다급하게 외치는 소리가 들렸다. 엉엉 우는 소리가 들렸다. 세상에, 아이 앞에서 무슨 짓이란 말인가? 나는 아이를 안았다.

결국 그는 내가 안 가면 딸을 데려가겠다고 했다. 나는 그것만은 하지 말아 달라고 애걸했다. 하지만 이미 작정하고 온 사람이었다. 말릴 수가 없었다. 어머니는 아기가 가버리면 아이 엄마는 어떻게 사냐고, 제발 그것만은 하지 말아달라고 빌듯이 애원했다. 그러자 그는 "장모님! 아이 엄마와는 모든 게 끝난 것 같으니까 기대하지 마십시오" 하더니 어머니보고 아이 짐을 좀 싸달라고 했다. 비행기 시간이 다 돼서 가봐야 하겠다며 딸을 데리고 공항으로 가버렸다. 내 세상이 무너졌다. 난 이제 살아갈 이유가 사라졌다. 그래도 혹시나 하는 마음에 페이저(삐삐라고 했던 것)에 집 전화번호를 입력하고 앉아 있었다. 아무것도 할 힘이 남아 있지 않았다. 내 가장 소중한 것이 빠져나갔는데, 힘이 넘쳐흐른다면 미친 사람이겠지. 전화가 걸려왔다. 다소 안정되고 코 막은 목소리로 말을 이어나갔다. 아이 데려간다고 영원히 못 보는 것 아니니까, 너도 정신을 차리고 어떻게 살지 생각해보라고 했다. 글쎄, 이런 상황에서 정신을 차릴 수 있을까? 아이를 바꿔달라고 했다. 내가 맞을까 봐 아빠 다리를 끌어안으며 말리던 아이. 특유의 명랑한 음성으로 아이가 얘기를 이어갔다.

"여기 공항인데 이제 비행기 타고 할아버지네 집에 갔다가 내려올 거야."

"응, 그래, 아빠가 얘기한 거야?"

나는 조금의 희망이라도 붙잡고 싶었다. 아이가 가고, 난 아이 없이 살아야 한다. 살 수 있을까? 그냥 살다 보면 살아지는 걸까?

아무 생각 하지 말고 하느님의 판단에 나를 맡기자. 그날 저녁 나는 교회도, 성당도 나가지 않으면서 하느님을 찾고 있었다. 아무것도 판단하지 말자. 오늘 저녁 답을 주실 것이다. 남은 생을 어떻게 살아야 할지 분명 답을 주실 거라고 굳게 믿으며, 난 하느님께 매달렸다. 다시 아이를 내게 보내주실 거라 믿으며, 밤새 오지 않는 잠에 눈을 뜨고 기도했다.

옆에 있는 어머니는 어떤 심정이었을까? 아이가 걱정된다고 서울로 짐을 싸서 올라가서는 회사마저 관두고 온 딸이 안쓰러워 어떻게 해야 할지 안절부절이었다. 사랑하는 손녀가 엄마 손을 떠난 걸 나보다 더 아파하고 계셨을 것이다. 그런데 난 나의 아픔만 보고, 어머니의 아픔은 거들떠볼 생각도 하지 않았다.

어느 날 밥을 먹는데 어머니가 숟가락을 떨어뜨리며 쓰러졌다. 큰 충격은 어머니의 심장을 강타했다. 우린 구급차를 타고 병원으로 향했다. 심근경색, 시간 내에 발견 못 하면 심장마비로 세상을 떠나는 무서운 병이다. 나는 멀쩡한데 어머니는 손녀와의 이별을 견딜 수 없었던 것이다. 나는 얼마나 독하고 강한 사람인가. 기약 없이 딸아이와 헤어졌는데 나는 오장육부, 사지가 멀쩡했다. 가끔 명치끝에서 목 쪽으로 뭔가 묵직한 것이 오르내릴 뿐, 그냥 그대로 잘 버티고 있었던 것 같다. 딸은 내 보살핌이 없어도 정말 예쁘고 꿋꿋하게 잘 자란 것 같다. 가끔 SNS 상에서 그 아이의 이름을 찾아보게 된다. 나보다 더 애타게 엄마를 찾고 그리워했을 아이, 엄마인 나보다 훨씬 잘 견디며 자라 아름다운 아가씨가 되었다.

아이를 데려간 지 얼마 안 되었을 때, 난 아이를 유괴할 생각까지 했었다. 학교 앞에서 기다리다가 데리고 올까? 어떻게 하면 데려올 수 있을까. 애착과 연민에 사로잡혀 있었다. 그러다 갑자기 어른스러운 생각이 들었다. 이토록 아이가 그립고 필요하고 나의 내장을 파낸 것처럼 삶 자체가 공허한데, 어미 잃은 새끼는 오죽할까? 죽을 만큼 참으며 학원 가고, 그러다 초등학교에 들어갔을 것이다. 만약에 내가 나타나 잠깐씩 학교 앞에서 본들 딸과 내 가슴의 아픔을 치유할 수 있을까? 겨우 엄마에 대한 그리움을 참으며 살아가는 딸 앞에 나타나면 아이는 분명 흔들릴 것이고, 다음 만날 때까지 엄마를 그리워하며 아무것도 하지 못할 것이다. 이제 분명해졌다. 스스로 커서 아이가 마음을 열고 나를 찾을 때까지 아이 가슴에 깊은 파동을 주는 행위를 삼가자고 결심했다. 그 후 나는 딸아이 사진 한 장 지니지 않았고, 아이 때문에 절대로 울지 말자고 결심했다. 정말 독하게 자신과의 약속을 지켰다.

어머니의 마지막 생일 밥

돌아가시기 6개월 전 어머니의 생신날이었다. 그 당시 어머니가 암에 걸린 줄도 모르고 추워하고 힘없어 하는 어머니께 별 신경을 못 써드리고 있었다. 거기다 가스레인지에 뭘 올려놓고 자주 잊어 버리시는 일이 많아졌다. 어차피 남편은 하우스 일 때문에 시간을 못 낼 게 뻔했으므로, 생일 밥은 어머니와 나 둘이서만 한라 수목원 앞에 어머니가 좋아하시는 음식점으로 가서 먹었다. 메밀수제비를 시켜드렸는데, 반찬으로 야채와 두부, 전 등 어머니가 잘 드시는 음식들이 나왔다.

어머니는 평소 음식을 잘 안 남기시는데, 그날은 반도 못 드시고 숟가락을 놓으셨다. 그 즈음 어머니는 성격도 좀 변해 있었다. 나에게 화를 자주 내고 작은 일에도 날카롭게 반응할 때가 많아져 있었다. 그날 어머니가 그렇게 식사를 잘 못 하시면 뭔가 이상이 있음을 바로 알아차렸어야 했는데, 나는 전혀 신경을 쓰고 있지 않았다. 그저 내가 하고 싶은 말만 했다. "어머니! 우리 앞으로 화내지 말고 서로 불만 있으면 말로 얘기하며 살자. 옛날처럼" 어머니도 그러자고 하셨다. 자꾸 화를 내서 미안하다고 하시면서.

다음날 퇴근해서 집에 왔는데, 어머니는 웃는 얼굴로 날 맞아주셨고, 가스레인지 위에서 뭔가가 위험하게 끓어오르고 있지도 않았다. 그날 딱 하루였다. 어머니는 날로 몸이 안 좋아지셨다. 겨울이었지만 정도 이상으로 추위를 탔고, 밤에 식은땀으로 몇 번씩이나 옷을 갈아 입으셨다. 림프종의 특징이 그랬다. 추위를 타고 식은땀을 흘리고 체중이 감소되는 것 또한 그 병의 증상이었다. 어머니는 전에 안 맞던 바지가 요새는 맞는다고 좋아하셨는데, 그만큼 체중이 감소되셨던 것이다. 내가 너무 안일하게 대처하는 바람에 림프종은 빠르게 어머니 몸에 자리 잡고 말았다. 몸에 열이 나서 밤에는 그렇게 식은땀을 쏟아낸 건데, 나도 그럴 때가 있다며 어머니가 호소하는 말을 단칼에 잘라버리고 말았다. 조금만 주의를 기울였으면 그 증상들이 감기 증상보다 심각하다는 것을 알아차렸을 텐데, 일을 다닌다는 이유로 사랑하는 어머니의 아픔을 별것아니라고, 어머니가 예민하다고만 치부하고 말았다.

어머니 생신 3일 후가 음력 명절이다. 시집에 가서 명절 차례를 지내고, 지친 몸으로 집에 돌아왔다. 저녁인데도 어머니는 낮에 쓰고 다니는, 색상이 좀 짙게 들어간 안경을 쓰고 계셨다. 좀 웃기기도 하고 의아하여 어머니께 물었더니, 눈 한 쪽이 안 감기고, 얼굴 한 쪽이 감각이 없다고 했다. 그 상황에서도 명절 때문에 피곤해진 나는 어머니께 짜증 섞인 목소리로 얘기했다. 이상해졌을 때 당장 병원에 갔어야지 안 가고 있으면 어떻게 하냐고. 바로 어머니와 대학병원 응급실로 향했다. 거기서도 당장은 얼굴 마비를 풀어줄 처방을 해주지는 못했다. 다음 날 신경과 예약을 해주며, 꼭 신경과로 가보라고 했다. 다음 날 신경과로 갔는데, 안면마비라고 했다. 스테로이드를 처방해주며 3주간 먹어야 한다고 했다. 약을 먹으면 서서히 풀리고, 한 달이면 풀릴 수도 있다고 했다. 환자마다 조금씩 다르지만, 약을 먹고 시간이 지나면 서서히 풀리니 너무 걱정하지 말라고 했다.

지금 생각해보면 어머니의 림프종은 안와 밑에서 크게 자라고 있었는데, 그 암 덩이가 어머니의 뇌를 건드리거나 뇌 쪽으로 전이가 시작되었던 게 아닌가 생각된다. 그 결과 얼굴 마비가 생겼던 것 같다. 얼마 후 버스 교통사고, 또 비호지킨 악성 림프종 4기⋯. 이 모든 일이 한꺼번에 며칠 간격으로 일어났다. 나쁜 일이 연이어 일어나는 바람에 나는 중심을 잡고 서 있을 수가 없었다. 장애 후 처음 용기 내어 바깥 세상에서 일하게 된 여행사도 겨우 일 년 다니고 그만둬야 하는 게 속상했다. 처음에 교통사고로 입원했을 때는 간병인을 썼다. 해봐야 3주 전후면 퇴원할 것이고, 나머지는 통원 치료를 받게 될 것이라고 생각했다. 간병비를 남편이 도와주었다. 하지만 얼마 안 있어 림프종 4기 진단을 받았을 때는 더 이상 회사에 다니는 건 무리라는 걸 깨달았다. 병원에 있을 때라 전화로 일을 관둬야 하겠다고 얘기했다. 그분들은 고맙게도 어머니가 돌아가셨을 때 조문까지 와주었다.

림프종, 면역체계에 이상이 생기는 일종의 혈액 암이다. 원인을 규명하지 못하는 암. 그리고 상당히 빨리 퍼진다고 했다. 어머니가 감기를 앓은 게 6개월 정도인데, 그 시간 정도면 충분히 악성으로 자랄 수 있는 암이란 것이다. 어머니의 마지막 생신날 그 사실을 알고 있었다면, 조금은 더 알차게 임종 전까지 어머니와 추억을 쌓으며 지냈을 것이다. 3월 말쯤에 난 교통사고 때문에 잘 걷지는 못했겠지만, 그건 또 그때 대처하면 될 일이었을 것이다. 림프종을 미리 알았다면 어쩌면 교통사고도 없었을지 모른다. 어머니가 가고 싶어 했던 한라 수목원을 한 바퀴 돌며 지나간 삶을 얘기하고 추억을 얘기하다 기쁜 마음으로 내려왔을 것이다. 집으로 돌아오다가 동네 입구에 있는 중국집에서 맛난 자장면도 한 그릇씩 먹고 돌아왔을 것이다.

너무 쉽게, 제대로 싸워보지도 못하고 어머니를 빼앗겨버린 어리석은 딸. 누가, 왜 평생 고생만 하고 사신 내 어머니를 그리도 모질게 데려가 버린 걸까? 어머니가 경외해 마지않는 하느님? 힘들 때 "막달레나야!" 하며 어머니를 불러주시고 따뜻하게 안아주신 성모님? 정말, 정말로 모르겠다. 그 당시 우리 식구는 어머니 집에 함께 살고 있었다. 남편과 나, 아들 이렇게 셋이 다 함께 모여 어머니와 살았다. 어머니로서는 사위와 사는 게 그리 편한 일은 아니었을 것이다. 하지만 어머니는 싫은 기색 한 번 없이 우리가 잘못하는 일이 있어도 절대 입에 올리시지 않으셨다. 아들이 뭘 어떻게 잘못해도 다 덮어주셨고, 나 대신 식사도 챙겨주시고 많지는 않지만 가끔씩 용돈도 챙겨주시는 고마운 어머니였다. 마음고생이 많아서였을까? 그 무서운 암이 하루아침에 나와 어머니의 모든 것을 바꿔놓고 말았다.

어머니는 돌아가시기 1년 전부터 꿈에 검정 옷을 입은 저승사자가 보인다고 자주 말씀하셨다. 그래서 벽에다 옷을 걸지 못하게 했다. 나도 밤에 자다가 눈을 뜨면, 잠깐이지만 그 옷이 사람의 형상으로 보일 때가 가끔 있었다.

어머니는 어느 날 갖고 있는 것 중 제일 좋은 진주로 된 묵주 목걸이를 내게 주셨다. 아마 돌아가시기 5~6개월 전일 것이다. 이때부터 무엇을 느끼셨는지 주변 정리를 시작하신 것 같다.

어느 날에는 집에서 키우던 삽살개 천둥이를 밭으로 보내버리셨고, 우리가 이사하게 되어 잠시 2~3일 맡겼던 러시안 블루 고양이 두 마리를 동물병원으로 데리고 가서 입양을 맡겨 버리셨다. 내가 당장 가서 데려오라고 난리를 쳤지만, 맡기면 절대 다시 와서 찾아간다고 하면 안 된다고 했다면서 꿈쩍도 안 하셨다. 하지만 차마 초코는 그렇게 하지 못하셨다. 안 하신 건지 못 하신 건지 모르겠지만, 이사할 때 초코도 맡겨 놓았는데, 다행히도 초코는 그대로 데리고 계셨다. 내가 초코 때문에 그나마 살고 있다고 느끼셨던 걸까. 어머니는 초코만큼은 끔찍이 아끼셨다. 초코는 빵 같은 것을 먹을 때 그냥 뜯어서 주면 냄새만 맡고 고개를 돌려버린다. 꼭 씹어서 줘야 냄새를 맡고 받아먹었다. 내가 줄 때만 그런 게 아니고, 다른 사람도 마찬가지였다. 아예 귀찮아서 안 주면 그만이지만, 어머니는 간식으로 빵이라도 드실 때는 꼭 씹어서 초코에게도 주며 같이 드셨다. 어떨 땐 초코가 빵을 더 많이 먹었다고 내게 알아달라고 얘기하시기도 했다. 살짝 웃음이 나온다. 내가 아끼니까 어머니도 같이 아낀다는 표현을 그런 식으로 하신 것이다.

우리 삽살개 천둥이는 하루아침에 삶의 환경이 바뀌고 자기가 좋아하는 할머니까지 안 보이자 굉장히 무섭고 불안했을 것이다. 밤에는 불빛은 전혀 없고 새까만 하늘에 별들만 보이고, 주변에서 이상한 동물들이 내는 소리에 놀라기도 했을 것이다. 아마 남편은 말은 안 했지만, 갑자기 천둥이를 밭으로 데려가라는 말에 굉장히 섭섭했을 것이다. 나도 섭섭한데, 어찌 섭섭하지 않을 수 있겠는가.

뭔가 알지 못할 느낌으로 어머니는 주변의 생명 있는 것들을 정리하셨다. 나에게 줘야겠다고 생각한 묵주 목걸이를 주시고, 가실 준비를 마치셨다는 생각이 들었다. 동물들도 손이 하나뿐인 내가 보살피지 못할 것이라고 판단하신 듯하다. 어머니의 예감은 그대로 적중했다. 그렇게 한 달 후에 교통사고가 나서 고관절 골절이 되셨고, 고관절 골절이 치료조차 되지 않은 상태에서 악성 림프종 진단을 받으셨다. 교통사고만 없었어도 항암 약물로 암을 치료하면서 걸어서 운동도 살살 하실 수 있었을 텐데···. 의사들은 항암 치료를 받을 때 조금씩이라도 걷는 운동을 하라고 한다. 너무 처져 있으면 몸이 더 아프고 약해지기 때문에 기분 전환을 위해서도 운동은 필수였다. 하지만 어머니는 고관절이 채 치료되지도 않고 잘 걷지도 못하는데 암 병동으로 실려오셨다.

내가 서울서 수술을 받을 때는 주로 이식수술이 많았다. 섬세함을 요하는 성형외과 수술이 대부분이었다. 그래서 암 병동처럼 환자들이 임종하는 게 그리 흔하지는 않았다. 물론 돌아가시는 분이 없지는 않았다. 입원 기간이 길었던 만큼 가끔 환자의 임종 소식을 듣거나 보게 되는데, 임종이 가까이 오면 보통 처치실로 환자를 옮긴다. 같은 병실에 입원하고 있는 환자들에 대한 배려 차원에서 그런 것 같았다.

어머니의 마지막 생신날! 가끔 마지막으로 식사했던 식당 근처를 지나갈 때면, 그날이 생각난다. 그 당시 아파서 얼굴이 어두워져 있던 어머니에게 웃는 얼굴을 요구하고, 말도 상냥하게 해주었으면 좋겠다고. 그리고 매일 된장국에 밥만 먹지 말고, 달걀 프라이라도 하나 해서 반찬을 좀 챙겨서 드시라고까지 했다. 내가 어머니께 상냥하고 친절한 말을 써야 했고, 어머니께 반찬을 만들어드려야 마땅했다. 하지만 왼손을 쓸 수 없다는 핑계로 68세 된 노모에게 딸이 찬을 만들어줄 생각은 전혀 못 하고, 만들어서 좀 챙겨 드시라고 정떨어지는 말만 했다. 큰딸이라는 사람이, 밭에 일도 다니는 사람이 반찬을 못 만들면 사서라도 갖다드려야 마땅했다. 정말 화가 날 정도로 나 자신이 미웠다. 예전에 심근경색으로 어머니가 입원하셨을 때, 일 년치 휴가와 월휴를 모두 받고 어머니 간호를 위해 애썼던 사람이라고는 믿어지지가 않았다. 무엇이 나를 이토록 비인간적인 사람으로 바꾸어놓았을까, 난 이기적이고 화만 잘 내는 괴물이 되어 있었다. 스스로 자기 연민에 빠져서 어머니에게 나의 요구만 절절하게 하고 있었다. 그러면서도 내 모습은 볼 수가 없는 너무나 이기적인 딸이 되어버렸다.

어머니의 자그마한 무덤엔 화장하고 남은 유골만 묻혀 있다. 수목장을 해서 자그마한 명패가 전부이다.

올해는 어머니 생신 때 술과 과일만 사들고 갔지만, 내년에는 어머니가 좋아하셨던 백합을 예쁘게 포장해서 갖고 가야겠다. 어머니 이름과 세례명을 쓰고, 그 아래 사랑하는 두 딸 이름을 썼다. 그것만으로도 명패는 꽉 차버렸다. 올해는 기일에 처음으로 동생이 서울에서 내려왔다. 나와 둘째와 막내딸까지 전부 참석한 어머니의 작은 묘지. 어머니도 오랜만에 굉장히 기쁘셨을 것이다. 내가 좋아하는 보라색 꽃 한 다발도 어머니 묘지에 놓아드렸다. 올해는 기분 좋은 기일을 보낸 것 같아 마음이 편안하다.

내년 어머니의 생신엔 제주도에 있는 둘째 동생과 함께 어머니와 마지막으로 생일 밥을 먹었던 곳에서 밥 한 끼 먹어야겠다. 어머니를 추억하면서 눈물이 나면 나는 대로 밥에다 간을 친다 생각하며 맛있게 먹고 와야겠다. 나를 걱정해주는 내 동생 수영이, 그리고 멀리 서울서 내가 어떤 상태인지 늘 귀를 쫑긋하고 가슴 졸이며 언니 걱정을 하고 있는 내 막내 동생에게 더 이상 고통을 주지 않고 꿋꿋하게 살아 나가겠다.

책과 남편, 그리고 귀농

내가 어릴 때는 정말 읽을 것이 귀했다. 집에 어쩌다 굴러다니는 책은 어디서 온 것인지 몰라도 『썬데이 서울』이라는 이상한 잡지책 한두 권이 전부였다. 그리고 만화가 몇 권 있었는데, 그나마 너무 여러 번 읽어 귀퉁이가 심하게 헐어서, 한 번만 더 읽으면 부서져 버릴 것 같았다. 늘 읽을 것에 목말라하던 나는 과자를 사먹으면 '라면땅' 봉지에 쓰여 있는 글자를 하나도 남김없이 전부 읽어 내려갔고, '자야'를 사먹으면 그 봉지도 꼼꼼하게 읽고 버리곤 했다. 그렇게까지 하면서 글 읽기를 좋아했다. 내가 다니는 초등학교에 작은 도서관이 있었다. 매일 열쇠를 빌리러 가고 반납하곤 했다. 선생님도 귀찮았을 것이다. 선생님은 키를 맡기시면서 아예 나보고 도서관을 담당하여 책 잃어버리지 않도록 조심하라고 했다. 얼마나 기쁜지, 일요일날도 거의 학교에 있었다. 도서관에서 책을 꺼내 들고 교실로 갖고 와서 읽었다. 점심도 먹으러 가지 않고 책만 읽었다.

방학이 되자 이젠 책을 읽지 못할 것 같아 낙담하고 있었다. 그런데 도서 담당 선생님이 나한테 열쇠를 건네며, 특별히 열쇠를 맡기는 거니까 책도 많이 읽고 문단속도 잘하라고 일러주었다.

이제 방학 동안 실컷 책을 읽을 수 있었다. 정말 많은 책을 읽었다. 거의 제목이 생각나지는 않지만,『톰 소여의 모험』,『소공녀』,『소공자』,『투명인간』,『변신』,『키다리아저씨』,『하이디』,『파브르의 곤충기』,『시튼의 동물기』등 그 안에 있는 거의 모든 책을 4학년부터 시작해서 6학년 졸업할 때까지 읽었다. 내가 중학교, 고등학교에서 조금이라도 성적에 도움이 되었던 건 그 시기의 독서 때문이었다. 그것이 알게 모르게 무의식에 작용했기 때문이란 생각이 든다.

왼팔을 다치고 한동안 글을 읽을 수가 없었다. 억지로 먹으면 구토하는 것처럼 책을 보면 어지러웠다. 글자도 두 개씩 겹쳐 보이고, 글자의 내용을 도무지 이해할 수 없는 지경까지 가버렸다. 글을 안 읽으니 써지지도 않았다. 그때의 참담함이란…. 글조차 못 읽으면 남은 생이 어떻게 될지 모르겠지만, 어떻게 살아갈까, 양로원 가서, 아니면 경로당 가서 10원짜리 화투나 치면서 놀게 될까. 그렇게 되면 아마 미쳐버릴 것이다. 하지만 그마저도 한 손으로는 불가능한 일이다. 그래서 그때 생각해낸 게 성경 쓰기였다. 결국 나는 1년 만에 신약성경을 모두 필사했다. 그때는 종교를 가지고 있지도 않을 때였다. 성경 필사는 다친 후에 내가 이루어낸 가장 큰 승리가 아니었을까 싶다. 뿌듯했다. 성당을 오래 다닌 분들도 성경 필사는 꼭 하고자 하는데, 막상 그것을 이룬 사람은 거의 없다.

　남편은 내가 한창 여행사를 운영할 무렵인 2004년 12월 마지막 주에 회사 회식에서 만났다. 오면서 지갑을 잃어버렸다고 했다. 첫 모습이 뭔가 굉장히 정돈된 사람처럼 보였다. 며칠 있으면 1월 1일인데, 그날부터 사무실로 오기로 했다. 서로 업무 분야는 달라서 가끔 사무실에 들러야 볼 수 있었다. 그해 4월에 전 직원 한라산 등반을 갔다. 어쩌면 그날이 운명의 날이었던 것 같다. 내려와서 다들 2차로 술 한 잔씩 하고 헤어졌는데, 가이드들이 집 앞에 와서 전화를 걸어왔다. 행여 그가 우리 집에 같이 있을까 봐 전화한 것이다. 참 웃기지도 않는 일이었다. 그날 결국 그를 만났다. 지금 생각해보면 사무실 가이드들이 나에게 숨기고 싶은 일이 있었고, 그게 나에게 알려질까 봐 그렇게까지 악착같이 우리 집까지 찾아오며, 그와 만나지 못하도록 방해한 것 같았다. 나중에 대충 어떤 일인지 사무실 서류와 통장을 정리하다 알게 되었다. 모르는 척하는 것이 모두를 위해 좋은 일일 듯싶어 그냥 넘어가기로 했다. 일을 하다 보면 별별 일들과 다 엮이게 되니까.

　오히려 그 일이 그와 나를 연결해주는 일이 되어버렸다. 너무 극적이고 운명적인 만남이라 생각했다. 20대의 사랑처럼 잠시도 떨어져 있지 못하고, 뜨거운 사랑을 이어가려고 그 사람 옆에만 있게 되었다. 모든 남은 시간, 중요한 회사 일들을 제치고 오로지 서로에게만 마음이 쓰였다. 주위의 어떤 것도 눈에 들어오지 않았고, 조금도 떨어져 있기 싫었다. 옆에 없으면 견딜 수 없었다. 눈에 안 보이면 궁금해서 미칠 것 같았다. 채워도 채워지지 않는 이상한 만남이었다. 하지만 시간이 흘러 그런 격정도 사랑도 정열도 이젠 먼 옛날 신기루 같은 이야기가 되고 말았다. 그런 일이 있었는지조차 사실은 아득하기만 하다. 이럴 것을, 격정적인 감정을 다스리지 못해 이런 불행을 낳게 되었는지.

왜 주변에 상처받는 이들이 생기는지를 보면, 모두가 삶의 격정을 주체하지 못해 생긴 일이다. 나 자신을 죽임으로써 상대방을 단죄하려 했던 잔인함. 그 결과물을 보라! 이렇게 초라하고 왼손에 장애를 안고 살아야 하는 나약한 자신만이 남았고, 어머니를 잃었다. 나를 처절하게 응징하며 몇 년을 잡아먹었다. 각자 자신에게 돌아가기 위해선 그런 격정의 시간이 꼭 필요했던 것 같다. 그때는 멈출 수가 없었다. 이제야 조용히 멈추어 서서 격정이, 행복이 휩쓴 황량한 들판을 바라보고 있다. 멈출 수 없던 그때, 잠깐이라는 시간, 정말 행복했다.

하나가 무너지자 모든 게 도미노처럼 순식간에 무너져갔다. 몸마저 불구가 되었다. 퇴원할 때, 나는 남편과 헤어지기로 마음먹었다. 남편도 당연히 나와 헤어질 줄 알았다. 하지만 집이 팔리고 빚과 대출을 갚고 나자 남는 돈이 없었다. 그는 가장이라는 책임감 때문에 처음엔 일용직 노동을 하기 시작했다. 하지 말라고 말렸지만, 그에겐 대안이 없었을 것이다. 매일 새벽에 나가서 얼굴에 먼지를 뒤집어쓰고 6시가 넘으면 들어온다. 몸이 힘들어서인지 오면서 술 한 병을 꼭 사서 왔다. 저녁 먹으면서 술 한 병을 다 마시면 진짜 죽음처럼 쓰러져서 잠을 잤다. 그리곤 새벽에 나가고, 또 들어오면서 술 한 병을 사오고….

어느 날엔 일하는 곳이 골프장이었나 보다. 동창을 보았는데 자기를 보았는지 모르겠다고 했다. 이쪽에서 알아차리고 볼 정도면 저쪽에서도 반드시 보았을 것이다. 나는 그만 다니라고 했다. 그럼 당장 먹는 것과 아들 용돈, 꼭 나가야 하는 돈은 어떻게 하냐고 했다. 또 어떤 날 얘기를 들었는데, 이 얘기를 듣고 그만 나는 웃고 말았다. 거기 일 시키는 사람이 이쪽에서 일을 시키고, 조금 있으면 또 딴 데로 보내고 몇 번을 그러는데, 너무 정신 사납게 굴었나보다. 그가 뭐라고 몇 마디 하는데, 임시로 박아놓은 앞니가 있는데, 그게 쏙 빠져 떨어져버린 것이다. 남편은 너무 창피했지만 별일 아니라는 듯 주워들고 옷으로 대충 닦고 다시 끼워넣었다고 했다. 서로 같이 웃었지만 너무 서글픈 말이어서 가슴 한 부분이 무겁게 조여 왔다. 세상에!

그렇게 힘든 일 말고 다른 일을 알아보자고 했다. 그래서 알아본 것이 노선버스 운전이었다. 노선버스 운전은 근무 시간이 너무 길었다. 아침 5시에 나가면 밤 11시가 훨씬 넘어야 집으로 돌아왔다. 일주일에 한 번씩 쉬기라도 하면 급료가 형편없이 적어진다. 버스 타는 게 그렇게 급여가 박하고, 근무 시간이 길고, 쉴 수 있는 장소도 없이 열악하다는 것을 처음 알게 되었다. 정말 사고 나기 딱 좋은 근무 환경이었다. 그 일을 1년 하고 그만두었다.

그 후 시어머님이 연세도 있고 해서 감귤 과수원을 해보라고 했다. 일반 노지로는 남자 1년 벌이가 안 된다고 판단해 시설 하우스를 지었다. 하우스 짓는 것이 집 하나 짓는 것보다 더 어렵고 힘든 것 같았다. 그렇게 남편은 귀농을 했다. 농사는 기술만 있다고 되는 게 아니었다. 경험이야말로 농사의 모든 것이라 해도 과언이 아니었다. 더울 때는 아침에 서너 시간 정도밖에 일을 못 한다. 하우스 안이 너무 더워 어지러워서 견딜 수도 없다. 하우스 안의 온도는 요즘 40℃가 넘는다. 제주도는 아열대 기후로 완전히 바뀌는 과도기 같다. 몇 년 전만 해도 30℃까지는 웬만해선 올라가지 않았는데, 요즘은 오히려 서울보다 더 더우니 말이다. 밤에는 열대야가 육지 지역보다 며칠씩 더 지속적으로 생기고 있다. 사람들이 밤에도 잠 못 들고 공원에 내와 앉아 있곤 하는데, 생활에 지장이 있을 정도다. 이제 초보농사꾼이 되어 감귤하우스를 가꾸어야 한다. 정말 막중한 일이 시작된 것이다. 귀농이라는….

그를 만나지 않았으면 이 나이의 나는 무엇을 하고 있을까? 어떤 집에 살며 어떤 차를 타고 있을까? 직장은 다니고 있을까? 가끔은 그런 생각도 해본다. 혼자 살았다면 적어도 나는 장애인이 되지는 않았을 것 같다.

하루도 빠지지 않고 와준 남편

가족이 한 사람 아프면 모든 가족이 행복을 잃게 된다. 아픈 사람만 아프고 안 아픈 나는 괜찮은 게 아니라, 전 가족의 불행이 되어 버린다. 어머니가 아프고 내가 병원에서 24시간 있어야 할 상황이 되자, 남편은 혼자 밭에 다니면서 해가 지면 집으로 가기 전에 꼭 병원으로 와 주었다. 밭일은 해가 뜨면 시작해서 해가 지면서 끝나는 일이라, 일이 끝날 즈음엔 하루의 피로가 한꺼번에 밀려오기 시작한다. 어느 직장인들 마찬가지겠지만, 육체노동과 정신노동은 질에서 차이가 난다. 그래서 육체를 쓰는 사람들은 퇴근 무렵 술 한 병씩 사서 집으로 가서 마시거나 비교적 싼 곳을 찾아 삼삼오오 마시기도 한다. 편의점 앞 의자에도 퇴근 무렵이면 집으로 가던 사람들이, 육체노동이든 정신노동이든 가리지 않고 하루의 피로를 간단히 술로 풀고, 한숨 자려는 사람들이, 맥주 캔을 앞에다 놓고 그날 하루의 일을 담소와 함께 알코올로 씻어내는 것이다.

남편도 일이 끝나면 무척 피곤했을 것이다. 일을 잘하든 못 하든, 나도 밭에 같이 다니면서 육체노동의 한계를 직접 몸으로 체험해봤다. 그랬기에 그 피곤함이 어떤 건지 알 수가 있다. 그럼에도 불구하고 남편은 일이 끝나고 매일매일 병실로 어머니를 찾아왔다. 혼자 다니는데 차를 타고 가면 기름값도 아깝고, 버스를 타면 운전을 안 해도 되니 쉴 수 있다면서, 그 먼 길을 버스를 타고 병실로 어머니를 보러 왔다. 우리 밭은 서귀포 남원 위미 근방이고 집은 제주시에 있어서, 매일 출퇴근하는 거리가 제주에서 치면 꽤 먼 거리에 속했다. 서울에서야 지하철 1시간, 버스 1시간이면 멀지도 가깝지도 않게 그냥저냥 다닐 수 있는 거리겠지만, 제주인들에게 그 거리는 먼 거리라고 어릴 때부터 각인되어 있는 것 같다. 그래서 서귀포에서 제주 시내에 있는 고등학교를 입학하면 제주시에 방을 빌려 자취생활을 한다. 육지 사람들이 보면 믿기지 않는 현실이다.

참 이상한 사실은, 조금 전까지만 해도 나도 잘 몰라보고 아이 같은 목소리로 "내일은 고등어 사러 가야지!" 하면서 아이 같던 어머니가 남편이 오면 평소의 그 미소를 잃지 않고 왔냐며 인사로 맞아주었다. 하루 종일 먼 산을 생기 잃은 눈빛으로 쳐다보던 어머니가 살아 있는 눈으로 남편을 바라보곤 했다. 아마 어머니는 사위 앞에서만큼은 절대 실수해서는 안 된다는 책임감을 느꼈을지도 모르겠다.

내가 가끔 울고 있을 때 어머니는 "무사, 양 서방이 막 욕해냐(왜, 양 서방이 막 뭐라고 욕하냐)?" 하면서 소곤소곤 물어볼 때가 가끔 있다.

나는 어머니가 딴 세상으로 가서는 나를 못 알아보는 게 서글퍼서 우는데, 어머니는 정말 가끔 현실로 돌아와 그렇게 말을 잘 하곤 하셨다. 그러니 남편이 볼 때는 어머니는 아주 정상적으로 보일 뿐이었다. 난 차라리 그게 좋았다. 남편에게 이러쿵저러쿵 변명하는 것보다 어머니가 살아서 이토록 정상적으로 돌아오는 게 훨씬 좋았기 때문이다. 사위 앞에서 긴장하는 어머니, 혹여 딸에게 누가 될까 봐 그렇게 많이 아픈 와중에도 어머니는 조심하고 있었다. 그걸 보는 나는 가슴이 시려온다.

남편은 일하던 작업복 그대로 병원을 찾아왔는데, 그때는 그게 왜 그렇게 서글퍼 보였을까? 병원 식당에 내려가서 나와 한 번쯤은 같이 식사를 할 만한데, 남편은 그러지를 않았다. 내가 하루 종일 거의 아무것도 먹지 않았거나 동생이 사다놓은 빵만 조금 뜯어먹은 걸 알았을 텐데도, 조금 앉아 이야기만 나누다 그냥 가곤 했다.

그 심정이 이해가 갔다. 일을 하면서 육체적으로 힘들고 여기 오느라 신경 쓰고 내가 표정이 밝지 않아 신경을 쓰다 보니, 남편도 굉장히 지치고 힘들었을 것이다. 그래서 그냥 내려가다, 어디 해장국 집이라도 가서 밥에 소주 한 병 먹고 집에 가서 씻고 바로 자기 위해서였을 것이다. 그 당시 아들은 한창 사춘기의 모든 것을 동원해 부모를 힘들게 할 때여서, 그 모든 것이 남편의 발목을 잡는 스트레스였을 것이다.

어느 날 아침에 남편이 병원으로 왔다. 아침에 오는 일은 별로 없는데 이상하다고 생각했다. 남편은 맥도널드에서 햄버거, 머핀, 포테이토, 음료 등 아침 세트를 사가지고 올라왔다. 구석진 곳에 의자를 찾아 우린 햄버거를 먹었다. 맛있었다. 남편이 이걸 사올 정도로 신경 써서 정성을 들였다는 것을 알 수 있었다. 어머니가 돌아가신 후 가끔 병원에 갈 일이 있어 가면, 3층 암 병동이 있는 곳을 돌아본다. 내 눈엔 안 보여도 혹시 어머니가 나를 찾아 병동 복도를 왔다 갔다 할 것 같아서, 어머니가 나를 볼지도 모른다는 기대감에서 돌아본다. 병실이 있던 곳, 어머니가 마지막 숨을 거둔 미리네방은 도저히 가볼 용기가 나지 않아 항상 그냥 내려온다. 어디서도 허전할 뿐, 어머니의 모습은 찾을 수 없다.

구석진 곳, 남편과 햄버거를 먹던 의자도 그대로 있다. 우린 거기에 있었지만 이젠 내게 추억만 남아 있을 뿐, 우리도 그 의자에 갈 일이 없어졌다. 눈물만 글썽이며 아래층으로 내려간다. 괜한 눈물 자국에 사람들이 볼까 봐 손으로 얼른 훔쳐 낸다.

어느 날 밤에는 어머니가 답답한지 병실 밖으로 나가 복도라도 산책하고 싶어 했다. 어머니는 고관절 골절과 항암치료로 몸에 힘이 하나도 남아 있지 않았다. 도저히 안 된다고, 못 한다고 어머니께 화를 내며 말렸다. 결국 어머니가 하도 나가고 싶어 해서 걸을 때 밀면서 걸을 수 있는 보조기를 갖고 왔다. 겨우 일어서서 그걸 밀면서 복도로 나갔지만, 채 10미터도 못 가고 금방 주저앉아버릴 것 같았다. 돌아서서 병동 입구에서 좀 떨어진 의자에 앉았다. 좀 쉬어가면 괜찮을 줄 알았는데, 어머니는 너무 기력이 없었고 금방이라도 쓰러질 것 같았다. 오른팔로 겨우 어머니를 일으켜 밀대에 세워 몇 걸음 가서 간호사에게 휠체어를 달라고 소리쳤다. 간호사는 휠체어만 달랑 주고 가버렸다. 분명 내가 한 손밖에 쓸 수 없다는 걸 알고 있는데도, 매일 죽음을 접하는 그들에게서 온정이 사라지기라도 한 걸까. 결국 오른손으로 어머니를 겨우 휠체어에 앉히고, 한 손으로 휠체어를 밀어 병실 침대에 간신히 어머니를 눕혔다. 한밤에 땀이 그렁그렁 쏟아져 맺혔다.

쓰다 보니 왼팔을 무리했는지 통증이 심하게 느껴졌다. 복도에 나가 화에 못 이겨서인지, 어머니가 저렇게 힘이 없어졌다는 아픔 때문인지, 한참을 울고 서 있었다. 그런데 병동에서 한 아주머니가 나오더니 내 등을 쓸어주며 참으라고 하신다. 다 너무 아파서 그러는 것이니 참고 이해하라면서, 그리고는 돌아서서 엘리베이터 쪽으로 걸어가셨다. 그분도 가족 중 누군가가 암에 걸려 이제까지 있다가 집으로 향하는 길일 거다. 슬픈 사람들끼리는 서로의 슬픔이 공명되는 것일까. 방에 들어갔더니 어머니는 눈을 감고 계셨는데, 누운 채 옆으로 눈물이 흘러나오고 있었다. 아무 말도 없이 눈물만 닦아드렸다. 그리고 울면서 "어머니 이젠 혼자 못 걸어. 그러니까 나가지 말자"라고 했다. 그러자 "응, 알았져" 그러신다. 어머니는 얼마나 슬프고 참담했을까. 누워서 우는 어머니 모습에 목이 메여왔다. 속상해서 나도 울었다. 가련한 어머니 모습이 아파서 더 눈물이 나왔다.

어머니는 항암주사를 맞으면서부터는 한잠도 못 주무셨다. 화장실만 가신다고 침상 난간을 잡고 자꾸만 흔드신다. 그러다 안 되면 침대를 넘어서 나오려 하신다. 허리도 다친 분이 그럴 땐 얼마나 날렵하신지. 내가 어머니의 기저귀를 치우게 하고 싶지 않은 마음에서인지 우린 밤마다 대치하고 있었다. 나는 조금이라도 자야

겠기에 어머니 자는 주사를 달라고 하면, 간호사는 기계적으로 따끔할 거란 말도 없이 대충 찌르고 주사를 놓는다. 어머니는 "아야아!" 하시는데 기습적으로 당해서 놀라기도 하고 정말 아프기도할 것이다. 그 주사 자체가 뻐근한데 간호사는 무감각하게 한 번을 주물러 주는 법 없이 그렇게 냉담하게 주사만 놓고 나가버린다. 아아, 주사를 맞고도 어머닌 전혀 졸려 하시질 않는다.

나중에 신경 정신과에서 와서 환자가 몸은 아프지만 뇌가 너무 활성화되어 있어서 못 주무시는 거라고 하면서 약을 처방해 주었다. 이 약을 드시면 잘 주무실 거라고. 다른 환자는 모르겠지만 그 약에도 어머니는 끄떡없으셨다. 하다하다 내가 먹는 수면제를 입에 넣어주고 물을 마시게 했는데 하도 안 주무셔서 봤더니 세상에 그 쓰디쓴 약이 입 안에 그냥 있었다. 얼마나 썼을까. 그런데도 어머니는 쓰다는 말 한 번 없이 물 한 모금 마시는 일 없이 그 쓴 약을 입 안에 물고 계셨던 것이다. 항암제로 입 안과 목이 헐고 식도, 위장, 소장, 대장 할 것 없이 소화기가 다 헐어 있는 상태였다. 그래서 약도 삼킬 수가 없어 입에 물고만 계셨던 것이다.

매일 이런 전쟁을 치를 때면 누구 한 사람 가끔 저녁에 한 번만 봐주면 잠을 좀 잘 텐데, 라는 생각이 들곤 했다. 하지만 다들 바쁘고 여기 와서 밤을 새면 다음날 일을 못할 사람들이라서 감히 그런 부탁은 하지도 못했다. 항암 치료 시작하기 전 서울에서 동생이 토요일날 와서 일요일날 올라간 적이 있다. 앞으로 어떻게 될지도 모르고 동생에 하루 어머니와 지내라고 하고 싶었다. 내려온 동생은 온몸에 진이 다 빠진 모습을 하고 있었고 초라해 보이기까지 했다. 옷과 계절에 맞지 않는 신발, 분명 무슨 일이 있는 게 확실하지만 말을 원채 안 하는 아이였다. 나중에 물론 그 이유를 알았지만 그 때 나는 동생의 모습에 한참을 화장실에 가서 울었다.

어머니가 덜 아플 때였고 아직 항암 시작 전이라 어머니는 밀대를 밀며 막내 딸과 웃으며 복도를 거닐었고 나는 병실 입구 근처에 앉아서 그 모습을 바라보고 있었다. 멀리서 어머니가 내게 손을 흔드셨다. 병원에 입원하고 저렇게 밝고 환한 모습은 처음이다. 동생의 몰골에 겨우 울음을 참고 있다가 나도 마주 웃으며 손을 흔들었다. 어머니가 가까이 오더니 말했다. 저쪽에서 보니까 내가 아주 높은 곳에 앉아 있는 것 같더라고. 나는 웃으며 대답했다. 어머니가 사랑하는 막내 딸이 오니까 어머니 얼굴이 환해졌네.

그렇게 환한 어머니의 모습을 보는 건 그때가 마지막이었다. 병실에서 가끔 동생이 전화 오면 와서 밥 먹고 가라고 하신다. 동생은 서울에 있는데 인지를 못하실 때도 있었고 내가 동생 이름을 얘기하며 전화를 바꿔 주려고 하면 주연이가 누구? 하고 못 알아보실 때도 있었다. 그 모든 아픔을 오직 나 혼자서 겪고 있었다.

남편이 오면 그날 있었던 일을 담담하게 이야기한다. 때론 너무 담담해서 눈물 한 방울 안 나올 때가 있고, 때론 얘기하면서 흘린 눈물에 볼이 얼얼해질 때도 있었다. 너무 짠 눈물을 흘려서였을 것이다. 밉기도 하고 믿기도 하면서 나는 남편이 올 시간을 매일 기다렸다. 시간이 늦어지면 안 올 건가 하고 실망하기도 하며 앉아 있었지만 남편은 반드시 왔다. 그 당시 남편은 내 든든한 말 벗

상대였고 나의 슬픔을 알아주는 동지였다. 지금 생각해보니 남편에게 고맙다는 말도 제대로 못 건넸다. 이제야 고맙다는 인사를 글로 써 보낸다. 진심으로 고마웠노라고. "당신 정말 감사했어!"

내게 힘을 주는 동생들

내게는 사촌이 한 명 있다. 어릴 때부터 다 같이 자라서 내 동생은 나를 큰언니, 사촌동생을 작은 언니라고 부르며 사촌이라는 경계가 없이 지낸다. 막내가 서울에 살고 있어서 여기서 내가 아프거나 누워버리면 정말 시간을 분까지 나누어 쓰는 둘째 동생이 나까지 보살피러 다닌다. 손재주가 좋고 동양미술을 전공했는데, 현재는 종이 접기, 미술 등을 가르치며 방과 후 선생님으로 일한다. 그리고 나머지 시간에는 일반인과 단체를 대상으로 한지공예, 리본, 클레이 등 쉬는 날 없이 수업을 한다. 거기다 이모가 몇 년 전에 암 수술을 한 후 집에 계시는데, 1년도 더 훨씬 전부터 화장실도 못 가고 누워서만 지낸다. 동생은 요양 보호사가 비는 매일 오후에 수업을 마치고, 이모에게 가서 약, 밥, 기저귀를 챙겨드리고, 일요일은 쉬지도 못하고 아침, 저녁으로 이모를 보살펴야 한다. 수업이 많으니 수업 준비가 상당하다. 가끔 만나서 얘기해보면 밤 12

시 전에 잠자는 일이 거의 없는 생활을 한다.

내가 고등학교 1학년, 둘째 동생이 초등학교 4학년 무렵 여름에 밥을 먹을 때였다. 날씨도 너무 덥고 밥 생각이 별로 없어, 둘이 밥에 찬물을 말아 김치와 마늘지로 밥을 먹고 있었다. 그런데 갑자기 왼쪽 뺨에 '싸다구'가 날아왔다. 밥을 먹다 깜짝 놀라 동생보고 미쳤냐며 엄청 화를 내는데, 동생은 울어야 할지 웃어야 할지 웃음을 참지 못해 했다. 그 덕에 입에 있던 밥이 코와 입으로 다 들어가 재채기를 했는데 그게 또 내 얼굴에 날아와 달라붙었다. 화가 나서 씩씩거리다, 도대체 왜 때렸냐고 했더니, 모기가 내 얼굴에 앉았는데 저걸 어떻게 잡을까 고민하다가 그냥 손이 내 뺨으로 나갔다고 했다. 우리는 지금도 가끔 그 얘기를 하곤 하는데, 얼굴이 벌겋게 변했을 나와 동생의 즐거운 추억 중 하나이다.

퇴원하고 제주도에 내려와서 며칠을 이모 집에 있었는데, 아무래도 초코 때문에라도 다른 곳으로 가야 할 듯싶었다. 이모가 개를 안 좋아하는데 실수를 안 하는 아이가 내가 밖에 나가면 불안한 나머지 이불에 오줌까지 싸버렸다. 그때 가게와 집은 매매로 내놓은 상태인데, 아직 팔리지 않아서 있을 곳이 필요했다. 어머니 아는 분이 성당 소유의 집 입구에 컨테이너 하우스를 만들었는데, 거기에라도 있겠냐고 했다. 나는 좋다고 했다. 하지만 생활용품이 당장 하나도 없었다. 동생이 그날로 와서는 이불, 베개, 그릇, 작은 병마다 양념을 담고, 내가 입음 직한 옷과 신발까지 어떻게 차에 실었나 싶게 살림을 한가득 싸왔다. 하다못해 수건까지 다 갖고 왔다. 그런 꼼꼼함은 역시 직업에서 나오는 준비성인 것 같다. 고맙다고 했더니 그 큰 눈 가득 눈물을 보이며 "나야 두 손 다 있어서 무얼 해도 먹고 살지만, 언니는 힘들잖아. 이제부터 힘든 건 나불러. 내가 다 해줄게" 그러면서 큰 눈 가득 들어 있는 눈물을 떨구었다. "울지 마, 울면 내가 더 힘들어. 겨우 참고 있는 거니까, 너무 걱정도 하지 마" 그랬더니 그 특유의 반달웃음이 얼굴에 활짝 피었다. 웃으면 눈이 반달이 되어 더 예쁜 동생이다. 자신만만하고 당당했던 내 언니는 어디로 갔는지 모르겠다고 속상해 했다. 내가 너무 주눅이 들어 작은 일에도 무서워하고 자신감도 완전히 상실해 있어 내 자리를 찾지 못하고 있었기 때문이다.

10년 동안 동생에게 그림을 배운다고 하면서 제대로 간 게 3번 정도 될까. 나를 위하여 이젤과 붓, 물감까지 다 사다놓았는데, 이 핑계 저 핑계 대면서 그림공부를 하지 않으니, 앉아서 염불만 외고 있는 격이다. 일주일에 한 번씩만 나갔어도 벌써 꽤 수준 높은 그림들을 그리고 있을 텐데.

반칙이지만 그림 그리기를 좋아했던 나는 동생의 미술 숙제를 거의 맡아서 해주었다. 그려주면 반드시 상을 받아왔다. 그 재미에 나는 동생의 미술 숙제를 마다 않고 거들었던 것 같다.

손을 다치면서 어머니께 평소와 다르게 너무 분노를 표출하고 조금만 잘못해도 하도 있는 대로 신경질을 부려서, 어머니는 나를 피해 동생과 말을 하면서 마음을 풀었던 것 같다. 그것도 어머니가 돌아가시고 한참이나 지났을 때 동생이 말을 해서 알았다. 어떤 날은 속상해서 막 우시기도 하고, 어떤 때는 도대체 왜 저 아이가 저렇게 변했는지 모르겠다며 한숨 쉬기도 하면서… 내가 왜 그랬을까?

젊었을 때 나는 어머니가 어디 가서 무시당하면 안 되니까 옷도 철따라 사드리고, 남에게 조금이라도 뒤처지지 않게 해드리고 싶었다. 나를 욕하는 것은 괜찮지만, 내 어머니를 욕하면 입에 거품을 물고 상대방에게 덤볐을 것이다. 어머니가 초라하게 다니는 게 싫었고 남에게 무시당하면 참을 수가 없었다. 우리가 다 어렸을 때 어머니는 우리 셋을 모두 목욕탕에 데려가셨다. 셋 다 때를 밀어주고 나면 막상 어머니가 밀 때는 힘이 다 떨어지셨을 것이다. 난 겨우 어머니 등이나 밀어주고 말았으니. 스스로 해도 될 나이였는데도 그런 생각을 못 한 게 너무 안타깝다.

내일은 금요일. 말만 그림 그리는 요일이다. 아닌 게 아니라 정말 그림을 시작해야겠다. 동생과 15년 후 같이 개인전을 열기로 했는데, 그러려면 지금부터 부지런히 하지 않으면 안 된다. 이미 멀리 LA에 사시는 페이스북 친구께서 하나 사주신다고 했다. 그냥 페이스북에서 이름만 아는 사이인데도, 응원 차 꼭 개인전 할 때 연락을 달라고 했다. 이렇게 미래의 고객도 1명 확보되어 있는데, 어떻게든 그림을 시작해야겠다. 글도 쓰고 그림도 그리고, 욕심이 너무 많은가? 하지만 재주꾼 동생이 옆에 있는데, 어려울 것도 없지 않을까.

어머니가 돌아가실 때 내 동생 둘 다 병원에 있었다. 둘째는 늘 믿고 의지했던 이모님이었는데, 앞으로 어떻게 해나갈지 막막하다며, 좋은 데 가서서 걱정 말고 쉬시라고 했다. 그러면서 언니는 자기가 잘 돌볼 테니 걱정하지 말라고 했다. 장례식 때도 둘째 동생이 있다는 사실이 나를 든든하게 했다. 행여 내가 화를 내고 신경질을 부려도 그 아이만큼은 참아주고 있었으니까. 사실 둘째는 재작년 내가 스트레스로 환각에 시달리면서도 차를 운전하느라 정말 위험했단 걸 알고, 적어도 2, 3일에 한 번은 꼭 전화를 한다. "무슨 일 없지예?" 하면서. 그러면 나는 "응, 아무 일도 없어. 오늘 날씨가 안 좋아서 손이랑 허벅지랑 왼쪽발이랑 허리랑 수술한 모든 곳이 너무 아파, 책도 못 읽겠네" 할 때도 가끔 있다. 이렇게 살아도 외롭지 않은 이유는 내 둘째 동생 때문이다.

동생에겐 아들 셋이 있다. 지금은 다 커서 군대에 한 명, 서울에서 대학공부를 하는 둘째가 있고, 막내는 중학생이다. 정말 혼자서 장하게, 수입이 많지 않을 때도 어떻게든 애들을 교육시키고 먹여서 다들 건강하고 훌륭하게 키워냈다. 둘째 아이가 사춘기 때 좀 힘들었던 것 같다. 난 전혀 모르고 있었다. "키울 때 셋 중 누가 제일 힘들었어?" 하고 물어보면, 둘째 아이 생각하면 가슴이 먹먹해진다며 눈에 눈물이 가득 찬다. 그랬구나! 그러면서도 나한테 한마디도 안 하다니, 정말 그런 면에선 부처가 따로 없는 것 같다. 아이들, 그것도 아들 셋을 엄마 혼자 키우기가 어디 쉬운가. 요즘은 아이가 한 명만 되어도 키우기 어려워서 온 가족을 동원하고도 어린이집, 학원 등으로 보내지만, 그래도 힘들어한다. 동생도 그렇게 키우면서, 일하고 늦어서라도 들어가면 아이들 밥 해먹이고, 도시락 쌀 일이 있으면 늦은 밤까지 직접 만든 김밥을 애들 손에 쥐어 보냈다. 살려고 하면 살아진다고, 그렇게 다 자란 조카들이 너무 대견스럽고 늠름하다.

언제나 반달이 되는 웃음, 얼굴에 그림자를 만들지 않는 밝은 성격, 일을 너무나도 열심히 완벽하게 하는 내 동생은 가끔 동생이라기보다 언니 같다는 생각이 든다. 요즘 나를 든든하게 받쳐주는 둘째 동생이 있어 나는 외롭지 않다.

우리는 초등학교가 방학해서 시간이 3일 정도만 나면, 가까운 일본으로 여행을 다녀오기로 했다. 그게 언제가 될지는 모르지만…. 일본은 내가 몇 번 가본 나라 중 하나지만, 한국인이라면 꼭 한 번 가봐야 하는 곳이란 생각이 든다.

다치고 이렇다 할 여행 한 번 못 다녔다. 그럼 책이라도 읽어야지. 몇 년을 책도 못 읽었다. 도대체 뭘 하면서 사는 것이지? 하느님께서는 데려갈 만한 큰 부상에도 나를 떨구고 가셨다. 그렇다면 세상에 아직 내가 해야만 할 소명이 분명 있을 것이다. 동생과 같이 그림을 그리고, 10년, 15년 후 전시회를 가져도 좋겠고, 시간 날 때마다 짧은 해외여행도 자매들끼리 하면 참으로 즐거울 것 같다. 생각만으로도 얼굴에 미소가 퍼진다.

잃어버린 왼손과 어머니

내가 다쳤다는 것을 어머니는 동생을 통해 들었다. 그리곤 육교에 주저앉아 한참을 일어나지 못했다. 동생이 쉬는 날까지 며칠 밤을 뜬눈으로 지새웠을 어머니. 동생이 드디어 쉬게 되자 병원까지 한달음에 찾아오셨다.

그때 처음 입원한 병원은 강남 근처에 있는 화상 전문 병원이었다. 어머니는 동생 아들 둘을 봐주느라 서울에 살지만 지리는 전혀 모르는 제주도 섬 사람이다. 어떻게 병원까지 전철을 타고 올 수 있었을까? 내가 다친 것보다도 그게 더 궁금하고 걱정되었다. 병실로 들어온 어머니는 나의 왼팔부터 찾아냈다. 그리곤 집요하게 살피기를 멈추지 않았다.

깁스를 하고 있어서 잘 보지는 못하셨겠지만, 나는 그 눈길이 싫었다. 금방 울 것 같은 얼굴을 보고 싶지 않았다. 길도 모르는데 길 잃어버리면 어떻게 하려고 여기까지 왔냐고 내가 볼멘소리를 했다. 그렇게 어머니와 나는 병실에서 침묵하다가, 어머니가 뭐 필요한 게 없느냐고 물었다. 왼팔을 늘 높이 하고 있어야 피가 쏠리지 않아 덜 붓고 부기도 빨리 빠진다. 그래서 베개가 필요하다고 했다. 어머니는 또 어디서 찾았는지 시장을 찾아내고는 팔 아래 놓으면 딱 알맞아 보이는 납작한 인형을 하나 사가지고 오셨다.

환자들의 치료가 시작되었고, 비명소리도 들리기 시작했다. 그 화상 전문 병원의 치료법은 화상 입은 부위를 소독된 거즈로 거의 벗겨내는 수준으로 문지르는 방법이었다. 정말 끔찍한 고통이었다. 치료 들어가면서 나는 어머니보고 말했다. 절대 치료하는 거 보러 오지 말라고. 다짐까지 받아내고 치료실로 들어갔다. 드레싱을 풀고 상처 부위에 치료를 시작했다. 혹시 어머니가 들으면 안 되니까 신음소리 하나 내지 않았다. 이 치료를 받다 서너 번 기절한 적이 있었다. 끔찍한 고통이었다. 나중에 옆에 환자에게 들었다. 어머니는 나 몰래 치료하는 것을 보다가, 그만 서 있지를 못했다고. 소리 내서 울지도 못하고 숨도 제대로 쉬지 못하셨다고 했다.

치료가 끝나고 병실에 가보니 어머니는 안 계셨다. 한참 있다가 어머니는 벌게진 눈으로 입만 웃으면서 들어오셨다.

"어머니, 어디 갔다 와?"

"응, 요 밖에 바람 좀 쐬러."

"어머니, 나 치료하는 거 안 봤지? 보면 마음만 아프니까 보려고도 하지 마. 알겠지?"

"응, 알았져."

그러다 갑자기 묻는다.

"팔을, 다른 사람 팔 잘라서 붙일 수 있는 수술이 가능할까?"

"어머니, 그런 수술 못 해. 미국에도 그런 사람 있었는데, 부작용 생겨서 얼마 못 살고 죽었어."

나는 어머니 앞에서 가능하면 아무 일도 아닌 것처럼, 별로 아프지도 않은 것처럼 밝게 얘기를 나누었다. 저녁이 되어 집에 가라고 했더니 내일은 일요일이라 어차피 집에 있어도 작은사위 눈치가 보여 사우나 찜질방에나 가신다고 했다. 그날 밤 병원에서 자는데 밤중에 어머니의 흐느낌 소리를 들었다. 가슴이 얼어붙었고, 얼어붙은 가슴을 꼬챙이로 파내는 것 같았다. 내가 어쩌자고 어머니 가슴에 대못을 박았는지, 당신 팔을 잘라서라도 나에게 붙여주고자 하는 절박함. 작은딸 집에 아이들 보러 와주고도 눈치 보이는 사위를 피해 일요일 여기저기 헤맸을 어머니가 나는 팔보다 더 아프다. 토, 일요일을 병원에 계시다가 어머니는 동생 집으로 돌아가셨다. 헤어짐을 생각하니 목 아래 뜨거운 것이 차올라왔다가 내려간다. 침이 꼴깍 넘어간다.

"다음 주에 또 올게. 성숙아, 울지 말고 치료 잘 받고 아무 생각 말고 밥도 잘 먹고 마음 크게 갖고 있어야 해."

"응, 어머니."

하는데 기어이 눈물이 쏟아져 내린다. 나도 어머니도.

"어머니, 미안해. 내가 너무 약해졌어. 어머니 딸이 이렇게 돼버렸어."

12월 눈이 오고 바람도 찬 날씨였다. 두어 시간 지나서 지하철에서 내려 집으로 간다고 어머니가 전화를 해주었다. 안도의 한숨이 나왔다.

내가 처음에 있던 병원은 화상 전문 병원이라고 해서 입원했는데, 화상 부위 진물을 거즈로 벅벅 닦아내는 치료 방법으로, 2도 정도의 피부화상에는 효과가 있긴 했지만, 나처럼 뼈가 타버린 경우에는 큰 효과가 없었던 것 같다. 입원해서 두어 번 완전히 상한 조직을 잘라내는 수술을 했다. 어떤 방법으로 치료해야 할지 거기 외과의들도 손을 놓은 것 같은 느낌이었다.

팔을 잘라야 할 것 같다고 했다. 최대한 남기고 한다고 해도, 팔꿈치 아래에서 자른다고 했다. 이제 염증이 퍼지면 혈관 색전이 올 것이고 위험하다고 했다. 그러면서 이제 더 이상 치료는 무의미하니 하루라도 빨리 절단해야겠다고 했다. 하지만 남편은 절단만은 절대로 받아들일 수 없었다. 팔꿈치 아래 한 쪽 부분은 완전히 타버렸지만 엄지와 연결되어 있는 척골 뼈는 남아 있지 않느냐고, 이걸 살릴 수 있지 않겠냐고 계속 의사를 설득했다. 그쪽 의사들은 절단 외에는 방법이 없다고 했다. 결국 모레로 수술 일정이 잡혔다. 마지막까지 남편이 의사를 찾아가 방법이 없겠냐고 끈질기게 몇 번을 사정하자, 그쪽 의사 중 한 명이 한양대학교 안희창 교수를 찾아가보라고 했다. 병원에는 알게 하지 말라는 당부의 말씀도 함께였다.

이틀 후 절단 수술 일정이 잡히자 나는 모든 것을 완전히 포기했다. 하지만 남편은 끝까지 포기하지 못했다. 한양대에 전화를 했다. 3개월간 예약이 안 된다고 했다. 남편이 사정을 얘기하자 예약은 안 되지만 교수님 진료 시작 전에 일찍 와서 한 번 기다려보라고 했다. 혹시 예약 손님 전에 봐줄 수 있을지도 모른다고. 다음날 새벽 6시경 우린 택시를 타고 한양대 병원으로 향했다. 전날 눈이 와서 도로는 군데군데 얼어 있었다. 다른 병원 환자복 차림 그대로였다. 성형외과 외래 앞에 있는 의자에 나는 누웠고, 그는 옆에 앉았다.

세 시간 좀 더 기다렸을까? 복도 가운데 쪽에서 의사 몇 분이 오시는 게 보였다. 다른 병원 환자복을 입은 나와 남편을 번갈아 보며 매우 놀란 표정으로 쳐다보았다. 남편이 복도에 선 채 설명을 했고, 안희창 교수님은 얼른 들어오라며 바로 진료를 봐주셨다. 팔이 이렇게 많이 남아 있는데 자르긴 왜 자르냐며, 최대한 많이 남겨보도록 방법을 찾자고 하셨다.

입원장을 바로 써주시며 입원하라고 했다. 남편은 정말 감사해하면서 나보고 희망을 가져보자며 최선을 다해보자고 했다. 입원 수속을 하고 남편은 병원비를 계산하고 짐을 가지러 이전 병원으로 갔다. 사람들의 시선 속에 나는 다른 병원 환자복을 입은 상태로 원무과 앞에 앉아서 남편을 기다렸다. 뭔가 굉장히 밝아진 분위기였다. 비교해보니 이전 병원은 복도가 좁고 너무 어두웠다. 걸어 다니며 운동할 공간이 거의 없을 정도로 협소했다. 그래도 여기 한양대 병원은 최소한 밝고 걸어 다니며 운동하기에는 정말 충분한 공간이 있었다. 물론 앞으로 더한 고통이 남아 있다는 걸 안다. 이걸 쓰는 지금은 알고 있지만, 당시에는 그 후의 엄청난 수술과 고통을 알지 못했다. 단지 상상만 할 뿐.

한양대 병원에 입원하고 밥 나오면 밥 먹고 답답하면 한양대 교정을 한 바퀴 돌고 온다. 그러면 딱 한 시간이 걸리는데, 수액을 달고 삼각대를 밀며 잘도 돌아다녔다. 성형외과에서 나처럼 화상을 입거나 폭발로 다리가 날아간 젊은 새댁, 차 사고로 다리뼈가 가루가 돼버린 사람 등, 여러 부류의 환자들과 사귈 수 있었다. 처음에 입원했던 B병원은 굉장히 분위기가 음침했고 간호사의 불친절이 하늘을 찔렀다. 어떻게 환자들에게 그런 심한 말을 아무렇지도 않게 내뱉을 수 있을까? 내 링거를 잘못 연결하여 집에서 가져온 두꺼운 담요가 전부 젖을 정도로 출혈이 되었다. 미안하다는 말도 없었다. 빈혈 검사를 해서 혈액을 보충해줘야 하는데, 검사는커녕 아무것도 아니라는 식으로 반응했다.

실제 나는 그때 이후로 치료를 받다가 세 번 기절했다. 아무래도 출혈로 빈혈이 심해진 것 같았다. 한양대에서 첫 이식수술을 하고는 수혈을 4팩 정도 받았다. 빈혈이 심한 상태라 몸의 힘도 없었고 통증으로 아무런 희망도 없던 내가 암흑에 빠졌던 시기의 이야기다. 이제 이런 아픈 얘기를 쓰는데도 참으로 담담해진 것 같은 기분이다. 어제까지만 해도 눈물을 뚝뚝 흘리며 썼는데, 글쓰기의 힘이 나의 상태를 조금은 객관적으로 보게 만든 것 같다. 생각을 정돈시켜 주고 마음에 안정을 심어 주었다.

한양대 병원에 와서도 시간은 좀 보냈지만, 최대한 왼팔을 많이 살릴 수 있었다. 조금이라도 더 길게 남아 있어야 삶의 질이 좋아진다고 안희창 교수님이 말씀하셨다. 그냥 팔꿈치 아래서 잘라도 없어진 부분만 커지고, 그만큼 환상통이 커져 견디기가 더 어렵다는 것이다. 그렇다고 아파올 때마다 신경 차단술을 할 수도 없고,

신경 차단술이 잘 안 들으면 주사 맞은 고통은 허사로 돌아가 버리고 만다. 이만큼이라도 남았으니 나름 외출도 하고, 어릴 때부터 늘 하고 싶던 글쓰기를 하고 있다. 어릴 때 작가가 뭔지도 잘 모를 때부터 나는 책을 꼭 쓰리라 다짐하며 초등, 중고등 학교 시절을 보냈다. 그 후 직장과 학교가 바빠져 글쓰기에 대한 꿈이 점점 멀어지는가 싶더니, 이제 내 맘대로 실컷 글쓰기를 할 수 있는 시간도 있고 공간도 있다. 올해 나의 최대의 행운이라면, 바로 자이언트 스쿨을 통해 이 글쓰기를 시작할 수 있었다는 점이다.

시작했으니 아름답게 마무리를 하고 싶다. 책이 아니어도 나의 생각들을 정리하는 글쓰기가 정말 좋다. 앞으로 나의 눈과 오른손가락이 허락하는 한 독서와 글쓰기는 내 삶의 일부가 될 것 같다. 아주 고마운 일이다.

딸과 엄마와 어머니

나에겐 20년 전에 헤어진 예쁜 딸이 하나 있다. 얼마 전 페이스북으로 친구 찾기를 누르다가, 잘못하여 그 아이에게 gif 파일을 잘못 보내버렸다. 바로 친구 신청이 들어왔지만, 응답까지는 정말 며칠을 망설여야 했다. 내가 아버지에게서 받은 상실감이 너무 컸기 때문에, 딸도 나를 보고 그런 상실감을 느낄까 봐 걱정이 되었다. 후회할까 봐 두려웠다. 아직 만나지는 않았지만, 자식은 꼭 부모를 찾아온다는 말을 어머니는 자주 했었다. 사실 이런 상태로 딸을 만난다면 그 아이 나름 상상했던 엄마가 기대에 못 미쳐서 얼마나 실망할까. 만나지 않아도 충분히 알 수 있을 것 같았다. 내가 아버지에게 실망하여 그의 죽음에서조차 별 감흥을 못 느꼈듯이.

제주 지점이 GSA, 즉 통판 판매점으로 바뀌고, 나는 서울 본사 근무를 신청해서 서울로 가게 되었다. 당시 딸 아이 아빠는 나와 사이가 좋지 못해 서울에서 근무를 하고 있었다. 사실상 이혼이나 다름없는 별거를 하고 있었다. 딸은 내가 돌보기로 해서 데리고 있었는데, 서울로 발령이 나자 어머니와 딸만 제주도에 남게 되었다. 서울로 올라간 나는 부장님께 인사하고 다음날부터 출근하기로 하고 면담을 마쳤다. 그날 밤 잔 곳은 나처럼 급히 서울로 발령받은 직원의 친척 집이었다. 방 얻을 때까지만 양해를 구하고 있었는데, 나까지 다섯 명이 한 방에 자게 되면서 굉장히 눈치가 보였다. 그날 저녁 그곳에서 자면서 이혼을 결심하고, 다음날 사표를 내고 제주도로 내려갔다. 서울 올라와서 단 하루 만에 모든 결정을 내려버렸다. 아무래도 아이도 걸리고 이혼 문제도 있는데, 회사를 놔버려야 모든 문제가 풀릴 듯했다.

다음 날 난 부장님께 사표를 제출하고 어머니와 딸이 있는 제주도로 돌아왔다. 그때가 1996년 겨울이었던 것 같다. 딸아이 아빠에게 이혼해달라고 했다. 그가 결혼하고 내 가족들을 무시하는 게 죽기보다 싫었다. 어머니와 동생에게 너무 미안했다. 노골적으로 함부로 입을 놀리는 그가 미웠다.

당시를 곰곰이 생각해 보면 아이 아빠가 내 동생과 어머니까지 모시고 함께 사는 것이 굉장히 힘들었을 수 있겠다 싶었다. 시집 식구도 아니고 아내의 엄마와 동생까지 같이 살아야 하니 신경이 쓰였을 것이다. 나의 보증 빚까지 물려있던 때라 도와줄 수 없다면 이혼해달라고 했다. 그는 시간을 달라고 했다. 약속한 날이 다 되었지만 그는 답이 없었다. 그건 안 된다는 의미였다. 이제 이혼밖에 방법이 없었다. 최근에 알게 되었지만, 이혼 얘기가 나올 때 나와 같은 항공사에 근무하는 지점장님과 만나 상담까지 했다고 한다. 그걸 듣고 정말 놀랐다. 내가 존경하는 그분의 대답이라면 안 들어도 알 것 같다. '힘들어도 안고 가라'였을 것이다.

그의 회사는 이혼 같은 가정 문제가 진급에 큰 결격 사유가 되는 것 같았다. 하지만 그는 당장의 문제밖에 계산하지 못한 것 같다. 나무는 보고 산은 못 보는. 이혼하는 남자들은 재빠르게 카드와 통장을 제일 먼저 챙긴다고 한다. 여자들은 이혼 자체가 목적이므로 이해와 실익을 따지지도 않고 오직 이혼에만 정신이 가 있다. 나중에 고생이 시작돼야 이것저것 챙겨보려 하지만, 이미 시간도 지나고 도움받을 방법도 남아 있지 않는다. 경제적 도움을 받아보고 싶어도 어찌할 수 없다는 걸 나중에야 알게 된다.

어머니가 아이를 봐주는데도 한 번도 수고한다든지, 감사하다는 인사를 건넨 적이 없다. 내 동생이 조금 늦게 들어오면 굉장히 기분 나쁘게 처제에게 심한 말을 하곤 했다. 거기다 내 어머니를 노골적으로 무시하는 게 보였다. 모르겠다. 그가 거의 막내로 자라서인지, 나만의 착각이고 자격지심인지 모르겠지만… 내게도 그랬다. 자기 친구를 만나 술이라도 한잔하게 되면 직접 대고 나에게 화살을 쏘기 시작한다. 제주도에 살면서 귤밭도 하나 없는 처가집이라고. 그러면서 나보고 얼굴 하나 이쁜 거 빼면 아무것도 아니라고 했다. 오죽하면 그의 친구가 그만하라고 말렸을까? 나도 모르게 그 자리에서 눈물을 뚝뚝 흘리고 있었다니, 젠장.

어찌되었든 이혼은 했다. 살 것 같았다. 내가 짊어져야 할 것은 커다랗게 내 앞에 산으로 쌓여 있었지만, 자유를 얻고 어머니와 동생도 더 이상 무시당할 일이 없어서 좋았다. 행복하다는 표현이 맞는 말일까. 진짜 그랬다. 이제 내가 해결해야 할 문제에 전념해야 한다. 개인회생, 파산 제도도 있고 조금만 열심히 애를 쓰면 금방 갚을 수 있겠지만, 그 당시는 나는 보증인이 이자도 전부 갚아야 하는 줄 알았고 개인회생제도나 파산에 대해선 알지도 못했다. 그걸 알았다면 조금은 수월하게 문제를 해결하거나 회사를 관두지 않아도 되었을 것을.

돈이 되는 일을 해야 하는데…, 하면서 나는 퇴직금과 국민연금을 털어 급한 것을 먼저 해결하였다. 어머니가 계시기에 나는 보증빚도 다 갚았고, 다시 시작할 힘도 얻었다. 몸은 정말 피곤하고 때론 배고픔도 이겨내야 했지만, 그와 헤어진 건 서로를 위해 참 잘된 일이라고 생각한다. 내 딸을 생각하면 나는 아무 말도 할 수 없지만, 이제 다 자랐고 성인이 된 그 아이가 세월이 지나면 그런 결정을 할 수밖에 없었던 엄마를 이해해 줄지도 모르겠다. 해마다 딸아이의 생일날만 돌아오면 안절부절하지 못하던 시절이 있었다. 이제 다 자라 성인이 되었고 스스로 멋진 삶을 개척해 나갈 것이다.

태어나서 상상으로만 멋진 아버지를 기대했던 내가 실제로 아버지를 처음 만나 모든 환상이 거짓말처럼 거짓이 되었을 때의 비참함. 나는 그 참담함을 내 딸에게는 절대 겪게 하고 싶지 않다. 나 때문에 새엄마와 살아야 했던 아이…. 모르겠다. 오히려 나보다 능력 있는 아빠와 살아서 딸아이에겐 정말 잘된 일이라고 나 스스로를 위로했다.

장애인의 몸이지만 딸 앞에서 뭔가 당당한 것을 이루었다는 넉넉함이 생기면, 그때 비로소 딸을 만날 수 있을 것 같다. 장애를 떳떳하게 극복할 수 있는 힘이 생기면 자동적으로 우린 만날 수 있는 운명이 만들어지리라.

무엇을 해도 안 되는 시기가 있다. 운이 안 좋을 땐 가만히 엎드려 있는 게 최고로 잘하는 처신인데, 급한 마음에 이 일 저 일 벌이게 되는 것이다. 그 당시 나처럼.

늑대의 혓바닥 얘기를 들어본 적이 있는가. 에스키모가 늑대를 사냥하는 방법이다. 차가운 빙하에서 얼음 위에 동물의 피를 묻힌 칼을 꽂아놓으면, 늑대는 피 냄새를 맡고 와서 핥아먹는다. 차가운 칼로 인하여 늑대의 혀는 감각을 잃어가고, 자기의 혀도 칼로 상처를 입는다. 하지만 늑대는 그것도 못 느낀 채 자기 피를 핥고 또 핥고 하다가, 결국 쓰러진다. 자기 피를 마시다가.

궁지에 몰리자 내가 늑대의 혓바닥이 된 것 같았다. 돈에 쫓기면서 뭐든지 해보려고, 다시 여기저기 돈을 얻어 돈이 될 것 같다는 느낌 하나로 뭔가를 시작했다. 하지만 그렇게 쫓기면서 시작한 가게나 사업이 잘될 리 없다. 결국 다시 쓰러지고 말았다. 몇 번이든 차가운 칼에 혀가 베이면서도, 내 피를 내가 빨아먹으면서도, 그것을 못 느꼈던 것이다. 무엇을 해도 안 되는 시기에 급한 마음에 이것저것 손을 댔고 상황은 더 악화되기만 했었다. 나중에야 깨닫고 멈춰 섰다. 그리고 조용히 주변을 돌아보았다. 이성적으로 판단해야 할 때였다.

아이가 중학생이 되어 제주도로 수학여행을 온 모양이다. 아빠에게 엄마한테 연락해도 되냐고 전화번호를 물었는데, 아이 아빠는 나중에 만나라면서 만남을 반대했다고 한다. 아이 아빠가 딸이 고등학교로 진학했다고 의례적인 얘기를 해주려 전화했다가 전해준 말이다. 그 말을 듣는 순간 양쪽 가슴이 다 뻐근해져 오기 시작했다. 딸아이도 나를 찾고 있었구나. 그래 맞다. 내 어린 시절을 생각해보면, 자식이 더 절절하게 어머니를 찾으며 어머니 옆에 있으면 어떠한 것도 무섭지 않았다. 불쌍한 내 딸은 고작 5살, 만으로 4살까지만 나하고 살았다. 내가 회사 갔다 오면 반갑게 뛰어와 나를 반기던 아이였다. 내 삶의 전부였고 나의 가장 소중한 반짝이는 작은 별이었다. 하지만 그가 소중하고 내 목숨보다 귀한 딸아이를 데려가버렸다.

이전에 크게 한 번 싸우고 헤어지기로 했을 때 딸을 아빠가 데려간 적이 있다. 그때는 제주도에 있을 때라 2일쯤 지나자 참을 수가 없어 아이 아빠 집을 찾아갔다. 어떻게 지내나 가보니, 막내 시누이가 내려와서 아이를 보고 있었다. 딸의 윤기 나는 긴 머리를 싹둑 잘라버렸고 허벅지, 팔 이런 곳에 멍 자국이 하나 둘이 아니었다. 왜 그랬냐고 물으니까 고모가 그랬다고 했다. 엄청난 살의를 느꼈다. 그때 나는 알았다. 아이를 위해 살인을 할 수 있다는 것을. 나보다 훨씬 나이가 많은 시누이가 말했다. 애가 누굴 닮아서 그러는지 말도 안 듣고 고집이 엄청 세다는 것이다. 나를 겨냥해서 하는 말이었다. 나는 발악하면서 따졌다. 그렇다고 아이를 이렇게까지 해놓느냐고, 결혼을 못 하고 아기도 안 낳아봐서 뭘 아주 모른다고 악을 쓰며 따졌다. 나이 차이가 꽤 있는 시누이는 이게 어디서 소리 지르고 난리냐며 나를 때리려 했다. 좋다고 그렇게 때리는 게 좋으면 아이 대신 날 때리라고 했다. 내 눈빛 때문인가, 손을 내렸다. 나는 당장 아이를 데리고 집으로 왔다. 그리고 아이 머리를 보기 좋게 다시 기르기 시작했다.

이혼하고 얼마 안 돼 대전으로 아이를 데려가 버리자 내 삶의 모든 빛이 사라졌다. 살 의지가 사라지고, 죽음이란 단어만이 내 머릿속을 날고 있었다. 아아, 그런데 내 어머니가 나를 쳐다보고 계셨다. 어린 딸이 내 존재의 이유라면 나는 어머니의 존재 이유였다. 며칠을 누에고치처럼 이불을 두르고 벽에 기대 앉아 있었다. 그러다 생각했다. 1년만 더 살아보고 안 되면 그때는 가자. 그리곤 제주도를 잠시 떠났다.

중간에 내가 있는 곳을 어떻게 알았는지 휴대폰 번호까지 알아내곤 아이 아빠가 찾아온 적이 있다. 나에게 마지막 기회라고. 개포동 아파트를 주고 아이와 함께 살게 해주겠다고 했다. 지금까지 거의 3년 가까이 홀로 버티면서 살아냈다. 굶기도 했다. 이제 아쉽고 두려운 것이 없다. 딸은 크면 만날 수 있을 것이다. 다시 그와 살면서 그의 발자국 소리에 늘 불안해하며 쿵쾅거리는 가슴으로 살 수는 없었다. 이제 나는 하늘을 향해 활짝 웃으며, 나를 불안에 떨게 만드는 욕설에서 자유로워졌다. 다시는 갇히는 일 없이 자유로운 내 상처받은 영혼을 사랑하고 힘들게 살고 있는 아픈 영혼들에게 작더라도 희망을 전하고 싶다. 삶에 축복을!

아버지

아버지를 모르고 살았던 때, 어린 시절의 환상. 나를 찾으러 온 아버지는 부자에다 인자하고 배려심이 아주 많은 멋진 사람이라는 환상을 가지고 있었다. 그래서 나를 잃어버린 것을 아주 미안해하며 나를 행복하게 해줄 아버지가 찾으러 올 것이라는 행복한 기대를 하며 어린 시절을 보냈다. 결국 비참하게 행복한 환상으로 끝나고 말았지만.

고등학교 3학년 여름방학 때로 기억된다. 어머니와 함께 비행기도 아닌 배로 부산까지 가서 아버지를 만났다. 어머니와 아버지는 일생 서로 연락을 주고받은 적이 없었다. 어머니가 아버지의 고향에 살고 계신 큰아버지의 이름과 주소를 알고 있어서, 그곳을 통해 아버지의 연락처를 알아냈고 만나기로 한 것 같았다.

그렇게 만난 아버지는 삼촌이라는 분과 함께 나왔다. 나와 어머니를 만나고는 내게 몇 가지 질문을 하고 어머니와도 잠깐씩 몇 마디만 했을 뿐 거의 말이 없었다. 부두에서 맨 먼저 간 곳이 용두산 공원. 아직도 기억이 생생하다. 내가 입고 간 바지 색, 친구에게 빌려 신고 간 샌들의 디자인과 색상까지. 차라리 만나지 않았으면 행복했을 것이다. 어딘가 멋진 아버지가 계시다는 환상 속에서 언젠가는 아버지가…, 하며 살아가는 것이 오히려 행복했을 것이다.

용두산 공원에서 어디론가 걸어서 간 것 같다. 날씨가 더워서 아버지는 주로 슈퍼 앞에 있는 테이블에서 맥주를 마셨다. 점심을 먹어야 해서 식당에 들어갔다. 뭘 먹었는지는 기억이 없다. 너무 설레며 아버지를 만나러 갔기에, 내가 상상했던 아버지와 전혀 다른 깡마르고 술만 마시는 아버지란 사람이 나의 인생, 나의 희망을 산산조각이 내고 있었다. 빨리 집으로 내려가고 싶었다. 삼촌은 자기를 기억하느냐고 물으셨다. 전혀 기억을 못 하겠다고 대답했다. 아버지도 기억이 안 나는 마당에 어떻게 삼촌을 기억할 수 있을까? 내 동생들이 있다고 했다. 아들 하나, 딸 둘이 있다고. 그런가 보다 했다. 별로 관심도 없었다.

내려가는 배 시간이 다 되어가고, 우린 배를 타는 곳으로 가야 했다. 그런데 아버지는 우리 연락처나 주소도 안 물으셨다. 부산에 가족이 있으니 그럴 수도 있겠다 싶었다.

그렇게 내 사춘기 시절 소공녀의 행복은 더운 날씨와 함께 산산조각 나고 말았다. 같이 온 삼촌이 말릴 정도로 술만 먹던 아버지. 내가 몇 살 때인지는 잘 모르겠지만 아버지는 어머니에게 나를 데리고 시골 큰집에 가 있으라고 했다. 아버지의 말대로 큰집에 왔지만, 거기서 우리는 환영받지 못하는 존재였다. 제주도 것들이라고 어머니를 무시했다. 대놓고 할아버지, 할머니는 어머니를 막 대했기 때문에, 아마 거기서 오래 못 견디고 친정인 제주도로 기약 없이 내려왔을 것이다. 만약 내가 아들이었다면 상황은 조금 달라졌을지도 모른다. 우리 어린 시절은 남아 선호사상이 사회 전반적으로 팽배해있던 때였다.

이 일로 훗날 깨달은 게 있었다. 학력고사를 치르고 다음해 1월 어느 날, 어머니는 내가 들릴 정도로 밤새 우신 적이 있었다. 서러움에 겨운 어머니의 울음소리는 너무나 처연했다. 나를 대학에 보낼 수 없다는 절망감에 어머니는 통곡에 가까운 울음을 꺽꺽, 몸을 떨며 울었다. 어머니의 울음에 내 가슴은 찢어질 듯이 아팠지만 비탄에 빠진 어머니의 울음을 달랠 방법을 나는 알지 못했다. 내가 꼭 대학에 가고 싶은 것도 아니었는데, 어머니는 자신의 가난 때문에 나를 대학에 못 보내는 것에 무척 마음이 아프셨던 것이다. 그래서 고3인 나를 데리고, 혹시나 아버지가 학비를 대주지나 않을까 해서 기대하고 가셨던 것이다.

그날 아버지의 집에 잠깐 갔던 기억이 난다. 키가 나보다 조금 큰 네 살 아래 남동생이 있었고, 예쁘장하게 생긴 여동생 두 명이 있었다. 집 바깥쪽은 장사하는 식당이었고 안쪽은 살림집이었다. 어머니와 헤어졌을 무렵 아버지가 중국집을 했다고 얘기했던 게 그때서야 떠올랐다.

그땐 아버지를 방문한 이유를 잘 몰랐지만, 어머니는 굉장히 실망하고 내려오신 듯하다. 하지만 나와는 다른 종류의 실망이다. 난 내가 소공녀인 줄 알았는데 그 환상이 완전히 박살나는 실망이었고, 어머니는 내 아버지라는 사람이 나를 대학에 보내줄 수 없음을 알고는 현실적인 슬픔을 안고 제주도로 내려오는 배를 탄 것이다. 어머니는 할아버지께서 사셨던 큰집이 과일 농장을 많이 가지고 있었고, 아버지도 어느 정도 유산을 물려받았을 거라는 추측을 하셨기에 기대를 하셨던 것 같다. 잘은 모르겠지만 하나도 받지 못했을 것 같지는 않다. 다만 거기에 내 몫이 없다는 것뿐. 내려가는 배 삯을 줘도 어머니는 받지 않았다. 어머니의 자존심에 그 돈을 받을 리가 없었다. 받으나 마나 한 돈이었으니까. 우리가 부산에 다녀온 1년 후 아버지가 돌아가셨다는 연락을 받았다. 햇살 좋은 봄날에 받은 전갈. 그때 왜 나는 짐을 하나 내려놓은 것 같았을까? 아버지라는 이름 자체가 내겐 절망이란 이름으로 바뀌어져 있었다. 술만 마시면 제주도 간다고 가족들을 힘들게 하신 것 같았다. 결국은 술이 아버지를 죽였다는 생각이 들었다. 슬프거나 애도하는 감정이 생기지 않았다. 단 한 번 얼굴을 본 아버지가 돌아가셨다. 그저 담담했다.

나중에 어머니에게 들었는데, 어머니와 아이를 데리고 아무 말도 없이 제주도로 내려온 걸 모르는 아버지는, 본가에 당연히 있을 줄 알고 집으로 우릴 보러 오셨다. 이미 제주도로 내려와 버린 우릴 찾는다고, 삼촌과 함께 우리를 찾으러 제주도로 몇 번을 내려왔다고 한다. 그렇게 멍청하고 바보스러울 수가 있을까? 제주도가 아무리 작아도 자기 손바닥만 하다고 생각했을까? 주소도 없이 내려와 하염없이 제주도 땅을 걸었을 아버지. 어머니를 많이 그리워한 것은 사실이었다. 그건 동생의 모친이 내게 말을 해줘서 알게 되었다.

나는 어차피 대학을 포기하고 직장에 들어가 돈을 벌려고 생각하고 있었다. 어머니가 너무 마음 아파하시고 속상해하셔서 어떻게든 나는 어머니를 위로하고 싶었다. 어머니가 너무 불쌍했다. 가난이 그렇게 죄가 되는 것도 아닐 텐데, 어머니는 가난이 죄라고 하시며 내가 대학을 포기하는 것을 그렇게 마음 아파할 수가 없었다. 친구들이 전부 교대에 들어가는데 혼자만 못 들어가서, 이제 친구들도 안 만나주면 어떻게 하냐면서 당신의 가슴을 치시며 울었다. 당사자인 나는 아무렇지도 않은데 말이다.

그러다가 대한항공 원서가 학교로 보내졌고, 나는 얼떨결에 그곳이 무슨 일을 하는 회사인지도 모르고 원서를 썼다. 잊고 있었는데, 어느 날 학교에 갔더니 선생님이 면접일이라고 했다. 선생님도 너무하시지, 하루 전에라도 얘기해주셨으면 치마라도 빌려 입고 왔을 텐데, 나는 청바지에 맨투맨 티를 입고 있었다. 할 수 없이 그렇게 입고 면접을 보러 갔다. 면접장에서 맞닥뜨린 광경을 보고 나는 '아, 이것도 글렀구나' 하고 생각했다. 아무래도 취업에 힘을 쏟던 여자 상고 학생들은 화장을 하고 정장 치마까지 너무 예쁘게 차려 입고 면접장에 와 있었다. 솔직히 나는 립스틱 하나 가져본 적이 없었다. 완전히 주눅이 들었다.

면접을 보고는 친구들을 만났다. 그리고 면접 본 얘기를 해주었다. 떨어질 것 같다고 했다. 그래도 친구들은 성적이 있으니까 기다려 보자고 했다. 아닌 게 아니라, 얼마 안 있어 통보가 왔다. 합격되었으니 지정해주는 곳으로 와서 항공표를 받고 김포공항으로 오면, 안내하는 사람의 마중이 있을 거라고 했다. 그렇게 6주 합숙 훈련을 받고 제주 공항으로 내려가 근무를 시작했다.

교육 올라가기 전에 제주대학교 야간 강좌부 회계학과에 원서도 써두고 갔는데, 좋은 학력고사 성적은 아니지만 야간부 수석으로 합격했다. 하지만 회사 교육이 먼저였다. 학교 입학보다 2주나 먼저 교육을 가버렸기 때문에, 학교 입학식도 수강 신청도 전혀 못하고 올라갔다. 중학교 남자 동창이 한 명 나와 같이 야간에 들어갔는데, 그 동창이 수강신청을 대신 처리해주었다. 내려와서 교수님께 인사하러 갔다. "자네가 1등 한 사람이야?" 하셨다. 별것 안 되는 성적으로 그렇게 된 것이 사실 부끄러웠다. 열심히 공부해서 혹시 더 좋은 일이 생기면 이직할 수도 있다고 생각했다. 회계학과나 경영학과를 다니는 사람들 대부분이 공인회계사 자격증을 목표로 밤낮으로 공부를 했다.

어머니의 아픈 마음도 어느 정도 치유되고 얼굴에 웃음도 되찾았다. 아직은 갓 입사한 나는 회사에서는 막내였기 때문에, 회사에 일이 생기면 학교를 결석할 수밖에 없었다. 제대로 공부를 못하니 아는 게 하나도 없었다. 할 수 없는 일이긴 하지만 내게도 중간고사 시험은 어김없이 돌아왔다. 과를 잘못 선택했다는 것이 첫 시험에서 바로 드러나고 말았다. 시험을 보고 느낀 건 완전한 패배감이었다. 대부분 상고 계통에서 왔는데 1학년 과정은 고등학교 때 배운 부기 수준이었다. 그런데 나는 결석을 많이 해서 간단한 부기 문제도 잘 풀 수 없었다. '아이고, 큰일이다' 제대로 졸업을 못할 것 같은 두려움이 나를 사로잡았다. 하지만 어머니에게는 열심히 공부도 잘하고 있다고 말씀드렸다. 야간도 똑같은 대학이니까 교대에 못 간 걸 섭섭해 하지 마시라고 했다. 웬만하면 정말 열심히 학교를 다녔다.

우리 과 지도교수님이 맨 처음 내가 회사 연수를 받고 와서 면담한 학과장님이셨다. 난 결국 전공과목 회계 원리에서 보기 좋게 F를 받았다. 조금 더 열심히 하라고, 아주 잘하는 것은 바라지 않지만 최소한 노력하는 모습은 보이라는 경고나 마찬가지였다.

1년 학교를 휴학했다. 아무리 못 해도 그런 점수를 받았다는 것이 나의 자존심에 굉장한 상처가 되었다. 더 나은 실력을 쌓기 위해서 시간이 필요했다. 회사 업무는 이제 어려운 것 없이 능력을 인정받으며 신입은 잘 가지 않는 발권카운터에서 근무하게 되었다. 발권 계산대 근무를 하면서 방송보조 업무를 봐야 해서 근무하면서 매일 방송 연습을 했다. 선배가 쉬거나 발권 계산대 업무를 하면 내가 방송 업무를 봐야 했다. 그게 또 생각보다 쉬운 일이 아니었다. 스트레스였다. 요즘은 메인 방송을 할 때 영어는 영어권 사람이, 일본어는 일본인이, 중국어는 중국어 하는 사람이 한다. 하지만 그땐 혼자서 해야 했으므로 나는 영어, 일본어, 한국어 발음까지 다시 처음부터 공부하는 처지가 되고 말았다.

집에 가서 녹음기에 테이프를 꽂고는 내가 방송한 내용을 틀어보고 잘 안 되는 곳을 고쳐가며, 방송을 좀 더 능숙하게 하기 위해 연습을 했다. 본인이 말하는 걸 녹음해서 들어본 사람이 있는지 모르겠다. '정말 저게 내 목소리가 맞나?' 싶을 정도로 웃기고 어색했다. 그래도 내 업무를 잘하기 위해서 목이 쉴 정도로 연습하고 또 연습해서, 방송실 업무는 내가 거의 맡게 되었다. 기분은 좋았지만 발권 카운터에도 소속이 되어 있었으므로 난 두 가지 일을 하느라 너무 지쳐갔다. 그래도 일은 재미있었고, 퇴근하면 친구와 자주 차도 마시고 영화도 보러 다녔다. 내 청춘의 20대는 전부 회사에 매여 있었지만, 정말 재미있었고 활기로 충만해 있었다. 능력도 꽤 인정받았다고 자부할 수 있다. 그리고 2학년부터 복학을 했다. 지도교수님이 바뀌어 있었다. 회계 원리를 재이수하고, 중간 정도의 점수를 받았다. 그것만으로도 나는 고마웠다.

20대의 나는 행복해질 것 같은 꿈에 부풀어 있었다. 노력만 하면 무엇이든 할 수 있고 이룰 수 있다고 믿었다. 여전히 아버지는 키다리 아저씨 같은, 캔디의 알버트 같은 숨은 조력자이며 그림자 같은 존재였다. 그렇게 믿도록 나 자신의 무의식에 저장했다. 20대의 나는 반짝이는 아가씨였으며 드높은 이상과 꿈을 가지고 있었다. 나이가 먹어감에 따라 인생의 무게가 나를 덮치기 전까지는.

세 번째

———————

내 삶의 반려견,
초코

초코의 친절함

어릴 적부터 나는 개라는 동물을 굉장히 좋아했다. 일곱 살 무렵 태어난 지 얼마 안 된 눈도 못 뜬 꼬물꼬물한 강아지들을 만지려고 어미 개가 있는데도 아무 생각 없이 손을 내밀었다가, 손바닥을 어미 개한테 왕창 뜯긴 적이 있었다. 너무 예쁘고 사랑스러워 강아지들을 만지지 않고는 배길 수가 없었던 것이다. 그곳은 친척 집이었는데, 어른들이 개한테 물리면 된장을 발라야 한다면서, 살점이 파인 손바닥에 짜디짠 된장을 발라주었다. 지금도 그때 다친 흉터가 오른손 바닥에 남아 있다. 어릴 때 물렸는데 아직도 상처가 남아 있다면, 굉장히 심하게 물린 것이다. 지금 같으면 당장 병원 가서 항생제 주사랑 광견병 주사를 맞고 손바닥을 꿰맸을 것이다. 참으로 무심하고 독한 어른들이다. 그 짠 된장을 개에 물려 아픈 곳에 소독도 안 하고 바르다니.

나는 지금 연한 밤색의 토이 푸들과 함께 살고 있다. 흔히 말하는 애프리코트 푸들이다. 아홉 살인데 이젠 나랑 눈빛만 마주쳐도 배가 고픈지 쉬가 하고픈지 간식이 먹고 싶은지 다 알 수 있다. 잠자기 전에 "초코야, 화장실 가서 쉬하고 와" 하면 군말 없이 화장실 가서 자기 배변판에 쉬를 하고 오는 아이다.

이름이 초코인데 처음에 이름을 너무 잘못 지었다는 생각이 든다. 서점에 가보니 『82년생 김지영』이란 책이 있는데, 우리나라 여자 인구 중에 가장 많이 불리고 있는 이름이라 한다. 우리 초코도 그렇다. 내가 사는 이곳은 새로 조성된 아파트 단지라 공원도 조그맣게 몇 군데로 나뉘어 만들어져 있다. 산책 중 여기저기서 "초코야!" 하는 소리가 들린다. "에그, 내가 왜 하필 그 이름을 지었을까?" 혼자 구시렁거려 본다. 사람이면 법원 가서 이름 바꾸어주고 싶지만, 내가 "너의 이름이 오늘부터 하양이야" 그런다고 우리 초코가 알아줄까?

이제까지 나와 가족을 맺었다가 다시 무지개다리 건너간 아이들이 몇몇 있다. 아직까지 한 녀석도 잊지 않고 나는 그 아이들을 기억한다. 사람 말을 너무 잘 알아들어, 집안에서 나오지 말라고 하면 정말 나오라고 할 때까지 꼼짝 않고 기다리는 아이가 있었다. 이름이 '한중이'였다. 친구가 키우던 아이였는데, 남편이 중국으로 발령받아 떠나야 해서, 부산까지 가서 데리고 온 아이다. 하지만 마음 아프게도 나하고는 5년쯤밖에 가족으로 살지 못했다. 여행사 사무실을 운영할 때 미용을 시켜놓고 은행 일을 보고 돌아왔는데 강아지가 안 보였다. 초여름이라 직원들이 문을 열어놓았는데, 아이가 나를 찾으러 밖으로 나간 것이다. 너무 화가 나고 직원들이 미웠다. 미친 듯이 찾아다녔지만, 그 조그마한 아이를 끝내 찾지 못했다 그쪽 주변의 주택들이 깨끗하고 반려견들을 키우는 사람들이 많아, 누군가 정말 친절하고 좋은 사람이 데려갔으면 하고 바라는 것 외에 할 수 있는 일이 없었다. 동물병원도 그렇다. 내가 애기들을 데리고 진료 받으러 가면 친절하지만, 막상 잃어버린 애들을 찾으려고 물어보러 가면, 그저 건성으로 무신경하게 대답한다. 안 들어왔다고, 못 봤다고만 한다. 같이 걱정해주면 불안함이 좀 덜할 텐데 말이다.

한중이는 한 번 잃어버렸다가 찾은 경험이 있었다. 그때 난 여행사를 운영하고 남편은 식당을 운영할 때여서 두 가지 일을 해야 하는 상황이다 보니 정말 몸이 너무 고되었다. 식당이라는 것이 새벽에 눈을 떠서 밤 1시 문을 잠그고 누울 때까지 단 한순간도 쉴 수 없는, 진짜 상노가다 일 중의 하나이다. 과로로 나는 척추결핵까지 앓아 몸무게가 40kg도 채 될까 말까 했다. 그런데 밤에 마감하며 문이 열렸을 때 애가 나간 걸 모른 것이다. 항상 산책할 때 공원에서만 대변을 보는 아이였다. 비가 와서 외출이 안 되는 날엔 집에서, 그것도 꼭 화장실에서 깔끔하게 해결할 정도로 머리도 좋고 심성이 착한 아이였다. 연락할 곳 다하고 여기저기 물으러 다니다가 '아, 이젠 틀렸구나' 생각하고 마음의 준비를 했다.

다음날 주민 센터에 인감을 한 통 떼러 갈 일이 있었다. 일을 보고 출입문을 나서는데, 뒤에서 강아지 짖는 소리가 아주 절박하게 들려왔다. 저절로 고개가 돌아갔다. 아니 세상에, 쇠로 된 케이지 안에 우리 한중이가 서서 온몸으로 짖으며 나를 반기듯 눈물을 글썽이며 서 있는 게 아닌가! 넋을 잃을 만큼 기뻤다. 눈물이 나왔다. 겨울이었는데 밤새 얼마나 떨고 다니다가 여기까지 오게 되었을까? 아이 등 위에는 까맣게 기름 같은 것이 묻어 있었다. 뭔가를 피해 차 아래로 숨었을 것이다. 그 아이를 데리고 집으로 돌아오는데 너무너무 기분이 좋았다. 그냥 막 감사하는 마음이 우러나왔다. 누군지 모르지만 주민 센터에 데려다준 사람에게도 감사했다. 하지만 겨우 나와는 5년의 인연밖에는 안 되었다. 그렇게 잃어버리고 나서 몇 년을 그 아이만 생각하면 얼마나 가슴이 아팠는지. 지금 이 순간까지도 불현듯 그 아이가 생각날 때가 있다. 참 아프게 잃어버린 아이다.

지금 나의 막내딸 초코 강아지는 생후 4개월경에 우리에게 왔다. 처음 온 날 식당 홀을 신나게 뛰어다녔다. '여긴 이제 내 집이야' 하는 것처럼. 그렇게 살기를 2년. 내가 절망의 선택을 할 때 가장 망설였던 부분이 바로 이 아이였다. 같이 데리고 가야겠다고도 생각했지만, 아무리 동물이라도 내 맘대로 목숨을 좌지우지할 수는 없었다. 의식이 돌아온 5일 후 병원 천장을 올려다보며 눈을 뜬 나는 맨 처음 이 아이 생각을 했다. 어떻게 됐을까? 어디 보냈을까? 아님 정신없는 와중에 혼자 집을 나선 건 아닌가? 이런 멍청하고 무심한 생각을 하고 있었다. 나 때문에 놀랐을 사람 가족 생각은 미뤄둔 채, 말 못 하고 연약한 이 아이 안부를 먼저 물어보는 내가 남편은 얼마나 미웠을까?

그래서일까? 초코는 구급차 소리를 싫어한다. 어머니가 항암치료 도중 집에서 갑자기 심장 발작이 와서 구급차를 부른 적이 있는데, 아이가 죽기 살기로 짖어댔다. 옆집에서 보면 개 잡는 줄 알았을 거다. 초코는 내 왼팔이 다른 쪽과 다르다는 걸 안다. 서로 장난치면서 내가 자기 코를 잡거나 하면 손을 무는 시늉을 하는데, 그게 왼손이면 고개를 돌려버린다. 그러면서 오른손에다 자기 머리를 마구 집어넣는다.

'왼손 말고 오른손으로 해야 해, 엄마! 엄마 왼손은 아프잖아.'

이 아이는 내 왼손이 다쳤다는 걸 다 알고 있다. 받쳐주는 요골뼈가 없어서 척골뼈 하나로 견뎌야 하는데, 생각 없이 왼팔에 무거운 가방 같은 걸 걸치면 바로 골절될 위험이 크다. 골절 수술도 정말 많이 받았다. 혹시 발가락을 이식하면 엄지 하나 남은 것에 붙여서 쓸 수 있을지 모른다고 해서, 왼쪽 둘째 발가락을 잘라 남아 있는 엄지 옆에 이식했다. 하지만 팔목뼈가 없으니 그 고통스런 수술은 불필요한 일이 되고 말았다. 내 생전에 그런 통증을 경험한 적이 있었을까? 아이 낳는 고통은 그런 대로 애가 나오면 안 아플 거라는 희망이 보인다. 생 발가락과 신경, 혈관들을 잘라 다시 팔에 있는 뼈, 신경, 혈관들에 이식했다. 신경은 머리카락 굵기 정도밖에 안 돼서, 그걸 이어주려면 머리카락보다 가는 실로 초정밀 전자 현미경을 보면서 수술해야 한다. 말초 부위의 신경이 얼마나 아픈지는 경험해 보지 않으면 짐작도 못 한다. 창문에서 뛰어내리고 싶은 마음뿐이었다. 그 고통이 거의 3주나 계속되었다. 숱한 수술을 받았지만 이보다 아픈 건 경험해보지 못했다. 아침 7시 30분경에 수술실로 가서 밤 9시경 회복실로 나왔으니까, 시간도 굉장히 많이 걸렸다. 어머니가 살아 계실 때였는데, 어머니는 다른 환자들은 다 나오는데 나만 나오질 않아서, 수술 중 뭐가 잘못된 줄 알았다고 했다.

언제가 한 번은 수술한 손 안의 나사가 빠지고 신경종이 크게 자라서 신경을 압박해왔다. 그래서 수술을 받으러 다시 병원에 입원한 적이 있다. 수술은 항상 서울 한양대병원에서 받기 때문에, 초코는 어머니가 보거나 어머니가 나와 같이 병원에 갈 때는 잘 아는 동물병원에 맡기곤 했다. 그때는 나 혼자 가서 수술을 받았는데, 수술 받고 2, 3일 지났을 때 어머니에게서 전화가 걸려왔다. 초코를 잃어버렸다고 했다. 내 머리는 바로 주사바늘 다 빼고 제주도로 내려가라고 명령하고 있었다. 근데 어머니가 울먹이시며 그런다. 아이 혼자 차가 다니는 그 큰길들을 걸어서 동물병원에 가 있었다고. 나보다 더 놀랐을 어머니. 어머니는 이 아이가 내게 어떤 의미인지 잘 알고 있다.

한양대 병원에서 몇 개월씩 장기 입원하고, 그래도 살아 내려와야겠다고 의지가 되어준 게 바로 요 아이 막내 초코이다. 내가 살면 이 아이는 살 것이고, 내가 사라지면 이 아이 또한 사라질 것이 너무나 자명했다. 요즘은 나이가 들어서인지 잠자는 시간이 많이 늘었다. 잠잘 때 코고는 소리도 아주 크고, 웬만한 주변 소리는 무시하고 그냥 코를 골며 잔다. 점점 이별의 시간이 다가오는 걸까? 그렇다 하더라도 너무 미래 일까지 생각할 필요는 없는 것 같다. 나도 늙어가고 있고, 초코도 나와 같이 비슷한 나이대로 늙어가고 있다. 누구도 막을 수 없는 세월의 힘, 그 힘이 우리를 다시 살게 하는 원동력이 되나 보다.

같이 늙어가는 나의 강아지 초코야!

초코는 요즘 부쩍 잠을 많이 자고, 산책할 때도 너무 많이 헉헉 거리는구나. 너는 모르겠지만 자면서 코를 정말 크게 골고 가끔 잠꼬대도 해. 사실 뭐라고 하는지 내가 잘 알아듣지는 못하지만, 대충 들어보면, 내가 어디 나갔다가 돌아오면 한 3년은 못 만난 것처럼 격렬하게 반기는 걸 꿈으로 꾸는 것 같아. 앞다리로 마구 땅을 파는 모습을 보면, 분명 내가 외출에서 돌아왔을 때 생각을 하는 것 같아. 흥분하면 이불에다 대고 땅을 파듯 격렬하게 파는 버릇이 있지, 너는. 어디 갔다 왔느냐고 나한테 왔다가 침대에 뛰어올라갔다가, 다시 내게로 달려와서 가느다란 아기 목소리를 흉내내며, "옹, 아아, 웡웡, 웡!" 이러는데, 너는 자면서도 그렇게 하지.

초코는 엄마가 밖에 나갔다 오면 꼭 와서 신발을 양쪽 다 꼼꼼하게 냄새를 맡아. 코를 신발 안까지 집어넣어서 냄새를 맡는데, 뭘 확인하는 건지 참 궁금해. 다른 강아지나 고양이 냄새를 찾아내는 건지도 모르겠다. 밭에 고양이가 살고 있으니까.

이제 초코 나이 9살, 엄마는 52살. 거의 비슷해져버린 것 같아. 산책할 때 다른 강아지에게도 너무 친절하고, 먼저 공격하거나 으르렁 소리 한 번 안 내는 게 너무 기특해. 새끼 강아지라서 아예 먼저 피해주는 초코가 처음엔 너무 기특했는데, 나중에 보니 자꾸 매달리고 귀도 물어뜯고 올라타고 하니까 귀찮아서 그렇다는 걸 알게 되었지. 약은 녀석, 흐흐흐.

처음에 우리에게 왔을 때는 너는 너무 연약해서 조금만 세게 잡으면 어디가 꺾어지지 않을까 걱정될 정도였는데, 잘 먹고 잘 놀고 정말 무럭무럭 잘 크더구나. 처음 몇 달 엄마가 없으면 불안한지 아무 데나 쉬 했다가 엄마한테 많이 혼난 거 기억해? 지금은 잠자기 전에 "초코야 가서 쉬하고 와" 하면 군소리 없이 화장실 배변 패드에 쉬도 잘하고 오는 착한 강아지가 되었지. 하지만 어릴 때 그거 연습하느라 엄마한테 혼난 적도 많아.

1층은 집, 2층은 가게여서 거실 유리창으로 엄마가 왔다 갔다 하는 건 보이는데, 들어와서 같이 놀아주지도 않고, 가게로 잘 데리고 가지도 않아서 속상했잖아. 하지만 사람들이 밥 먹는 식당엔 강아지가 있으면 싫어하는 사람이 많아, 아직 우리나라에는. 어쩌다 현관문이 열리면 넌 정말 잽싸게 식당으로 뛰어 올라왔지. 누가 열어줬나 하고 보면, 손님 없는 시간에 아빠가 열어준 거야. 나라면 절대 안 열어줄 텐데 말이야.

간혹 너무 말을 잘 알아들어서 깜짝 놀란 적이 많아. 초코는 꼭 침대에서, 그것도 꼭 발치에서 엄마 다리 위에 너의 그 짧은 다리를 올려놓고 잠을 자. 어느 날은 엄마는 일하려고 위층에 올라갈 준비를 하고 있는데, 너 혼자 침대 위에 있었어. 아빠가 그랬지. 아무리 그래도 어떻게 강아지 혼자 침대를 차지할 수 있느냐며 한소리 했지. 그때 말을 알아들은 것처럼 바로 넌 침대에서 내려왔지. 이후엔 내가 침대에 없을 땐 절대 올라가지 않았어. 지금도 그때 생각하면 말을 어떻게 알아들었을까 하고 고민해보는데, 아마 아빠에게 한소리 듣는 엄마 표정을 보고 안 게 아닐까 싶어. 초코는 눈치가 빠른 강아지라서 '아아, 이렇게 침대에 나 혼자 올라가면 안 되는구나' 하고 느꼈던 것 같아.

그날, 그러니까 엄마가 다친 날, 초코는 너무 겁이 났을 거야. 나중에 들었는데 초코는 엄마가 없어서 일주일도, 열흘도 밥을 안 먹었다고 했어. 아빠가 속상해서 술 한 잔 하다가 남은 갈비 갖다주면, 그거나 좀 먹으면서 엄마를 기다렸겠지. 사실 강아지에게 갈비 냄새는 절대 저항할 수 없는 향이었을 거야. 나중엔 집도 아니고 다른 강아지들도 있는 낯선 곳에 이모가 데려갔을 거야. 아빠는 식당을 정리해야 해서 바빴어. 엄마가 병원에서 나오지 못하는데, 만일 초코를 동물병원에 보내거나 유기견들이 사는 곳에 보내면, 초코는 엄마를 그리워하다가 무지개다리를 건너 가버릴 것 같았어. 다시는 못 만날 곳으로. 초코가 없으면 엄마는 다시는 일어서지 못할 거라는 걸 확실히 알고 있었어. 그래서 몇 달을 그 낯선 곳에 낯선 사람들하고 살게 한 거야.

엄마가 너무 많이 아파서 병원에서 치료 중일 때 초코가 있어서 엄마가 견딜 수 있었어. 수술하고 제주도 내려가면 초코를 만날 수 있다는 희망이 있어서 아픈 것도 참고 견뎌낼 수 있었지. 엄마는 퇴원하자마자 아빠하고 초코를 데리러 갔어. 안쪽 낮은 울타리 안에 초코는 예쁜 옷을 입고 가만히 앉아 있었는데, 눈에 초점도 없고 너무 힘이 없어 보였어. 엄마가 "초코야!" 하고 불렀더니, 처음엔 이상하다는 듯 잘 못 알아듣는 것 같았어. 그래서 또 한 번 "초코야!" 하고 불렀더니, 넌 이내 엄마를 알아보고 그 울타리를 뛰어넘어 엄마에게 점프를 했지. 하지만 왼쪽 팔에 깁스를 하고 있어서 초코를 잘 안아주지는 못했어. 초코는 엄마를 보고 정말 안심했던 것 같아. 한 쪽 눈에서 눈물이 방울방울져 떨어졌거든. 아빠는 돌아서서 눈물을 닦고 엄마 대신 초코를 안아 올렸어.

초코는 너무 말라 있었어. 3kg이 될까 말까 했으니까. 금방 살이 쪄서 4kg 가까이 되어버렸지만. 초코는 자꾸 엄마 왼팔에 삐죽이 하나 나와 있는 엄지손가락을 핥아주려고 했어. 하지만 상처가 아직 많이 남아 있었어. 그렇게 하게 놔두면 안 되는 거라 입을 못 대게 했어. 고맙지만 그러면 안 되는 거라서. 참 미안해.

나중에 상처가 나아서 초코와 노는데, 내가 초코 주둥이를 잡으면 초코는 내 손을 무는 시늉을 하는 거야. 그러다가 엄마가 왼손을 초코 입에 한 번 대어봤는데, 초코는 바로 외면하는 거야. 엄마 왼손이 예전과 다르고 움직임도 이상하다는 걸 초코는 바로 알아봤어. 왼손을 외면해서 절대 쳐다보지도 않으면서, 엄마 오른손에 초코 머리를 갖다댔지. 오른손으로 놀자고 하는 거야. 그 후로도 쭉 지금까지 초코는 엄마 왼손에 굉장히 신경을 써준다는 걸 알수 있어. 초코가 그렇게 좋아하는 간식, 고구마에 닭고기가 싸여 있는 간식을 오른손으로 주면 정말 날렵하게 잘 가져가고, 혹시나 오른손으로 뺏어보려고 하면 가끔 본능이 나와서 으르렁거릴 때도 있거든. 그런데 왼손을 갖다 대면 초코는 입에 물었던 간식을 내 왼손 앞에다 그냥 '툭' 놓아버리더구나.

장난 삼아 왼손 위에 간식을 하나 올려놓고 초코 입 가까이 가져가봤지. 정말 놀랍게도 초코는 고개를 돌려 곁눈질로라도 간식을 뺏어야겠다는 생각은 안 하고 있었어. 지금도 그렇게 기억해주고 엄마 아픈 왼손을 보호해주는 초코가 얼마나 착하고 기특한지, 직접 보지 않고는 거짓말이라고 하겠지?

할머니가 돌아가신 지 4년 반이 흘렀구나. 할머니 장례식 때 집에 사람이 없어서 항상 가는 뽀식이가 있는 동물병원에 너를 맡겨놓았다가, 장례식이 끝나고 초코를 데리고 집으로 왔잖아. 엄마가 할머니 사진 보여주면서 "이젠…; 할머니가 집에 안 올 거야" 하고 얘기하기도 전에 초코는 현관으로 달려갔어. 할머니 사진을 보고 병원에 계셔서 한동안 안 보인 할머니가 집에 오셨다고 생각했나 봐. 그러더니 황망한 표정으로 되돌아와서는 내 눈을 보면서 할머니 안 왔다는 걸 얘기하고 싶었나 봐.

엄마가 초코에게 앉으라고 했지. 그리고 설명해줬잖아. "초코야, 이제 할머니는 안 오실 거야, 그러니 할머니 기다리지 마" 하고 엄마가 얘기해줬지. 그러자 그 이후로 넌 할머니를 기다리지 않았어. 지금도 그런가 싶어 가끔 할머니 사진 보여주며 "할머니!" 해도 넌 다신 현관으로 할머니를 기다리러 가지 않았어.

할머니가 아파서 병원에 있다가 집에 며칠 있을 때도, 예전 같으면 벌써 할머니 침대에 올라가고도 남았을 텐데, 넌 꼭 할머니 침대 밑에 엎드리고 있었어. 내가 나오라고 불러도, 넌 꼭 할머니 침대 아래에 고집스럽게 엎드려 있었어. 나보다 빨리 할머니가 하늘나라로 가실 것을 알고 있었던 게 아닌지 가끔 궁금해질 때가 있어. 어떻게 할머니 사진 보여주면서 할머니 다신 안 온다고 한 말을 알아들었을까? 생각해보니 그런 것 같아. 그 얘기를 할 때 엄마 표정이 굉장히 슬퍼 보였을 수도 있었겠구나 싶어. 어쩌면 너무 가슴 아프고 슬픈 감정을 초코가 알아차릴 정도로 엄마 표정이 어두워져 있지는 않았을까?

요즘 나이 들어서 그런지, 아니면 여름이라 그런지 몰라도, 산책 거리를 이전과 똑같이 하는데, 더 힘들어하는 초코를 보게 돼. 작년 여름에도 똑같이 걸었던 길인데, 숨 쉬는 게 너무 힘들어 보여. 그래서 산책하는 거리를 반으로 줄였는데, 불만이 없는 걸 보면 정말 힘들긴 한가 보다. 예전 같으면 엄마가 중간에서 "그만하고 집에 가자" 하면 들은 척도 안 하고 자기가 가던 코스 그대로 가는 아이였는데, 줄을 당겨서 엄마를 끌고 가던 초코였는데…. 하긴 이제 엄마도 많이 늙었지. 초코와 만난 지 10년이 다 되어 가는데, 엄마라고 세월을 이길 수가 있겠니, 다들 세월 앞에 장사는 없다고 한단다.

초코야! 너무 빨리 늙지 말고 엄마 옆에 오래 있어줘. 그렇다고 엄마보다 더 늦게 남아서는 안 되지. 엄마가 초코를 위해 모든 준비를 해줘야 하니까.

작년에 할머니 산소에 같이 가서 엄마가 "할머니 여기 계신다"

하고 얘기해줬는데 너는 알아들었을까? 참말로 코고는 소리가 크
네. 가끔 남자아이 같은 목소리로 하는 잠꼬대는 공원에서 만난
친구들 꿈을 꾸는 걸까? 이 엄마는 알 수가 없네? 며칠 있다가 초
코 미용 예쁘게 해서 엄마하고 사진관 가서 사진 찍자. 그러려면
엄마도 미용을 해야 하는 건가?

우리 초코 젖꼭지 아래 나 있는 종양 수술하면 괴롭게 안 핥아
도 될 거야. 가을에 수술하고 더 건강한 초코가 되길. 엄마도 예
전보다 밝은 웃음 띤 얼굴 많이 보여줄게.

우울해서 울고 있으면 짭짤한 눈물을 초코가 다 먹어치웠는데,
맛이 괜찮나 모르겠다. 오늘밤도 초코는 엄마가 외출했다 돌아와
서 너무 기분 좋아 엄마와 이 방 저 방 힘차게 뛰어다니는 꿈을 꾸
겠지? 뒷다리로 뛰는 시늉하며 깊은 꿈의 세계로 빠진 초코야! 엄
마보다 너무 빨리 늙어버리지 말고, 엄마랑 오래 같이 있자. 할머
니가 부를 때까지.

내가 떠나던 날 초코는

초코가 우리에게 온 건 2008년 가을이었다. 가정에서 기르던 푸들 엄마가 초코를 낳았는데, 사람 주인은 전부 키울 수가 없어서 아이를 분양해야 했다. 집에 두 아이가 더 있다면서, 초코가 성격이 굉장히 밝고 사람을 잘 따른다고 했다. 그때는 우리가 식당을 할 때였는데, 처음 온 날에도 식당 홀을 이리저리 뛰어다니며 사람에게도 굉장히 친숙하게 대했다. 마치 자기 집인 것처럼.

초코를 사는 과정에서 5만 원만 깎아달라고 했다. 그러자 안 된다며, 이 아이 엄마는 애견대회 나가서 우승한 경력도 있으니 그냥 가격을 다 달라고 했다. 너무 이 아이를 데려오고 싶었지만, 남편은 그렇게 안 해주면 안 산다며 그냥 돌려보냈다. 처음 본 아이인데도 그냥 돌아가야 한다는 것에 마음이 편치 않았다. 그냥 달라는 대로 다 주고라도 그 아이를 정말로 키우고 싶었다. 아들도 너무 예쁘다고 그냥 데려가 버린 걸 몹시 아쉬워했다. 그런데 전화가 걸려왔다. 먼 데서 여기까지 온 것도 그렇고, 아이가 멀미를 해서 중간에 애견 하우스에서 쉬고 왔단다. 다시 데려가려면 아이가 너무 힘들 것 같다면서 데려오겠다고 했다. 얼마나 반가운 소리던지.

초코는 어릴 때 몸은 아주 여리여리했고, 사람 말도 참 잘 알아들었다. 처음 한 달 정도는 소변 문제로 아이를 많이 혼냈다. 내가 집에 있을 땐 소변 패드에 소변을 잘만 보던 아이가 내가 2층 식당으로 올라가 일을 할 때는 그걸 잘 지키지 않았다. 주로 거실 바닥이나 화장실 입구에 그냥 쉬를 해버리고 말았다. 지금 생각하면 너무나 미안한 기억인데, 어느 날 거실 카펫 위에 쉬를 해버린 것이다. 그때 훈련한답시고 콧등을 몇 번 손으로 톡톡 때렸는데, 힘이 좀 많이 들어갔는지 아이가 코피를 흘렸다. 그때 어찌나 미안하고 마음이 아픈지, 지금 생각해도 가슴이 짠해진다.

초코보다 좀 늦게 고양이 한 마리를 데리고 온 적이 있다. 집 바로 옆에 롯데마트가 있었는데, 잠깐 물건을 사러 갔다가 겁을 집어먹고 혼자 앉아 있는 아이를 보았다. 그때 옷을 몇 개 사서 종이 가방을 들고 있었는데, 그 아이를 얼른 가방에 넣고 데려왔다. 사람을 거부하지 않고 잘 따르는 것으로 보아, 집에서 잠깐 바깥 구경을 나왔다가 집을 찾지 못한 듯했다. 나이도 초코와 비슷해 보이는 페르시안 고양이였다. 남편도 별 말이 없었고, 아들이 그 고양이를 무척 좋아했다. 처음에는 고양이 본능상 초코에게 하악거렸지만 2~3일이 지나자 초코 집에 함께 누워서 잠을 같이 잘 정도로 둘이서 잘 놀았다. 고양이는 회색 바탕에 검은 줄이 있어 호랑이 비슷하게 털이 나 있었다. 그래서 이름을 태비로 지어주었다.

역시 동물의 세계에는 서열이 반드시 존재하나 보다. 초코가 집에 먼저 있었기 때문에 뭐든지 초코가 먼저였다. 태비도 그걸 당연하게 받아들였다. 둘이 우당탕 뛰어다니며 잘 노는 것이 거실 창으로 다 보였다. 가끔 보면 초코가 태비 고양이를 물고 질질 끌고 다닐 때도 있었다. 태비는 불쌍하게 초코에게 공격도 못 하고 그렇게 당하고만 있었다. 밥을 줄 때는 초코를 먼저 주고 태비를 주는데, 고양이는 사료를 오래 씹어서 먹는다. 초코는 어느새 자기 밥을 다 먹고 태비의 밥그릇에 입을 담고 다 싹 쓸어 먹어버렸다. 나중에는 할 수 없이 초코는 밑에다, 태비는 테이블 위에다 밥을 주었다.

　태비, 이런 고양이를 다시 만날 수 있을까. 일을 하다 너무 속상한 일이 생겨 집에 잠깐 내려와서 안방에 등받이랑 세트로 된 방석에 앉아 있곤 했다. 그럴 때면 태비는 안방과 거실 사이에 열려 있는 창문을 간단히 넘어 내게로 온다. 그리곤 내 얼굴을 쳐다보며 내가 속상해하는 것을 다 알아차리고 내 품에 안겨 야옹 소리를 내며 내 턱 밑에서 나를 쳐다보곤 했다. 간혹 울기라도 할 때면 그 까끌까끌한 혀로 눈물을 핥아주었다. 계속 그렇게 핥아대면 얼굴이 너무 따가워진다. 그럼 태비를 아래 내려놓고 대화를 시작한다. 알아듣든 못 알아듣든 내가 하고 싶은 이야기를 한다. 심성이 너무 고운 태비는 정말이지 나의 감정을 잘도 읽어냈다. 이렇게 둘이 있는 걸 우리 초코가 참을 리가 없다. 어떻게든 낑낑대며 창문을 통해 방으로 들어온다. 그러면 태비 고양이는 멀찍이 물러나고, 초코가 내 옆을 차지한다.

다친 내가 입원해 있는 상태에서 가게를 더 이상 운영하지 않기로 마음먹은 남편은, 가게가 빨리 팔리지 않아 임시로 임대를 주었다. 내 마음의 벗이었던 고양이 태비는 보살필 사람이 없어 결국 아들이 우리가 자주 가던 동물병원으로 데려갔다. 누군가 잘 키울 사람에게 입양되기를 바라면서 그렇게 놓고 왔다. 고양이를 좋아했던 아들은 쉬 돌아설 수가 없었을 것이다. 가게는 12월 31일까지만 영업을 하고 1월 1일부터 임대를 주기로 결정이 되었다. 그렇기 때문에 초코도 12월 31일에 동물병원이나 다른 곳에 보내야겠다고 했다. 초코를 어찌해야 할지 걱정만 가득 안은 채 병원에 누워 있었다. 그렇다고 동물병원이나 유기견 센터에 보낼 수는 없었다. 동생에게 12월 31일 아침에 전화를 걸었다. 언니가 초코 데리고 가라 해서 왔다고 얘기하고, 내가 알아봐둔 애견 호텔에 초코를 맡겨 달라고 부탁했다. 호텔에 맡기고 동생이 사진을 찍어 보내 줬다. 초코가 너무 말라 있었다.

이 아이들은 내가 안방 화장실에서 불에 타고 있을 때, 화장실 앞에서 얼마나 속을 태웠을까? 태비는 분명 '야옹, 야옹' 하며 문이 열리기만 기다렸을 것이고, 초코는 화장실 문을 앞발로 박박 긁으며, 주둥이로 열어보려 안간힘을 썼을 것이다.

제삿날 제사를 끝내지도 못하고 먼저 온 나는, 나를 죽임으로써 나를 막 대한 사람들에게 복수하고 싶었다. 정말 세상이 두려웠고 사람들이 무서웠다. 남편은 제사가 끝났을 즈음 내가 태우러 갈 줄 알았을 것이다. 전화기는 이미 변기 속에 처넣어 버려서 전화도 안 되었을 것이다. 혼자 집에 돌아온 남편은 얼마나 끔찍했을까?

초코와 태비가 안방 화장실 앞에서 울고 있었고, 내 모습은 보이지 않는데 연탄 타는 냄새만 났을 것이다. 내가 테이프로 막아놓은 안방 화장실을 열고 나를 보았을 때 그 충격이 어땠을까? 그 후로 우리는 그날 일에 대해 한 번도 말한 적이 없다. 나는 그날의 일을 얘기하고 나의 심정을 전해서 앓고 있는 내 가슴을 치유하고 싶었다. 꺼냈어야 하는데, 그랬다면 그 이후의 삶이 조금은 덜 아팠을 것 같다. 어머니에게 그처럼 악을 쓰지 않았을지도 모르겠다. 가슴에만 담아 놓은 상처는 아물지 않았고 계속 썩어 가고 있었다.

초코는 구급차 소리와 함께 실려 가는 나를 보고, 분명 따라가려고 뒤에 숨어 있다 얼른 같이 나서려 했을 것이다. 하지만 아빠가 문을 닫고 못 나오게 했으리라. 수술을 받고 내려와서 초코를 만났을 때, 초코는 엄마의 왼손이 이상하다는 것을 알아차렸다. 굉장히 약해져 있고 상처가 있는 것도 냄새로 금방 알아차려 자꾸 핥아주려고 했다. 친절한 초코…, 올해로 초코는 아홉 살이다. 나와 비슷하게 나이 먹은 것 같은데, 미용을 해보면 등에 사람처럼 검버섯 같은 것들이 군데군데 꽤 보인다. 유선 종양도 몇 군데가 너무 커져서 수술을 해줘야 한다. 미리 중성화를 하지 않았기 때문에 꼭 한 번은 문제가 생긴다고 했는데 차마, 그 수술을 할 수가 없었다. 아, 이 모든 것이 내 탓이고 나의 책임이었다.

퇴원해서 얼마 안 되었을 때 초코가 침대 위를 뛰어오르지 못하고, 좋아하는 산책이 어려울 정도로 걷는 게 힘들어 보였다. 병원 가서 엑스레이를 찍었는데 양쪽 뒷다리가 모두 탈구되어 있었다.

더 힘들어지기 전에 수술을 해줘야 할 것 같아 수술을 결정하고 다음날 수술을 받으러 갔다. 시간에 맞춰 가보니 수술을 마친 초코가 양 뒷다리에 깁스를 하고 나왔다. 그때 초코는 수술하는 과정보다 내가 없다는 데에 더 충격을 받은 듯했다. 수술하고 마취가 깬 초코의 눈에 엄마는 안 보이고 다리는 아팠을 것이다. 얼마나 겁이 났을까. 수의사가 안아서 내게 넘기는데, 아이 눈에서 눈물이 또르르 흘러 내렸다. 양쪽 눈에 눈물을 가득 머금고, 이제 엄마가 왔으니 안도하는 표정이 역력했다. 집으로 데려와 잘 걷지를 못하는 초코를 위해 방바닥에서 잘 준비를 하고 물도 옆에 놓아두었다. 보통 초코는 물이 먹고 싶다거나 화장실 갈 일이 생기면 안방 문앞에 서서 뒤돌아보며 가도 되느냐는 표정을 지어 보인다.

그날은 잘 걷지도 못하고 통증도 있을 것이어서, 내가 옆에서 도와줘야겠다고 생각했다. 하지만 나도 모르게 잠이 들고 말았고, 새벽녘에 깨어보니 어떻게 걸었는지 모르지만 배변 패드에 쉬를 해 놓았다. 정말 놀랐다. 보통 그렇게 힘들면 가까운 방구석에 쉬를 할 만도 한데, 끝내 자기 용변 패드까지 간 아이가 정말 대단해 보였다. 나중에 실을 뽑고 조금씩 걷게 되고, 다 나아서는 이리저리 높은 곳에 다시 올라가고, 뒷다리로 서서 간식을 달라고 한다. 원래 푸들이 고관절이 약해서 고관절 부상을 자주 입는데, 자기가 수술했어도 엄마가 팔이 아파 자기를 잘 못 안아주는 걸 알고 있었다. 그래서 혼자 비틀거리며 볼일을 보았던 것 같다.

초코 전에 같이 살았던 한중이, 잃어버렸지만 그 아이도 착하고 영리해서 분명 좋은 새 주인을 만났을 거라는 생각이 든다. 지금은 나이는 좀 먹었겠지만 아직도 살아 있을 것 같다. 무지개다리 건너갈 때는 꿈에서라도 나에게 인사하러 올 것이 분명했으므로.

간식을 다친 왼손에 올려서 먹으라고 주면 고개를 돌려버리는 초코. 그러면서 앞발로 내 오른손을 긁어댄다. '엄마! 다른 손으로 줘야지, 아프잖아' 하는 눈길을 애련하게 보낸다. 초코가 침대 가장자리에 서서 나를 쳐다본다. "응, 가서 물먹고 와" 그러면 진짜 물이 먹고 싶은지 물을 먹고 온다. 또는 침대에서 나를 빤히 보면서 화장실 가고 싶은 얼굴 표정을 한다. 그럼 내가 "쉬하고 와" 하면 정말 그렇게 하는 아이다. 잠자기 전에 내가 "초코야, 화장실 가서 쉬하고 와, 잠자게" 하면 여지없이 바로 일어서서 화장실로 간다.

유선종양으로 목에 물이 찼는지 멍울이 잡히면서 늘어져 있다. 꽤 아파하는 것 같다. 주사 맞을 때면 꼼짝 안 하고 단 한 번의 신음 소리도 내지 않는 초코다. 목욕을 시킬 때면 물 받아놓은 세숫대야에 알아서 들어간다. 내가 손이 하나라 헹굴 때 낮은 곳에 샤워기를 걸고 헹궈주는데 물이 나오는 곳에 자기가 알아서 서 있다. 엄마가 헹구기 쉽게 배려해주는 것이리라. 초코가 늙어가는 게 마음 아프다. 요즘은 19~20세까지 사는 아이들도 꽤 있는 것 같던데…. 초코의 유선종양이 양성이기만 바랄 뿐이다.

병원에서 퇴원하고 태비를 맡긴 동물병원에 가봤다. 태비가 어떻게 되었는지, 혹시 길고양이로 떠도는 것은 아닐까 걱정되었다. 다행히도 좋은 주인을 만나 동물병원에도 계속 다니고 있다고 전해주었다. 마음의 짐이 하나 덜어지는 느낌이었다.

초코에게 할머니 사진을 보여주며 할머니는 이제 안 온다고 했더니, 그 말을 알아듣고 다시는 현관에서 할머니를 기다리지 않는다. 할머니 오셨네, 하는 내 거짓말에도 이젠 현관으로 뛰어가지 않는다. 길을 가다 이모 비슷한 사람이나 아빠 비슷한 사람, 오빠 비슷한 사람을 보면 발길을 멈추고 쳐다본다. 하지만 이젠 할머니와 비슷한 사람이 보여도 눈길을 주지 않는다. 이 여름 해가 지면 산책을 하는데도, 너무 너무 헉헉거려서 걱정이 된다. 나이 탓인가? 그럼 코스를 좀 짧게 잡고 해야겠지. 짭쪼롬한 엄마 눈물을 혀로 닦아줘서 고맙다. 그럴 땐 너도 슬픈 거지. 눈망울 가득 걱정을 안고서 엄마 얼굴을 쳐다보지. 엄마만 바라보는 엄마바라기 초코야! 건강하게 오래 엄마 옆에 있어주기만 하렴.

아픔은
삶이 되고

남에겐 소소, 내겐 전투

　장애인이 되고 처음 몇 개월은 뭐라고 표현해야 할까? 생활 자체가 좌충우돌 실수의 연발이었다. 아침에 간단하게라도 침대 이불 정리하는 게 아주 커다란 낙하산을 정리하는 기분이다. 한 손으로 이쪽 끝을 저쪽 끝에 가져다 맞춰놓고 또 반으로 맞추고 나야만 겨우 조금 개어져 있다. 끝은 하나도 안 맞춰져서, 어디 한 귀퉁이가 길게 나와 있다. 완벽하게 하려다간 오전 내내 이불과 씨름해야 할 판이다. 세면을 위해 욕실에 들어가면 우선 양치를 먼저 한다. 칫솔부터 집고 나면 치약 짤 손이 없다. 머리에 확 불이 올라온다. 세면대 귀퉁이에 조심스레 칫솔을 올려놓고 치약을 살짝 짜서 올린다. 하지만 어쩌다 힘 조절을 잘못 하면 칫솔은 치약이 묻은 채 바닥에 굴러 떨어진다. 치약은 세면대와 바닥에 떡칠이 된다. 그러면 아으으, 하고 한숨을 쉬곤 칫솔을 집어 세면대에 붙은 치약을 칫솔에다 묻힌다. 이렇게 양치를 하고 입을 헹구려고 보니 양치용 컵이 없다. 다른 가족들은 컵을 잘 안 쓰고, 두 손에 물을 받아 헹궈내면 그만이다. 나는 한 손에 아무리 물을 받아 봐도 입 안에서 가글할 양을 받을 수가 없다. 오늘 당장 양치 컵부터 마련해야겠다고 생각한다. 이제 세수를 한다. 얼굴에 한 손으로 대충 물을 묻히고 폼 클렌저를 물에 적셔 거품을 내야 하는데, 어느 손에다 어떻게 할까. 왼손은 깁스가 되어 있는 상태이니, 할 수 없이 오른손으로 얼굴에 직접 폼 클렌저를 짜 올리기로 한다. 이게 또 시간 조절을 잘못 하면 물 묻은 얼굴에서 미끄러져 내려와서, 눈을 감고 세수하는데 폼 클렌저가 세면대에 고스란히 떨어져 있다. 집으려고 하니 미끄러워 집히질 않는다. 아후, 또 한 번 한숨을 쉬고 목을 최대한 뒤로 제껴 얼굴에 다시 폼 클렌저를 짜 올린다. 손에 물을 약간 묻힌 뒤 오른손으로 이곳저곳 진짜 깨끗하게 누비고 다닌다. 비누 거품을 씻어야 하는데, 한 손으로만 씻어 내야 해서 씻어도, 씻어도 비누 거품이 얼굴에서 사라지지 않는다. 오늘 당장 세면용 스펀지를 사놓으리라. 아무래도 스펀지에 물을 묻혀 닦아 내면 쉬울 것 같다는 생각이 든다.

화장수를 발라야 한다. 그런데 흔히 우리가 스킨이라고 하는 화장수에는 펌프로 된 용기가 그리 흔하지 않다. 화장수를 바르려면 이마에 화장수 입구로 톡톡 하고 쳐주어야 스킨이 나온다. 약하게 하면 나오질 않으니 살짝 강하게 해주어야 하는데, 그것 땜에 이마가 벌겋게 부어오른다. 볼처럼 살이 많은 쪽에는 아무리 쳐도 아프기만 할 뿐 스킨 용액이 나오지를 않는다. 로션도 똑같이 이마에 짜 올리고, 전체 얼굴에 오른손으로 열심히 문질러준다. 립스틱이라도 발라야 할 일이 있으면, 뚜껑을 오른손으로 열고 무릎을 올리고 앉아 그 사이에 립스틱을 끼우고 오른손으로 솔에 묻혀 발라준다. 이 정도 씻고 발라주는 사이에 등에서 땀이 방울 방울 흘러내린다. 콧등과 턱에도.

이제 밥을 해먹어야 한다. 우선 쌀통에서 쌀을 몇 컵 떠서 밥통에 붓고 씻는다. 그리고 손으로 대충 물을 맞추고 밥솥에 넣어야 한다. 물까지 부어서 한 손으로 들고 밥솥까지 가려니 너무 무겁다. 다시 물을 쏟아낸다. 이번엔 쌀만 든 밥통을 밥솥 안에 넣고 쌀과 똑같은 양의 물을 부어 취사를 누른다. 국을 끓일 차례다. 냉장고에 보니 무가 들어 있어 무 된장국을 끓이려 한다. 무를 꺼내 껍질을 벗기고 채썰기를 해야 한다. 그래서 몇 등분해서 껍질을 벗기면 쉬울 것 같아, 무를 옆으로 놓고 칼날을 무에 집어넣었다. 아아, 근데 무가 얼마나 센지, 이놈의 칼이 더 이상 들어가지를 않는다. 그렇게 들어간 상태에서 칼을 빼지도 못하겠다. 완전 미치겠다. 누가 와야 이 칼은 뺄 수 있을 거라서 한 구석으로 제쳐놓는다.

미역국이나 끓여야겠다는 생각에 미역을 물에 담가 불렸다. 물을 짤 수 없으니 소쿠리에 미역을 넣고 꼭꼭 눌러 물기를 뺐다. 우린 고기가 안 들어간, 참기름에다 마늘과 미역만 넣어 볶은 담백한 국을 좋아한다. 혼자 하는 걸 누가 보면 진짜 호떡집에 불난 줄알 것이다. 가스레인지에 냄비를 올리고 불을 켜서 참기름을 넣고 마늘을 먼저 볶다가 미역을 넣으려고 했는데, 내가 미역을 빨리 썰어내지 못한 것이다. 미역을 왼손으로 누르고 오른손으로 칼질을 해야 하는데, 도와줄 왼손이 없으니 미끌미끌한 미역이 잘 썰어지지 않는다. 거기다 큰 칼은 무 속에 박혀 있고, 작은 과도로 썰고 있는 한심한 상황이다. 가스레인지 위에선 참기름과 마늘이 타고 있다. 휴우, 일단 마음을 안정시킨 다음 가스레인지의 불을 껐다. 그리고 가위를 꺼내 미역을 가위로 잘랐다. 이런 맹추가 왜 가위를 생각 못 한 걸까?

타버린 참기름과 마늘을 휴지로 닦아내고, 집게로 수세미를 집어 냄비를 씻는다. 왜 집게냐고 하면, 사람이 이 없으면 잇몸으로 산다고 말할 것이다. 한 손으로는 냄비나 큰 그릇을 씻으면 힘이 약해 잘 씻을 수가 없다. 그래서 집게를 사용해봤더니 생각보다 힘 안 들고 쉽고 깨끗하게 씻을 수 있었다. 이젠 냄비에 참기름 넣고 마늘 볶다가 미역 넣고 간만 해서 뭉근히 끓이면, 간단한 미역국을 만들 수 있게 되었다. 집에서 만드는 밥, 반찬, 찌개, 국 등 우리 한국 음식 만드는 게 그렇게 복잡하고 어렵다는 걸 장애인이 되고 나서 뼈저리게 느꼈다. 음식을 만들고 싱크대 주변을 깨끗하게 하려면 행주는 반드시 있어야 하는 물건이다. 행주는 쓸 때 빨면서 써야 한다. 하지만 나는 행주 짜는 것을 할 수가 없다. 한 주먹 속에 쏙 들어오는 크기라면 세게 주먹을 쥐어서라도 짜보겠지만, 그것도 한두 번이지, 팔목에 금방 무리가 왔다. 오른팔만 계속 쓰니까 어떤 때는 힘들어서 숟가락질을 못 할 정도로 떨리고 힘이 빠질 때가 있다. 손목과 팔꿈치에 계속 압력이 가해지니까, 인대와 신경이 견디지 못하고 염증이 생기거나 늘어나서, 정말 아무것도 할 수 없을 정도로 무기력해질 때도 있었다.

무얼 하나 잡고 돌아서서 베란다에 갖다놓으려고 가면 문이 닫혀 있다. 그럼 들었던 물건을 다 내려놓고 문을 열고 다시 들어서 갖다놓아야 한다. 이런 게 몸에 익숙해지려면 여러 차례의 시행착오와 마인드 컨트롤이 꼭 되어 있어야 한다. 안 그랬다간 진짜 감정적으로 터지기 일보 직전까지 가거나 물건을 부셔버리고 싶은 충동적 폭력성까지 고개를 내민다.

왼팔에는 깁스가 단단하게 되어 있어 꽤 부피가 크다. 외출 직전 오른쪽 팔을 입고 왼쪽 팔을 넣는데, 그 깁스 때문에 소매가 안 들어간다. 미리 생각하고 옷을 골라놓았어야 하는데, 방법이 없다. 그땐 왼팔의 소매 부분을 가로로 잘라버릴 수밖에 없다. 나중에 옷을 굳이 사야 할 때는 왼팔이 깁스를 하고도 들어가는지 확인하고 사야 했다.

난 왼팔을 결코 다른 사람 앞에 내놓을 생각이 없었다. 겨울철 옷이야 대부분 포켓이 달려 있지만, 여름에 주머니 있는 옷을 찾기란 쉽지 않다. 그래도 어떻게든 주머니 있는 옷만 입었고, 더위 따위는 아랑곳없이 조금 두꺼운 옷이라도 주머니 있는 옷만 입고 다녔다. 행여 오가다가 지인을 만날까 봐 항상 왼손을 주머니에 넣고 다녔다.

4년 전 어머니가 갑자기 돌아가셔서 상복을 입어야 했다. 장례식 때 입는 상복에는 다행히 주머니가 달려 있었다. 오랜만에 보는 친구들도 있었고, 나의 장애를 아는 사람들도 있었다. 어머니는 여름에 돌아가셔서 그 당시 많이 더웠지만, 내 왼손은 결코 주머니 밖으로 나올 수 없었다.

빨래는 세탁기가 해주지만, 건조기가 없는 이상 빨래는 널어줘야 한다. 빨래를 널 때 잘 털고 널면 구김을 상당히 펴주는 역할을 해주어 굳이 다림질하지 않아도 된다. 빨래가 마르면 수건, 셔츠, 바지 모두 잘 개어서 정리해야 하는데, 이것 또한 나에게는 극복해야 할 난관 중의 하나였다. 양말도 서로 짝을 찾아 정리해야 하고, 티셔츠 같은 것은 모양을 잘 잡아서 개켜야 나중에 입을 때 덜 구겨진 옷을 입을 수 있다. 티셔츠 개는 게 지금까지도 잘 안 되는 걸 보면, 그건 한 손으로 이불을 개는 것보다 더 어려운 것 같다. 어느 쇼핑몰에는 티셔츠 모양을 잘 잡아 갤 수 있게 해주는 생활용품도 등장했다. 너무 완벽을 추구하다간 또 이상한 방향으로 삶이 흘러갈 것 같아 요즘은 '대충 구겨진 거 입고 다니자'로 마음을 바꿔 먹었다.

머리 감는 일이 정말 고되었다. 내가 이렇게 얘기하면 좀 의아할 수도 있겠지만, 한 손으로 머리를 감아보라고 말하고 싶다. 내가 머리를 요렇게 짧게 하고 다니는 이유는 머리 감기가 힘들어서이다. 한 손에 샤워기를 들면 나머지 샴푸 칠하고 머리 문지를 손이 없다. 여름에야 매일 샤워하면 그만이지만, 겨울철에 매일 목욕하고 살지는 않으리라 생각한다. 그래서 샤워기 홀더를 내가 앉아서 머리를 들이밀 수 있을 정도 높이에 하나 달아놓았다. 그렇게 해서 머리를 감으면 옷이야 다 젖지만, 머리를 감을 수 있다는 것에 행복해진다.

긴 병원 생활 동안 아예 움직이지 못할 때는, 그 누가 있어도 머리를 감거나 목욕하는 건 꿈도 꿀 수 없다. 그래도 휠체어에 앉을 정도는 돼야 머리도 감고 몸도 씻는 거다. 오랜 병상 생활에서 느낀 것이 한 가지 있다. 인간의 존엄성에 대한 생각이 강하게 내 가슴을 파고들어왔다. 인간은 존엄성 있는 존재라고 배웠다. 나는 지구상의 모든 동물이 존엄성이 있다고 생각한다. 우리 생명은 소중하고 다른 동물의 생명은 소중하지 않은 게 아니다. 화장실을 남의 힘을 빌려야만 갈 수 있거나 그도 아니면 기저귀를 써야 하는 상황이 누구에게나 일어날 수 있다. 인간에게 조금 우위의 존엄성이 있다는 건, 스스로 화장실 가고 스스로 대소변을 해결할 때까지가 아닌가 생각한다. 수술해서 길게는 딱 3주, 21일을 침대에서 꼼짝 못 하고 누워 있었다. 변비가 심해져 정말 그 21일간 대변은 한 번도 못 봤다. 3주가 지나면서 소변줄을 뺐다. 소변 볼 땐 어쩔 수 없이 남편이 돌봐주거나, 어머니가 돌아가시기 전엔 어머니가 돌봐줘서 침대에서 할 수 있었다.

그때는 정말 스스로 화장실만 갈 수 있다면 소원이 없을 것 같았다. 모든 건 시간이 약이다. 또 그럭저럭 시간이 가니, 화장실 정도는 벽을 짚고 갈 수 있게 되었다. 이젠 머리만 감으면 원이 없을 것 같았다. 그것도 남편의 도움으로 해결할 수 있었다. 그러자 이젠 목욕이….

통증과 배려

세상에 있는 통증의 종류는 일일이 열거하지 못할 정도로 많은 것 같다. 통증을 일으키는 것으로, 대표적으로 애기 낳는 고통이 있다. 팔다리가 골절되거나 당뇨 합병증으로 손발을 절단하는 사람도 있고, 암으로 최악의 고통을 경험하는 사람들도 많다. 거기다가 요즘은 정신적으로도 힘든 사람이 많다. 우울, 공황장애, 불안, 불면 등도 견디기 어려운 고통임에 틀림없다. 하지만 한 번씩 뜨거운 그릇에 데어보면 불에 닿지 않아도 얼마나 아픈지를 바로 느낄 수 있다. 화상은 인간이 느낄 수 있는 최상위의 통증이라고 한다. 깊은 3, 4도 화상쯤 가면 얼얼하거나 쓰리는 아픔이 아니라, 몇 만 볼트가 지나가는 강력한 전기 케이블이 팔에 감겨 빙글빙글 돌아가는 느낌이다. 통증이 상당히 깊숙한 곳에서 펜치로 쥐어짜듯 기어 나온다.

안 아프게 하는 방법이 있을까? 진통제로도 통증이 제어가 안

될 때가 있다. 나는 그냥 받아들이기로 했다. 통증과 맞서지 않고 편안한 마음으로 아픔을 받아들였다. 통증으로 곧 죽을 것 같았으니까…. 나의 팔을 쳐다보며 '음, 아프구나? 지금은 많이 아픈 시간이야. 조금 있으면 괜찮아져' 하며 스스로를 달랬다. 그렇게 있다 보면 신기하게 통증이 조금 가라앉는다. 어떤 통증이든 24시간 쉬지 않고 끊임없이 아픈 병은 없다. 통증과 통증 사이를 기다렸다가 머리도 감고 목욕도 하고, 통증이 덜할 때 책도 읽을 수 있고, 일기도 쓴다. 정신과 육체가 너무 많이 아파도 책을 못 읽는다는 것을 알았다.

팔다리 다 가지고 정상인으로 40대 중반까지 잘살다가, 왼손은 거의 없어지고 그 위쪽의 손목과 팔도 많이 망가졌다. 두 개의 뼈 중 바깥쪽에 있는 뼈가 거의 타버렸다. 왼손 엄지만 남기고 손바닥과 네 손가락 전부가 없는데도 난 이렇게 쓰고 싶은 글쓰기를 하고 있다. 손가락이 아무것도 안 남고 쓰고 싶은 글쓰기를 못 하게 되었다면, 나는 이 순간 어떻게 하고 있을까. 고맙게도 오른손이 멀쩡하게 살아 있어, 손으로 일기장에 일기도 쓸 수 있고, 밥도 먹을 수 있고, 화장실에 가서도 깔끔하게 뒷정리까지 할 수 있는 것이다.

그런데 아주 심하게 통증이 와서 쩔쩔맬 때가 있다. 보통 춥거나 날씨가 안 좋거나 너무 흐려 기압이 많이 낮을 때 그러는 것 같다. 견디기 힘든 것은, 없는 손가락이 너무 아픈 것이다. 어느 날은 새끼손가락이 너무 아프고, 어떤 날은 약지를 거친 시멘트 바닥에 대고 박박 긁는 것 같을 때도 있다. 너무 아파서 만져보면 손가락은 없고 통증만이 존재한다. 아직도 나의 뇌 깊숙한 무의식에는 나의 손가락이 전부 있는 걸로 알고 있기 때문이다. 그래서 환상통이라고 하는 걸까?

시간이 지나니 조금씩 외출도 할 수 있게 되고 목욕탕에도 다닐 수 있게 되었다. 죽어도 목욕탕은 못 갈 거라고 생각했는데, 동네 작은 목욕탕은 갈 수 있게 되었다. 어머니가 살아 계실 때는 어머니와 다녔는데, 이젠 나 혼자 다닌다. 팔 토시를 하긴 하지만, 물에 젖으면 어떤 모양인지 실루엣이 보인다. 아이들은 내가 다른 사람들과 다르다는 걸 알고 끝까지 내 행동을 좇는다. 보다가 자기 엄마한테 뭐라고 하는 소리가 들린다. "저 아줌마 손이 이상해" 하면 어른들은 "그렇게 보는 게 아니야" 하는 엄마가 있고, 나를 휙 한 번 보고는 말없이 고개를 돌리는 사람도 있다. 나의 아픔을 쳐다보지도 말고 물어보지도 않았으면 좋겠지만, 어디든 여자 분들이 모여 있으면 꼭 꼬치꼬치 캐묻는 사람이 있다. 그냥 목욕탕에서 조용히 목욕하면 될 것을, 그렇게 호기심 어린 눈을 반짝이며 내 대답을 기다린다. 그럼 간단히 "교통사고예요" 이렇게 끝맺고 만다. 장애인을 대하는 태도도 여러 부류가 있다. 옆에서 아예 쳐다보지 않는 사람, 멀리 있으면서 안 보는 척 열심히 눈 돌려가며 보는 사람, 또는 등 밀기 힘들겠다며 거품 타월로 등을 밀어주시는 고마운 분들도 가끔 마주친다. 한마디도 없이 옆으로 와서 비누 타월로 조용히 등을 밀어주며, 이 정도만 해도 시원할 거라면서, 진정 행동으로 나를 위로해주시는 분들이 참 고맙다.

약국이나 병원, 공항 등을 드나들 때 문을 열고 들어가는데, 문이 무거운 곳이 가끔 있다. 이럴 때 나는 오른발을 아래로 내리고 상체의 힘으로 문을 밀고 들어간다. 하지만 정말 얌체인 사람들이 있다. 힘들게 문을 열어 고정시키며 들어가려는 나를 앞서 냉큼 들어가며 문도 안 잡아주는 사람도 있다. 아니, 거의 대부분 사람들이 그렇고 여자들은 더더욱 그렇단 걸 알았다. 길을 막고 서너 명이 걸어가면 인도는 좁고 그들을 마주쳐 가야 하는데, 한국 사람들 특징인지 결코 옆으로 비켜주지 않는다. 내가 걸어가는데 '네가 비켜라' 하는 식인 것 같다.

일본에 갔을 때 정말 놀라웠던 것은 그들의 공중도덕과 예의 바른 행동이었다. 아무리 많은 사람이 마주보며 오고가도 절대 서로 부딪히는 일 없이 양쪽으로 물 흐르듯 자연스럽게 걸어간다. 앞에서 누가 오면 먼저 피해주고, 다른 사람의 진로를 방해하지 않으려고 한다. 행여 어깨라도 부딪히면 무슨 굉장한 실수라도 한 것처럼 서로 사과하고 허리까지 깊이 굽혀 절까지 한다. 우리는 그 정도까지 바라지도 않지만, 행여 장애인이 문을 못 열어 힘들어하고 있을 때, 조금만 잡아주기라도 하면 얼마나 좋을까!

퇴원 후 생활해야 하는데, 장보기를 비롯하여 일상생활을 혼자 하기 힘들었다. 마트에 가서 물건을 사서 봉투에 넣어야 하는데, 말을 안 하면 결코 도와주려고 하지를 않는다. 박스를 만들어서 물건을 담아야 하는데, 막상 그걸 또 쉽게 부탁할 사람이 없다. 좀 한가해 보이는 직원을 찾아야 하는데, 인원을 맞추어서 일하는데 한가한 사람이 그리 쉽게 눈에 띄지를 않는다. 물건 사러 온 일반인들은 내가 힘들어하며 겨우겨우 물건을 담고 정리하는 걸 보고

만 있지, 친절을 베풀어 도와준 사람은 내 기억으로는 한 번도 없었다. 왜 우리나라 사람들이 매정하게 변해버린 걸까? 살기가 빠듯하고 삶의 희망이 보이지 않아서, 바로 옆에서 자신의 조그마한 친절만 있으면 문제가 해결되는 사람이 눈에 안 들어오는 건지도 모르겠다.

6개월 가까이 입원하고 제주도에 내려왔는데, 갈 집이 없었다. 가게가 딸린 우리 집은 아직 매매가 안 돼서, 다른 사람에게 집과 가게를 빌려주고 있었다. 그때 어머니가 성당 소유의 집이 있는데 대문 옆에 조그맣게 방을 하나 만든 게 있다고 했다. 흔히 보는 컨테이너 한 칸짜리 집이었다. 안을 보니 벽도 천정도 모두 쇠로 된 컨테이너였다. 우리 짐은 모두 이삿짐센터 창고에 맡겨진 상태여서, 나는 갈아입을 옷 한 벌이 없었다. 그때 내 사촌동생(사촌동생이라고는 하지만 나와 사촌동생, 내 막내 여동생, 이렇게 셋이서 어릴 적부터 항상 같이 살아 우리는 그냥 자매나 다를 바가 없다)이 당장 필요한 것 몇 가지와 벽에 붙일 시트지를 갖고 왔다. 그때는 내 팔이 지금만큼 회복되지 않아 5월의 아침 추위에도 견디지 못하는 상태였다. 시간도 없는데 미안하다고 하자, 동생은 "언니, 난 두 손이 있으니까 뭘 해도 먹고 살아, 나 걱정하지 마" 한다. 그렇게 말하는데 이 아이 목소리가 가늘게 떨리고 있었다. 내가 속상해할까 봐 내 앞에서는 절대 울지 않는 아이다. 내게 무섭게 욕을 들으면서 공부해서 고등학교를 가고, 미술 동양화를 전공한 동생이다. 시트지를 어쩌면 그렇게 구겨지거나 비뚤어지지 않게 잘도 바르던지.

쇠로 되어 있던 벽에 시트지를 바르니 그런대로 혼자 누울 수 있었다. 조그맣게 1구짜리 가스레인지도 있었고, 보일러가 되니 부엌 겸 주방에서 목욕도 할 수 있었다. 그거라도 정말 감사했다. 당장 갈 곳도 없는 내게 몇 푼 안 되는 돈으로 살게 해준 '메질다' 님에게 정말 감사드렸다. 자리를 잡고 앉으니 이제 어떻게 살아야 할지 막막하기만 했다.

주변 모든 사람에게서 떠나기 위해 내가 선택한 방법이 이제 더 나쁜 방법으로 나의 발목을 잡고 있었다. 시어머니와의 갈등, 식당 하면서 힘들었던 몸과 마음의 상처와 온갖 수모가 내 곁을 떠나지 않고 주위를 빙빙 돌고 있었다. 제부가 보증서서 대출받았던 돈도 당장은 갚기 어려웠다. 제부의 부모님이 너무 고마웠다. 단지 자신들 손자의 이모라는 이유로 내게 싫은 말 한마디 없이 그분들이 알아서 상환을 하셨다. 작은 돈이 아니었다. 3억 원이라는 큰돈이었다.

동생이 걱정되었다. 이 일 때문에 제부한테 말 못 할 시련을 당하고 있지나 않을까 걱정되었다. 확인해보니 꼭 그런 건 아니었다. 하지만 나의 죄책감과 미안함은 더 커졌다. 어떻게든 내가 돈과의 인연이 생기면 이 돈은 꼭 갚아주고 싶었다. 하지만 한 손밖에 없는 장애 여성이 할 수 있는 일이 거의 없었다. 그럼에도 나는 그걸 꼭 갚으리라는 결심을 마음속에 깊이 새겨 넣었다. 만일 그분들이 나에게 모욕을 주고 분노를 표출했다면, 그렇게까지 미안하지 않았을지도 모른다.

그런 일이 생기고 3년쯤 후에 어머니가 돌아가셨다. 동생 시아버지를 비롯해 남자 형제가 모두 빈소를 찾아주었다. 왼손을 주머니에 넣은 채 인사를 했다. 얼굴을 들 수가 없었다. 동생 시아버님은 내 동생을 꼭 안아주며 위로의 말을 건넸다. 마음이 너그럽고 인품이 높으신 분이다. 아직도 나는 그 빚을 잊지 않았다. 시간이 얼마나 내게 주어져 있는지는 모르겠지만, 반드시 갚아야 할 내 마음의 빚이다.

반대로 나도 남의 보증을 서서 정말 꽤 많은 돈을 대신 갚아야 했다. 당장 받아내고 싶지만 사람을 찾을 길이 없다. 어떻게 찾는단 말인가. 마음을 비우고 내려놓았다. 예전처럼 그것에 매달리면 내 영혼은 다시 피폐해질 것이고, 항상 불안하여 동동거려야 하며, 분노를 몸에 품고 살아야 한다. 이제 와서 그건 쓸데없는 에너지 낭비라는 생각이 든다. 비우고 내려놓으면 필요한 무언가로 다시 채워질 것이다. 내가 행복하면 행복 에너지가, 내가 평온하면 평온 에너지가 채워질 거라 믿어 의심치 않는다.

이제 통증도 고통도 나의 몸에서 길들여지고 있고, 그것들의 시간이 지나면 내 몸에 편안함이 오는 것도 안다. 서로 공존하는 고통과 평안. 이제 너무 통증을 무서워하지 않아도 될 때가 온 것이다. 곧 잠처럼 달콤한 편안함이 내 몸을 달래 줄 것이므로.

암은 통증, 치매는 고통

2013년 4월 19일. 항암 1차 치료가 시작되었다. 첫날부터 투여된 약 이름을 적어놓기 위해 메모를 시작했지만 며칠 만에 포기했다. 약 이름이 외우기 너무 힘들었다. 한글도 아니고 영어인데, 그놈의 영어 약 이름이 읽기는커녕 쓰기조차 어려웠다. 로이나제주, EPS, 홀록실주, 유로미텍산주, NISOL ONE, KTYRILL, MTX, UROMITEXAN, NOMAL SALINE 등 내겐 외계어 수준이다. 이럴 때를 대비해서 의학 사전을 좀 읽어뒀어야 했다는 자책감도 같이 들었다.

다음날 아침밥을 먹을 때 어머니가 그러신다.

"이 밥 느가 해시냐?"

네가 밥을 했느냐는 제주도 말이다.

"아니, 어머니 병원 주방에서 사람들이 만든 거."

그러자 어머니는 "아! 난 네가 한 줄 알고…" 그러신다. 눈물이 울컥 올라온다. 어머니가 내 앞머리를 쓸어 올려주신다. 말은 안 해도 아주 예쁘다고 모든 사랑을 담아 내 머리를 쓸어 올려주신다. 내 눈에서 눈물이 하염없이 볼을 타고 흘러내린다. 그것도 잠시 화장실 가고 싶으신지 갑자기 일어나 앉더니 나보고 그랬다.

"여기서 뭐 다듬었구나."

"아니야."

하고 대답했지만 듣고 싶은 것만 들으시는 것 같다. 화장실에 가서 변기에 앉혀드렸더니 또다시 "여기서 뭐 다듬었구나" 하신다. "아니야"라고 했지만, 어머니 머릿속에 어릴 적에 밥하고 채소 다듬던 기억이 아직도 남아 있는 걸까. 별것 아닌 것 같은 말에 가슴이 미어지는 것 같다. 어떤 기억이기에 이렇게 아픈 시기에 불현듯 떠오른 걸까.

나의 슬픔을 숨기지 않아도 좋다. 그냥 무심히 바라보기만 해도 어머니가 있어서 좋다. 내 눈물을 몰라주어도 좋다. 내가 울면 더 속상해서 옆에서 근심 걱정을 더 해주시던 어머니. 가끔씩 나와 말다툼하면서 끝까지 가는 고집 센 어머니가 다른 세계로 돌아가 버리신다. 멍한 눈, 남에게 말하듯, "아이야, 울지 말라, 무사 경 울엄시니 어머니한테 욕들언(왜 그렇게 울고 있느냐고 어머니한테 욕 들었니)?" 대답할 틈도 없이 금방 자신의 세계로 돌아가 버리신다. 무관심은 미움과 증오보다 더 큰 형벌인 것 같다. 살아 있으면서 사람을 죽게 만드는 병이다. 무서운 무관심, 어머니의 의지는 아니었지만 난 그런 무관심의 형벌이 지금도 너무 아프다.

세상에서 가장 아프고 슬픈 병이 무엇일까? 물론 암, 류마티스,

루프스, 파킨슨병, 다발성 경화증, 백혈병 등 이름도 알지 못하는 병이 수두룩하다. 이런 병들은 언제 죽을지 모르는 아주 무서운 병이지만, 경우에 따라서 치료도 가능하다. 하지만 가족의 입장에서 사랑하는 부모님이 날 몰라본다면 얼마나 가슴 아플까. 날 낳고 키워주신 어머니가 나를 기억 못 한다면, 내가 울고 있어도 내가 누군지, 왜 우는지에도 관심이 없다면, 너무나 아프고 슬프다. 가슴이 아린다.

어머니는 PET 스캔 결과 뇌에 혈류가 잘 흐르지 않는 혈관성 치매로 판정 났다. 작은 뇌졸중도 몇 번 겪었다고 했다. 예전에 몇 번 너무 아파 길에서 쓰러진 적이 있다고 했다. 지나가는 사람이 구급차를 불러주어 응급실로 가는데, 너무 몸이 안 좋아 그만 옷에 대변을 누게 되었다고 했다. 구급대원들에게 너무 죄송하다고 사과까지 하셨다고, 모든 기억을 갖고 내게 말씀해주셨는데, 그때 뇌졸중으로 쓰러진 것 같았다. 나중에 일요일에 미사 가서도 그런 식으로 아파서, 119를 불러 병원에 간 적이 두어 번 있었다. 난 괜찮은 줄 알았다. 병원에서 나아져서 집에 오셨으니까. 엊그제까지 건강하고, 가족들을 다 기억하고 과거를 기억했던 어머니가 갑자기 나를 몰라보시는 것이다.

이 세상에서 나를 가장 아끼고 사랑했던 어머니가 나를 몰라보고, 무엇인가에 홀려 있는 듯한 눈빛을 보는 가족들은 얼마나 참담하겠는가. 어머니가 환각을 보고 주변인식을 못 하고 나조차 몰라보고 있다니, 심장을 크게 한 번 맞은 듯 나는 비틀거렸다. 가슴이 뻐근하고 먹먹해졌다. 어머니의 눈빛은 살아 있는 사람의 그것이 아니었다. 희망의 불이 꺼져버린 눈동자. 앞으로 내 어머니는 어떻게 될까. 어머니 손을 놓지 않고 끝까지 함께할 수 있을까? 도무지 앞을 볼 수가 없었다. 노래를 정말 구성지게 잘 부르던 어머니. 찬송가도 내가 헤맬 때 옆에서 음정을 잡아 척척 잘 불러내시던 어머니. 아무것도 없던 어머니이지만, 나보다 재주는 훨씬 많으셨다. 내가 노래 부르면 사람들은 너무 웃겨 한다. 그리고 노래가 끝나면 격려하는 것을 잊지 않는다. 그렇게 연습하면 되는 거라고. 참 나, 그러니까 노래를 안 한다고 했는데, 왜 시켜서 사람 창피하게 만드는지.

내 어릴 적 기억으로는 동네 결혼식에서 피로연을 위해 마당에 친 천막 안에서 장구를 치며 노래를 부르셨는데, 그 목소리가 그렇게 아름다울 수 없었다. 사람들은 그 소리에 맞춰 춤을 덩실덩실 추었다. 모두가 즐거워하는 결혼식의 숨은 공로자가 어머니셨다. 그런 날은 괜히 내가 우쭐해서 잘난 척 하곤 했었는데.

어디서 배우신 걸까? 한 번 물어본 적이 있는 것 같은데, 뭐라고 대답하셨는지는 까먹고 말았다. 나는 누굴 닮아서 모든 사람들이 인정하는 음치가 된 것일까. 유전은 한 세대를 걸러서 나온다고 했는가? 어릴 때 헤어진 딸이 뮤지컬을 전공한다고 했다. 할머니를 닮아서 그런가, 하고 생각해 보기도 했다. 난 절대 아니니까.

어머니는 내 딸을 나보다 더한 사랑으로 키워주셨다. 내가 회사에 출근하면 어머니와 같이 책도 보고, 좋아하는 문방구점에 가서 색종이도 사오고, ○라면이 먹고 싶다고 고집 부리면 어머니는 반 개를 끓여 아이에게 먹였다. 나는 라면 같은 걸 절대 주지 않았기 때문에, 할머니한테는 떼만 쓰면 된다는 걸 딸은 알고 있었다. 아이가 태어나서 1~2개월 무렵에 모유 수유를 하지 않아서인지 자주 감기에 걸려 힘들어했다. 코에 콧물이 잔뜩 끼어 숨쉬기 힘들어하면, 어머니는 당신의 입으로 내 아이의 코를 빨아내주셨다. 난 도저히 그렇게 할 수 없을 것 같다는 생각이 들었다. 아무리 내 새끼지만 어떻게 입으로 코를 빨아낼 수 있단 말인가. 병원에 가도 똑같은 치료를 한다. 단지 기구를 가지고 코에 있는 콧물을 뽑아내는 게 다를 뿐.

내가 어렸을 때 눈에 뭐가 들어가서 눈을 막 비비고 있으면, 어머니는 가만히 있어보라고 하면서, 내 눈을 어머니의 혀로 구석구석 핥아내주셨다. 눈꺼풀 안에까지 아주 정밀하게. 그러면 정말 신기하게도 눈에 든 이물질이 떨어져 나갔다. 어머니는 이렇듯 자신의 몸을 더럽히면서도 자식을 사랑하는, 정말 정이 깊은 분이셨다. 2년 전 내가 발가락을 손으로 이식하는 정말 끔찍이 아픈 수술을 할 때, 나를 먹이려고 한양대 후문을 걸어 내려가 이마트로 가서 내가 먹을 만한 것을 매일매일 사러 가셨던 분이다. 한양대 후문이 얼마나 경사가 심한지 가보신 분은 알 것이다. 그 경사를 아픈 다리를 아랑곳하지 않고 다녀오셨다. 무더운 한여름 속에, 이마트 다녀오신 어머니의 옷이 홀딱 젖어 있곤 했다. 아아, 나는 그때 어머니에게 고마움의 표시나 제대로 했는지 모르겠다. 어머니는 지병인 심근경색과 고혈압, 부정맥, 관절염 등, 젊어서 혼자 몸으로 우리를 키우느라 고생한 덕분에 나이 들어서는 병들에 둘러싸여 사셨다. 그럼에도 내가 큰 수술을 하게 되자 당연히 같이 올라와 나를 위해 병간호를 해주셨다.

발가락을 잘라내 손으로 이식했기 때문에 한 달을 꼼짝 없이 침대에 갇혀 있었고, 모든 걸 침대 위에서 해결할 수밖에 없었다. 한 달쯤 지나 겨우 화장실 정도는 다닐 수 있게 되자, 동물병원에서 흰 차만 보이면 소파 등받이 위를 올라갔다 내려왔다 할 초코가 걱정되어 어머니를 먼저 내려가시게 했다. 사실 한 달쯤 지나자 어머니는 눈에 띄게 피곤해하셨고, 허리 통증으로 주변 정형외과에 치료를 받으러 다니셨다. 그렇게 하면서까지 어머니는 나를 위해 병간호를 해주셨던 것이다.

어머니의 치매 진단에 마냥 슬픔에 빠져 있을 수는 없었다. 담담하게 이를 받아들이고 어머니의 병세를 조금이라도 늦출 방법을 찾아야 했다. 병원에서는 치매를 늦추게 하는 패치를 처방해주었고, 나눠준 표를 보며 돌아가면서 붙이고, 붙인 곳을 표시해놓았다.

담담해져야 한다고 결심한 순간, 어제까지 고장 난 수도꼭지처럼 그치지 않던 눈물이 하루사이에 다 말라버렸는지 더 이상 눈물이 나오지 않았다. 그렇게 그치지 않던 눈물이 하루사이에 갑자기 다 말라버릴 수도 있는 것일까. 어머니와의 모든 기억과 추억만이 가슴속에 사무쳤다. 좋았던 기억, 나빴던 기억, 힘들었던 일, 분노, 서글픔, 기쁨 등 내 무의식에 묻혀 있던 기억들이 갑자기 용트림을 틀더니, 각각 알아서 저마다 가슴속에 자리를 잡고 앉았다. 모든 기억이 한꺼번에 나를 향해 달려들었다. 쓰러질 것 같았지만 이를 악물었고, 그걸 잊고 있던 나는 이제 과거와 마주해야 했다. 하지만 앞으로 있을 어머니의 암 투병을 위해 힘을 아껴야 했다. 그렇다. 울음조차 사치가 되어버린 것이다. 어머니를 살리기 위해서는 힘을 최대한 비축해야 한다. 왼손이 나의 발목을 잡겠지만, 갈 데까지 가보자. 이제 시작인데 벌써 어머니의 손을 놓아버릴 수는 없었다.

다섯 살 때 어머니를 여읜 우리 어머니. 어머니 없는 다섯 살짜리의 삶은 얼마나 모질었을까. 내가 기억하는 할아버지는 친절하거나 섬세한 분이 아니었다. 할머니 돌아가시고 어떤 할머니를 한 분 데려다가 사셨는데, 가끔 그 할머니를 때리는 것을 보았다. 너무 불쌍했다. 아마 어려서부터 나는 힘들거나 어려운 사람들에 대해 동정을 잘했던 것 같다. 맞아서 울고 있는 할머니 옆에 가만히 앉아서 아픈 곳을 쓰다듬어주든가, 어린 마음에도 물이라도 갖다 드려야 한다고 생각하고 물도 떠서 갖다드렸다. 그래서일까, 다른 손자들은 많아도 할머니는 나만 업어주셨다. 업어달라고 할 때는 물론이고 시무룩해 있거나 어디가 아프면, 나를 업고 '자랑자랑'하는 자장가로 나를 재워주셨다. 다른 손자 손녀들도 할아버지를 본받아 할머니를 놀리고 때리고 함부로 굴었다. 정신적으로 약간 모자라신 분이었기 때문에, 더더욱 다른 사촌아이들이 그러지 않았나 싶다. 할아버지의 구박, 아들과 며느리들의 구박, 오직 내 어머니만이 그분을 어머님이라고 부르면서 따뜻하게 대해주셨다. 나중에 그분 자식들이 충청도에서 내려와 모셔갔다는 말을 들었는데, 얼마나 안심이 되던지. 충청도 할머니라고 불리던 할머니, 지금도 가끔 그 할머니가 보고 싶을 때가 있다. 사람은 자신에게 친절했던 사람을 오래 기억하는 것 같다.

유독 마음이 약하고 사람들에게 친절하셨던 어머니, 가끔 내게 화를 내면, 나는 말도 안 되는 억지를 부리면서 어머니와 말다툼도 자주 했다. 좋은 일도 추억이 되지만 이렇게 악쓰며 싸우던 시절의 어머니가 무척 그리워질 때가 있다. 약해 보이지 않고 강하게 보이는 어머니가 좋아서였을까. 할머니의 재능을 이어받은 딸이 어디선가 멋지게 살고 있어서 좋다. 내가 없는 것을 가진 내 피붙이, 부디 즐기면서 행복한 삶을 살았으면 하고 가슴속 깊이 희망을 빌어본다.

몸 장애가 정신까지

나는 국가에서 말하는 장애 3급 여성이다. 또 척추장애 5급이라는 장애를 하나 더 갖고 있다. 보통 여자가 팔이나 손이 절단되어 다니면 다들 한 번씩은 뒤돌아본다. 사람들은 손가락 하나쯤 잃은 사람을 보면 "그 정도야 뭐, 그 정도면 다행이지" 하고 함부로 말을 쏟아낸다. 내가 아는 언니가 김치집을 하는데 재료를 썰다가 손가락 하나를 실수로 잘리고 말았다. 손가락을 다치고 그 언니는 정말 일을 못할 정도로 대인기피증을 겪었고 우울증이라는 마음의 병을 얻어 한동안 정말 힘든 삶을 살았다. 시간이 지나 조금씩 손과 마음의 상처가 나아지기는 하지만 결국 상처는 평생을 안고 갈 수밖에 없다.

크든 작든 신체의 일부가 잘려 나가면 우울하고 두려운 감정을 갖게 된다. '가족들이 나를 버리면 어떻게 하지? 무시하고 학대하지는 않을까?' 하고. 이런 말을 하면 사람들은 '그럴 리가 있겠느냐고, 다친 사람이 더 아픈데 그렇게 대한다고? 말도 안 되는 소리 하지 말라'고 할 것이다. 하지만 환자 본인의 마음은 다르다. 환자가 여자라면 더욱 큰 공포감을 느낀다.

한창 1년에 두세 번 수술하러 다닐 때인데, 손가락 하나를 잃은 어떤 아주머니가 간병하고 있는 딸에게 그랬다. 내가 이렇게 됐다고 나를 버리지 말라고. 그 말을 듣고 속으로 나는 나처럼 거의 절단되어 옷을 입어도 오른쪽 왼쪽 차이가 나서 병신인 거 확실하게 보이는 사람도 있는데, '너무 엄살 아니야?' 싶었다. 그러다가 어떤 남자 화상 환자를 보게 되었다. 그는 양 손가락 10개가 모두 화상으로 하나도 남아 있지 않았다. 정말 혼자 생활하기 얼마니 막막했을까? 닫힌 문 앞에서 얼마나 쩔쩔 맸을까? 누가 매일 옆에서 수발을 들어주면 모르지만, 너나없이 다 바쁜 세상이다 보니 가족이라고 장애인을 알뜰히 챙길 수 없는 시대가 된 것이다.

그분 입장에서 날 보면, 뭐 그 까짓것 다친 걸로 우울해하고 정신과까지 가냐고 할 게 틀림없을 것이다. 손가락 하나가 잘린 그 어머니도 이제 자신의 신체는 예전과 다르고, 집안일이든 바깥일이든 못 할 것 같아서 자신감이 사라지고 두려워진 것이다. 결국 퇴원해서 1년, 2년, 3년, 몇 년이 지나는 사이, 그 손가락 대신 옆의 손가락이 잘 도와주면서 이전 못지않은 생활을 하게 될 것이다.

아까 그 남자 분은 결국 양 발에서 발가락을 2개씩 떼어다 손에다 이식수술을 했다. 마침 내가 발가락 이식수술을 하러 간 참이라 입원해 있어서 보게 되었지만, 수술 통증이 엄청난 것 같았다. 나보고 웬만하면 발가락으로 손에 이식수술을 하지 말라고 했다.

그때 그 말을 귀 담아 듣고 수술하지 말 걸 하고 나중에 정말 많이 후회했다. 그분은 그렇게 2개씩 발가락을 손가락으로 이식수술해서 행복하게 담배 피우면서 잘 계신 것 같았다. 그 엄청난 고통의 대가로서 말이다.

팔이 장애가 되고 나서 나는 의식적으로 팔을 쳐다보지 않았다. 보면 모든 게 인정돼버릴 것 같아 소름이 끼쳤다. 아니라고 부정하고 싶은 마음에 나는 선뜻 사람들 앞에서 내 왼손을 절대 내보이지 않는다. 아직도 욕심이라는 욕망을 내려놓지 못한 것이다. 완벽해야 하고, 지면 안 되고, 착한 사람이라는 소릴 들어야 한다고 생각했다. 그 모든 게 완벽하지도 착하지도 않은 나를 포장하려 애쓰려다 이제 지쳐 쓰러지게 될 지경에 왔다. 조금 착하지 않아도, 모자라도, 뒤처져도 아무 일도 일어나지 않는다. 착한 아이 콤플렉스로 항상 주위로부터 칭찬 받으려는 병도 이제 그만 키워야 한다. 스스로 서야 하는데, 자꾸 이 핑계, 저 핑계 대면서 기대려고 한다. 이렇게 자판에 글을 칠 수 있음에 감사할 줄 모르고, 오른손이 있어 밥을 잘 먹을 수 있는 것에 감사할 줄 모른다. 이만큼의 손이라도 있어서 우리 초코 목욕을 시킬 수가 있는데, 그것조차 감사한 줄 모르고 우울의 늪에 빠져 허덕이고 있다.

나 자신의 선택으로 다쳤고 장애인이 되었다. 그것조차 부정하며 주변의 가족을 증오하고 미워하며 밀어낸다. 가까이 오면 그 사람을 탓하면서 그만큼 멀리 떨어져간다. 나조차 자신이 미워 왼쪽 팔을 못 쳐다보면서, 나를 사랑해야 한다고 자꾸 마음속에 속삭이면 무슨 소용이 있단 말인가? 단 한 번이라도 다친 왼팔을 살갑게 쓰다듬어준 적이 있던가. 결단코 한 번도 없다. 거울을 봐도 의식적으로 눈 안에 왼팔을 넣지 않고 나머지 부분만 본다.

정말 슬프고 가슴 아픈 건, 내가 다치고 어머니가 돌아가시기까지 3년을 어머니께 내 분노를 집중하여 폭발시켰다는 것이다. 해놓고는 죽을 만큼 후회했다. 왜 어머니께 그랬을까. 세상에서 가장 사랑하는 내 어머니에게 도대체 왜? 그랬다가도 다음날 얼굴 보면 다시 살인적인 분노를 쏟아내며 어머니 가슴에 대못을 박는 막말을 해댔다.

"어머니, 잘못했습니다. 저를 용서해주세요."

이 말을 어머니 생전에 했더라면 얼마나 좋았을까. 그럼 이만큼 가슴을 짓누르고 아린 고통을 덜 느꼈을 텐데.

어릴 때부터 아버지가 안 계셔서 어머니가 혼자 이런저런 일들에 힘들어 하면서 나를 키웠다. 나는 어머니의 언니인 이모 손에서 거의 컸다. 어머니가 한 번씩 쉬는 날 나를 보러 오시면 세상을 다 얻은 것 같고, 그 누구보다 행복했다. 하지만 시간은 흐르고 저녁이 다가오면 어머니가 다시 돌아가야 할 시간이 온다. 그때부터 마른 침이 가슴으로 꼴깍 꼴깍 넘어간다. 드디어 저녁도 안 드시고 어머니가 가시고, 나는 길을 올라가는 어머니 뒷모습을 보며 서 있었다. 분명히 고개를 돌려 나를 다시 볼 줄 알고는 꼼짝하지 않고 서 있었다. 그러다 진짜 어머니가 뒤돌아보신다. 난 한달음에 어머니에게 뛰어가고, 뒤에서는 이모가 날 잡으러 오는 소리가 들려온다. 상관없다. 내가 빠를 테니까. 가서 어머니를, 어머니의 허리를 꼬옥 끌어안았다. 어머니는 눈이 빨개져 있었다. 이모에게 끌려 내려가면서도 난 어머니를 뒤돌아보았고, 어머니는 다시 돌아보지 않고 빠른 걸음으로 버스 정류장을 향해 가셨다.

가끔은 학교가 끝날 무렵 학교에 찾아온 적이 있었다. 복도 이쪽 끝에서 저쪽 끝까지 꽤 먼 거리임에도 불구하고 나는 단번에 알아봤다. 어머니다. 어머니가 왔다. 너무 기뻤다. 무조건 좋았다. 그 후로 가끔 멀리 어머니와 비슷한 실루엣의 사람이 보이면, 모든 것 제쳐놓고 뛰어가 본다. 어머니와 비슷한 머리를 한 다른 아이 어머니이거나 파마머리 선생님이다. 금세 풀이 죽는다.

살아가면서 내 힘의 원천은 어머니였다. 누구에게나 부드럽고 친절했던 어머니. 남의 것에 절대 손도 못 대게 하시고, 배고파서 어쩌다 남의 밭에서 무라도 하나 뽑으려 하면 절대 안 된다고 야단치시던 어머니.

살아가면서 몇 번의 시련이 있었지만, 어머니가 옆에 계셔서 모두 극복해낼 수 있었다. 하지만 이번 시련 때 내 화와 분노를 어머니에게만 쏟아냈다. 결국 어머니는 돌이킬 수 없는 상처를 받았고, 그것이 암이란 병으로 나타난 듯하다. 내가 다치고 3년 반 만에 어머니는 악성 림프종으로 세상을 떠나셨다. 눈을 꼬옥 감은 채로. 내가 어머니에게 살인 같은 거친 말들로 공격하지 않았으면, 어머니의 병은 오지 않았을지도 모른다. 안 계신 어머니, 부르며 용서를 빌고 눈물을 흘린다고 어머니가 돌아오신다면 얼마나 좋을까.

"어머니, 제발 저를 용서해 주세요, 제가 잘못했습니다. 이제까지 키워주시고 보살펴주셔서 감사합니다." 어머니 앞에서 진심으로 이렇게 빌고 싶다.

어머니 장례식을 치르고 나는 어머니가 누웠던 환자용 침대에서 계속 잠을 잤다. 깨면 수면제를 먹고 또 잤다. 남편이 초코 밥이 어디 있는지 물었고 나는 대답만 하고 또 잤다. 깨어 있기가 싫었다. 깨어 있으면 꼭 죽을 것만 같았다. 어느 날 시어머니에게 전화를 드렸다. 시어머니도 어머니니까….

한 달도 더 지나 남편과 함께 밭으로 갔다. 시어머니가 말씀하셨다. 서로 의지하면서 살아가자고, 지금은 생각이 많이 나겠지만 살다 보면 살아진다고. 고마웠다. 늘상 강직한 모습만 보아와서인지 시어머니의 격려가 고마웠다. 한동안 어머니와의 추억을 얘기했다. 들어 주서서 정말 고마웠다. 당시엔 내 말을 들어 주는 것만으로도 위안이 되던 시기였기에.

나는 장애인 신분증을 가지고 있다. 선천적으로 장애를 안고 태어나는 분들이 있고, 나처럼 후천적으로 사고로 장애를 가지게 되는 경우가 있다. 내가 장애인이 되고 나서야 우리 사회가 장애인이 살기에 얼마나 불편한 곳인지 알게 되었다. 장애인 필요시설이 많이 늘고는 있지만, 그건 다 정상인들의 눈에서 본 '이럴 것이다'로 추측해서 만들어진 것이 많다.

다른 장애보다 내가 겪고 있는 장애에 대해 얘기한다면, 한 손으로만 살아야 한다면 어떤 게 불편할까. 한 번쯤 한쪽 팔이 골절되어본 적 있는 분들이 계실 것이다. 한마디로 정말 '미치겠다!'였을 것이다. 머리를 감으려니 샴푸칠도 해야 하고 헹굼도 해야 한다. 그래서 결국 가족 중 누가 도와주었을 것이다. 목욕할 때도 마찬가지로, 어머니나 딸, 가족이 도와줘야 했을 것이다. 편의점에서 물건이라도 하나 사서 손에 들고 있으면, 문 열 손이 없을 것이다. 바지를 입으려 해도 한 손으로는 잘 올라가지 않는다. 가족들이 전부 갈비 먹으러 가자고 해서 갔는데, 쌈을 들고 고기를 올려놔야 되는데 손이 모자란다. 나가서 먹으니 설거지는 걱정 없지만.

만일 주부가 다쳐서 다들 밥 먹고 나갔는데, 한 손으로 설거지하자니 그릇은 안 씻기고 뱅뱅 돌거나 옆으로 누워버린다. 한 손으로 머리 드라이를 해보라고 하고 싶다. 짧은 머리는 그럭저럭 금방 말리겠지만, 머리가 길다면 참으로 힘들다. 한 손에 드라이어를 들고, 한 손으로는 머리를 털면서 말려야 되는데, 그게 안 되니 머리가 여기저기 뻗치고 잘 말려지지가 않는다. 병원에 입원하면 주사 맞을 팔이 한 쪽뿐이라 때때로 다리에 링거를 달아야 하는데, 걸을 때마다 피가 나온다. 그리고 아프다.

혼자 마트에 장보러 가면 수레를 끌고 다닐 엄두가 안 난다. 요게 한 손으로는 이상하게 제 방향대로 굴리기가 쉽지 않다. 그래서 시장바구니에 물건을 사서 담았더니 어깨가 떨어지도록 아프다. 이제 장보러 절대 혼자 안 나온다고 다짐한다. 스마트폰, 노트북, 데스크톱 등 모두 한 손으로 만지기에 만만한 녀석들이 아니다. 그래도 시대에 뒤처지면 안 되니까 스마트폰도 열심히 눌러본다.

어떤 장애를 갖고 있든 절대 쉬운 장애인은 없다. 그들을 위해 잠깐 문도 잡아주고, 휠체어가 먼저 들어갈 수 있게 승강기도 좀 양보하고, 회전문도 같이 밀어주자. 조그마한 친절이 장애인에게는 정말 큰 도움이 된다. 그런 도움 하나가 '혼자가 아니구나!' 하고 장애인들의 마음을 조금이나마 달래주지 않을까. 인류가 여기까지 온 것은 정상인이 장애를 가진 사람들을 도와 더불어 왔기 때문에 가능했다고 생각한다.

항암과 칙칙폭폭+++

올해도 어김없이 꽃향기를 날리며 4월이 돌아왔다. 4월만 되면 이상할 정도로 몸이 많이 아프다는 걸 최근 네 번의 봄 동안, 벚꽃 피는 시기에 심하다는 걸 깨닫게 되었다. 4년 전 그날 어머니가 평상시보다 약간 고조된 목소리로 내게 전화를 하셨다. 버스에서 내리려고 일어서는데 차가 급정거하여 운전석까지 뒹굴어 갔다는 것이다. 그래서 지금 119 구급차를 타고 병원으로 가는 중이라고 했다. 119 아저씨가 보호자에게 전화라고 해서 전화했다고 하면서, 너무 걱정하지 말라고 하고는 전화를 끊으셨다. 나는 정말 어머니 말처럼 큰 걱정은 하지 않았다. 정신이 명료하신 걸 보니 큰 부상은 아닌 것 같았기 때문이다. 사무실 일을 마무리까지 지어놓고 병원으로 향했다.

나는 대항항공에 1984년도에 입사하여 아시아나가 창립하는

1988년 12월에 회사를 옮겨 항공 업무만 13년 이상을 했다. 어머니가 다치신 그때도, 비록 다쳐서 장애인이 되었지만, 여행사 항공 예약 정도는 한 손으로 자판을 치면서 할 수 있겠다 싶어서 아르바이트를 하는 중이었다. 거의 한 달이 지나도록 그 여행사 사장님이 내가 한 쪽 팔이 아픈 것도 모를 정도로 나는 교묘하게 왼팔을 숨기고 다녔다. 그 당시 나는 우울증과 자기 파괴적 자아관 때문에 대인 기피증이 아주 심했다. 지금도 우울증이 사라진 것은 아니지만, 신경정신과 약을 먹으면서 나름 겪어내고 있는 중이다.

그렇게 다친 어머니는 당장 며칠간 입원해야 했다. 어머니가 다치기 전 감기가 너무 낫지 않는다며 내게 몇 번인가 말했다. 하지만 나는 병원에 가보라는 말로 내 책임을 끝내버렸다. 감기를 거의 6개월 이상이나 앓고 있는 어머니를 병원에 모시고 갈 생각조차 나는 하지 않았다. 그저 이 병원 안 되면 저 병원, 내과가 안 되면 이비인후과 가라고, 귀찮다는 듯 감기 정도야 어머니 혼자 해결하라고 무관심으로 일관했다. 어머니보다 내가 더 아픈 환자라고, 난 장애인이고 이젠 인생도 끝장난 거나 마찬가지인데, 왜 자꾸 내게 아프다고 하냐며 어머니를 아주 매몰차게 몰아붙였다. 그래놓고는 마음이 아파 혼자 후회하면서 말이다.

나중엔 나도 어머니 상태가 뭔가 이상해 보이기 시작했다. 코에서 큰 핏덩어리 같은 게 떨어져 나오고 굉장히 추워하셨다. 아무리 추워도 가스난로를 방에 놓고 주무시는 분이 아닌데, 너무 춥다고 하셨다. 그리고 아침에 일어나면 밤에 땀이 너무 많이 나서 옷을 세 번 갈아입었다고 하는 날도 많아졌다. 결국 나는 제주대학 병원 이비인후과에 예약을 했다. 예약이 밀려 두 달 후에나 예약이 가능하다고 했다. 지금 생각하면 병원 예약 날짜만 조금 빨랐어도 어머니는 살아 계셨을 것이라는 생각이 든다.

그렇게 추워할 때쯤 안면 신경마비가 왔다. 얼굴 한 쪽 감각이 이상하고 눈도 잘 안 감겼다. 신경과를 갔더니 21일 정도 약을 먹고 한 달쯤 지나면 좋아진다며 기다려보자고 했다. 아무래도 걱정이 되어 어머니는 한의원에서 얼굴 치료를 하러 다니는 중이었다. 치료받으러 갈 때는 그렇게 먼 거리가 아니고 다섯 정거장쯤 되는 거리라서 보통 운동 삼아 걸어 다니실 때가 많았다. 그런데 그날은 날씨가 추웠는지, 어머니는 버스를 타셨고 사고를 당하시게 된 것이다. 어머니가 차에서 내릴 준비를 하면서 의자에서 일어서는데 버스가 갑자기 급정거를 했다. 어머니는 엉거주춤한 상태에서 어딘가를 잡을 새도 없이 급정거하는 차를 따라 운전석 옆자리까지 굴렀다. 처음 넘어졌을 때 일어날 수 없을 정도로 어딘가 굉장히 아팠다고 했다. 구급차가 오고 응급실에 가서 이것저것 검사받을 때 내가 병원에 도착했다.

엑스레이 결과 고관절 골절이었다. 통증이 심해 화장실을 갈 수 없는 상태로 3일 정도 소변 줄을 꽂아야 했다. 그 와중에 코로 숨을 쉬기 힘들 만큼 감기가 악화되는 것 같았기에 예약된 이비인후과를 빨리 봐 달라고 하고는, 간병인을 구해놓곤 여행사로 출근했다. 근무하는데 병원에서 전화가 와서 보호자가 있어야 할 일이 있다며, 병원으로 와달라고 했다. 이비인후과로 갔다. 의사가 조직검사를 해봐야겠다며, 내게 동의서 작성을 요구했다. 나는 당연히 동의서를 썼다. 정형외과 병동에서 어머니는 담당 신경외과 의사로부터 8주 진단을 받았고, 치료를 받느라 계속 입원하고 계셨다. 꽤 나아져서 화장실도 밀대를 밀며 혼자 갈 수 있게 되었다. 환자들이 밀고 다니는 보조기를 밀면서 병원 내를 산책하며 나를 기다리기도 하고, 정말로 좋아지고 있었다. 조금씩 몸이 치료되고 호전되던 어느 날, 신경외과 의사가 심각한 표정으로 나를 보자고 했다. 어머님이 골절 치료가 문제가 아니라, 정말 급한 치료가 따로 있다면서 병실을 옮기자고 했다.

이비인후과에서 조직검사 결과를 들었다. 어머니 병은 악성 비호지 킨 림프종으로 진단이 났다. 그렇게 우리는 같은 방 정형외과 환자들의 침묵을 배웅으로 받으며 암 병동으로 병실을 옮겼다. 같은 방에 입원하면 시간이 지나면서 조금씩 친해지기 시작한다. 서로 얘기하고 떠들다 보면 시간도 가고, 통증도 어느 정도 잊으면서 서로 위로하며 병실 생활을 하게 된다. 어머니가 암이라는 걸 병실 환자들이 알게 되자, 갑자기 너무 조용하고 숙연해지는 것 같았다. 그런 불행이 자기에게도 올 수 있다는 불안감이 병실 분위기를 무겁게 만들었던 것 같다. 이제 나와 어머니의 암 투병이 시작된 것이다.

어머니가 잘 걷지를 못 할 때는 내가 한 손으로 휠체어를 밀고 다닐 수밖에 없었다. 지나가는 사람들이 이상하게 처다보는 게 싫었다. 한 손밖에 없는 딸에게 휠체어를 밀라고 하는 어머니가 다 있네, 하는 표정처럼 느껴졌다. 내 어머니를 비난하는 것 같아 그게 더 싫었다. 암 병동으로 옮기고 다시 이것저것 검사가 많았다.

그중에 내가 아직도 가슴 아프게 후회하는 것이 하나 있다. 암이 신장과 뼈에까지 전이되어 있었다. 얼굴, 코 안쪽에만 암 덩어리가 있는 게 아니었다. 그렇게 뼈까지 전이되어 있는데, 나는 왜 의사들이 골수검사를 한다고 할 때 동의를 했을까? 그 검사가 얼마나 무섭고 아픈 검사인지 잘 알면서, 왜 그걸 동의했나 모르겠다. 바보 천치처럼 말이다. 어차피 항암 치료 약물은 똑같을 텐데도 그 검사를 생각 없이 허락하고 말았다. 의사들은 통계를 내기 위해 더러는 환자의 고통과는 상관없이 이런 검사를 하기도 한다. 나중에 생각해 보니 내가 참 한심했다는 생각으로 다시 가슴이 아파왔다. 그 검사로 아프고 두려웠을 어머니. 많이 아팠냐고 묻는 내게 어머니는 그냥 꾹 참았다고만 하셨다.

항암 치료가 시작되었다. 수술은 안 하기로 하고 주사와 약물로 화학 치료를 시작했다. 항암 주사를 맞고 어머니는 제초제 맞은 풀처럼 사그라들기 시작했다. 거기다 갑자기 급성섬망 증상이 나타났다. 이모가 암이라 암을 무서워하는 어머니는 충격이 컸던 것 같다. 기력이 너무 없어 화장실 갈 때가 문제였다. 내가 손이 한쪽뿐이라 어머니를 거의 안다시피 해서 지탱해주어야 하는데, 왼손에 힘을 쓸 수가 없으니 둘 다 넘어질 것만 같았다. 그래서 어머니보고 뒤에서 내 허리를 잡으라고 했다. 그러니 조금은 수월해진 것 같았다. 어머니와 나 둘이서 화장실을 가려면, 내 허리에 어머니가 팔을 두르고 2인 1조로 움직이는 달리기처럼 보였을 것이다. 어릴 때 하던 **칙칙폭폭** 놀이가 생각난다. 병원에서의 그 서글픈 장면이 가끔 생각난다. 하지만 그것도 오래가지 못했다. 항암 주사를 맞으면 설사를 많이 하게 된다. 화학 약물이 암세포에만 작용하는 것이 아니라, 일반 세포에도 영향을 미치기 때문에, 입 안에서 시작하여 항문까지 모두 빨갛게 헐어 있다. 차츰 내가 너무 힘겨워지고 있었다. 밥이 오면 어머니 먹이고 양치시켜드리고 화장실을 가야 하는데, 의식도 불분명하고 기력이 없어서 도저히 같이 화장실을 못 갈 것 같았다. 그래서 어머니에게 기저귀를 차자고 얘기했다. 절대 안 하겠다고 고집을 부려 그날도 겨우 화장실에 모셔다 놓았는데, 너무 오래도록 기척이 없었다. 문을 열어보니 어머니는 변기 위에서 옆으로 쓰러져 거의 의식이 없었다. 갑자기 무섭기도 하다가 그만 화가 났다. 왜 내 말을 안 듣고 사람 힘들게 하냐고 나도 모르게 정말로 어머니 머리를 한 대 때려버린 것이다. 의식 없이 쓰러져 계신 어머니를.

이 일은 지금까지도 내 가슴에 깊이 간직된 커다란 도덕적 죄이다. 어떻게 그럴 수 있을까? 어머니를 그토록 좋아하고 조금도 떨어져 있지 않으려고 안간힘을 쓰며 살았는데 어머니를 때리다니. 누구에게도 말할 수가 없었다. 너무 창피하고 내가 그런 인간이라는 게 혐오스러웠다. 이런 부끄러운 일을 누구에게 털어놓을 수 있겠는가? 혼자 죽을 때까지 간직하기엔 너무 큰 죄를 어머니에게 짓고 말았다.

나 혼자 화장실에서 몸에 힘을 완전히 빼고 있는 어머니를 휠체어에 태울 방법이 없었다. 혼자 침대로 데리고 갈 수가 없어서 간호사를 불렀다. 어머니를 휠체어에 앉게 좀 도와달라고 했다. 나는 비록 한 손은 없지만 어머니를 혼자 잘 보살필 수 있다는 걸 보여주고 싶었다. 하지만 그날은 정말 혼자 어찌 할 수가 없었다. 간호사는 어머니를 휠체어에만 앉혀주고 가버렸다. "침대까지 가줄까요?" 하고 한마디만 물어봐줬어도, 난 그 간호사를 존경했을 것 같다. 간호사들이 가져야 할 측은지심이 암 병동에는 없는 것 같았다. 하기야 그들은 매일 죽음을 본다. 내가 입원해서 치료받을 때도 내 옆의 환자가 죽는 일도 있었고, 다른 방 환자가 죽어 보호자들의 오열이 들려올 때도 있었다.

어머니를 간호하는 일에 정말 간호사들의 힘을 빌리고 싶지 않았다. 암 병동은 환자들의 온갖 고통이 몰려 있는 곳이다. 그러다 보니 간호사들도 도와주려고 먼저 손을 내밀지 않는다. 그들도 매일 하는 그 일들이 지겨웠을 것이다.

항암 치료 일주일 후쯤 항암제를 중단했다. 간 수치가 상승해서 잠시 쉬어야 했다. 때로는 백혈구 수치가 너무 내려가서 치료를 중단할 때도 있었다. 그럴 땐 백혈구 수치가 아주 내려가 바닥을 쳐야 백혈구 올라오는 주사를 놓고, 수치가 올라가면 다시 항암 치료를 시작한다.

암이란 병도 무서웠지만, 가끔씩 어머니는 나를 몰라보는 것 같았다. 어디 멀리 다른 세계를 다니다가 집으로 돌아오는 사람처럼, 가끔씩 현실 세계로 와서 나를 잠시 만나곤 했다. 암보다 어머니가 나를 몰라볼 수 있다는 사실이 더욱 마음 아프고 슬펐다. 내가 한참을 울어도, 아무 말도 느낌도 없다. 그러다가 문득 아까 너처럼 생긴 아이가 하루 종일 울고 있더라고, 그 아이가 누군지 모르겠다고 하셨다. "무사 경 울어신고이(왜 그렇게 서럽게 울었을까)", "으응,

어머니 나랑 닮은 사람이 있나 봐" 지금 문득 문득 그때의 일들이 떠오른다. 내가 만일 손이 정상이었다면, 나는 어머니를 포기하지 않았을지 모른다.

　어머니는 기저귀를 차고 나에게 똥 기저귀 치우게 하는 걸 몹시 미안해했다. 내색은 안 했지만, 나는 한 손으로 성인 기저귀를 치우고 닦고 다시 기저귀를 채우는 게 몹시 힘에 부쳤다. 한 손으로만 하려니 오히려 여기저기 더 묻기만 하는 것 같고, 어머니 마음에 들게 깔끔하게 닦아내지도 못하는 것 같았다. 결국 내 한 팔이 불구임을 인정하여 나는 너무 쉽게 어머니를 보내드렸는지도 모르겠다. 하지만 아무리 생각해도 내가 보내드렸다기보다 어머니가 내게 짐이 되고 싶지 않아 스스로 생명의 동아줄을 놓아버린 것만 같다. 조금만 더 어머니를 지켜드렸으면 좋았을 걸. 지금도 단 하루만이라도 어머니와 함께할 수 있다면 얼마나 좋을까 하고 헛된 바람을 소망해본다. 그리하여 용서를 빌 시간이 주어진다면, 어머니 앞에 무릎을 꿇고 나의 과오와 불효를 빌고 싶다. 하지만 지금 나는 남았고 어머니는 안 계시다. 단 한 번 용서를 빌 시간이 사라져 버린 것이다. 죽어서라도 꼭 어머니를 뵙고 용서를 빌고 싶다. 다른 누구도 아닌 내 어머니의 딸로 살아 정말 행복했다고 말씀드리고 싶다. 내게 남아 있는 나날을 소중히 쓰고 어머니 옆으로 가는 날, 큰절을 올리고 용서를 빌겠다. 어머니, 나의 어머니께.

단 하루만

자신의 고통은 끝이 없어 보이고, 불행 또한 내게만 부는 바람인 것 같다. 옆을 보고 뒤를 돌아다보고 다시 앞을 봐도. 여전히 난 혼자다. 왼손을 주머니에 넣고 정상인인 척한다. 하지만 비뚤어진 어깨, 다른 팔보다 얇은 왼팔은 금방 비정상임이 드러난다.

어머니가 그립다. "어머니, 너무 아프니까 팥죽 한 그릇만 끓여줘" 하고 말하고 싶다. 내 몸이 온전했다면 어머니를 살릴 수 있었다는 자책감. 애초 내가 자해를 하지 않았다면 어머니에게 그 무서운 병도 찾아오지 않았을 것을. 외딴섬에 홀로 떠 있는 것 같다. 꿈에라도 좋으니 어머니가 보고 싶다. 너무 죄송하다고 말씀드리고, 어머니 딸로 태어나서 너무너무 행복했다고 말씀드리고 싶다. 불쌍하게 사시다 가신 분.

원망하지 말자. 어머니가 가셨어도 가족들에게 화를 내면 내 기분은 풀리겠지만, 다른 가족은 어떻게 되겠는가? 잠을 잘 못 자도 그냥 책 읽을 시간이 많아졌다고 위안을 받자. 그리고 그동안 못 읽고 꽂아두었던 책을 가져다 읽자.

내게 하루만 어머니와 함께할 수 있는 시간이 주어진다면, 무엇을 할까? 정말 하고 싶은 것은 많겠지만, 평소 어머니와 같이 했던 것을 하고 싶다. 우선 아침에 된장국을 맛있게 끓여 어머니를 깨우겠다. 어머니는 매일 심장약과 고혈압 약을 드셔야 하니까 아침밥은 꼭 챙겨 드려야지. 밥을 먹고 오전에 조기 상영하는 영화를 한 편 봐야겠다. 예전에도 어머니는 나와 영화 보는 것을 굉장히 좋아하셨다. 영화가 한국 영화이든 외국 영화이든 가릴 필요가 없다. 전부 재미있게 잘 보셨으니까.

예전에 어머니와 같이 살 때 키우던 한중이라는 요크셔테리어. 그 강아지가 얼마나 똑똑한지 사람 말을 못 알아듣는 게 없었다. 그걸 교감이라고 해야 하나 모르겠지만, 한 번은 어깨에 멜 수 있는 두꺼운 천으로 된 강아지 가방에 한중이를 넣고 어머니와 영화를 보러 간 적이 있었다. 영화가 만석이 아니어서 좌석이 많이 비어 있었다. 어머니와 나 사이에 있는 의자 등받이에 의지하여 한중이를 가방에 넣은 채 놓아두고 영화를 보기 시작했다. 영화 제목은 기억이 안 나지만, 한창 몰입해서 보는데 어머니가 한중이가 없다는 것이다. 옆을 보니 가방과 통째로 한중이가 사라졌다. 이상해서 의자 주변을 살펴보는데, 한중이가 가벼우니까 의자가 접히면서 가방 안에서 의자와 등받이 사이에서 눌려 있었다. 세상에, 그럼 끼긱 소리나 우는 소리라도 내야 할 것 아닌가. 불쌍한 한중이 녀석아! 아이를 꺼내주고 내가 안아서 영화를 계속 보았다. 안아준 채로 꼼짝도 않고 내 무릎에서 너무나 얌전히 기다리던 녀석. 영화가 끝나고 다시 가방에 넣어 메고 나왔지만, 우리가 강아지를 데리고 영화관에 간 것은 아무도 몰랐을 것이다. 한중이 녀석은 살면서 절대 잊히지 않는 아이다. 나보다 어머니를 더 잘 따랐던 아이, 이 아인 천국에서 어머니와 만나 지금 행복할 것이다.

영화를 보고 무엇을 할까? 점심은 너무 일러서 같이 사우나를 가자. 목욕 바구니는 차 트렁크에 있으니까 뭐 살 필요도 없이 잘됐다. 비누칠을 하고 어머니 등만 밀어드리고, 거기 사우나 옷으로 갈아입고 바로 불 한증막이 있는 위층으로 간다. 불 한증막에 들어가 최대한 버틴다. 버티다 너무 숨이 막혀오면 한 번 나갔다 다시 들어간다. 간식을 먹어야겠다. 구운 달걀과 식혜를 먹는다. 역시 맛이 정말 기막히다. '음, 이 맛에 불 한증막 오는 거야' 다 먹고 잠시 누워서 이 말 저 말 지나간 얘기와 동생 얘기를 한다. 몇 천 원 갖고 온 게 있어 어머니와 안마 의자에서 안마를 받기로 한다. 나는 잘 앉았는데 어머니는 앉다가 새끼발가락으로 의자를 찼다. 너무 아파하는 어머니, 에고 좀 조심하시지….

10분간 즐겁게 안마를 마치고 소금 데크에 들어가기로 한다. 소금이 뜨끈뜨끈 잘 데워져 있다. 베개를 베고 누웠다. 얼마 안 있어 온몸에서 땀이 배시시 흘러내리기 시작한다. 기분이 너무 좋다. 살짝 눈을 감았는데 어머니가 그러신다. "숙아, 이제 그만 하고 가자" 눈을 번쩍 떴다. 그 짧은 시간에 잠이 들다니. 그래서인가, 나른하긴 해도 피로가 싹 풀린 것 같다. 아래층으로 가서 몸을 헹구고 옷을 갈아입는다. 배가 고프다. 어디 가서 늦은 점심이라도 먹어야겠다. 어머니가 좋아하는 메밀수제비 하는 곳에 가서 둘이 똑같이 메밀수제비를 시켜 먹는다. 기본 찬으로 나오는 야채 샐러드, 메밀 전, 도토리묵, 야채무침 등 반찬을 하나도 남김없이 싹 다 먹는다. 배가 부르니 살 만하다.

"어머니, 어디 가고 싶은 데 있어?"

"어머니, 아버지 산소에나 갔다 오면 좋을 것 같은데. 에에, 가지 말자, 너 귀찮게."

나는 말없이 차를 할아버지 산소가 있는 2횡단 도로 방면으로 돌렸다. 네모난 땅에 어머니의 조상들이 몇 분 누워 계셨다. 내가 얼굴은 아는 분은 할아버지 한 사람뿐이다. 어머니가 조금 전 편의점에서 사온 술을 한 잔씩 부어 할아버지 할머니께 절을 한다. 나도 옆에서 따라 절하는데, 이상하게 목이 콱 멘다. 돌아오는 길에 할머니에 대해 물어봤다. 참 곱고 착한 분이셨다고 했다. 서른세 살에 갑자기 아파서 돌아가셨다고 했다. 어머니 나이 겨우 다섯 살 때이다. 마음이 멍해진다. 어머니의 슬픔이 느껴진다. 한창 엄마의 관심과 사랑으로 크는 나이 다섯 살, 그때 어머니를 잃고 사셔서 나를 끝까지 놓지 못하고 옆에서 길러내신 거구나. 눈두덩이가 뜨거워져 온다. 울면 안 돼, 절대 안 된단 말이야. 내게 명령을 내린다. 눈물이 쏙 기어들어갔다.

"어머니 옷 사러 가자, 요새 보니까 입을 것도 별로 없던데, 성당에 갈 때 입을 옷 사러 가자."

어머니는 옷이 많다며 무슨 옷을 또 사냐고 했지만, 난 어머니에게 꼭 옷을 사주고 싶었다. 어머니는 내가 어릴 때 신발도 고무신을 신기지 않고 꼭 구두를 사다가 신겨주셨다. 발등에 끈이 있는 빨간색 신발을.

요것 저것 입어보면서 마음에 들고 어울리는 옷을 찾아본다. 내가 좋다고 하면 어머니가 별로일 때가 있고, 어머니가 좋다고 하면 내가 "에에, 촌스러워" 그럴 때도 있다. 그래서 옷을 고르는 데 한참이 걸린다. 드디어 의견의 일치를 본 예쁜 옷을 찾았다. 기분 좋다. 어머니는 나에게도 한 벌 사라고 했지만, "나는 옷이 너무 많아" 하면서 넘어갔다. 옷을 고르다 보니 어둑어둑해지기 시작했다.

"어머니, 소갈비 먹으러 갈까?"

"너도 먹고 싶으냐?"

어머니는 꼭 내가 먹고 싶은지를 확인한다.

"응 먹고 싶어. 우리 거기 가자."

"어머니 입원했을 때 내가 병원에 포장해서 갔던 집, 그 집 게 입에 맞는 것 같아."

"그럼 거기 가자."

난 한 손으로는 고기를 자르지 못한다. 하지만 다행히 그 식당은 손님들 자리로 종업원이 와서 고기를 잘라주었다. 정말 맛있게 먹었다.

"어머니! 맛있어?"

"응, 괜찮네, 맛 좋다."

우린 밥과 된장찌개까지 시켜 배불리 저녁을 먹었다.

"이제 집에 가야겠지, 어머니."

"응, 집으로 가자."

왠지 모를 쓸쓸함이 밀려들었다. 낮에 목욕했으니까 집에 와서는 간단하게 씻고, 낮에 산 옷들을 어머니가 입어보았다. 옷집에서 봤을 때보다 더 태가 나고 예쁜 것 같았다.

"진짜 예쁘다, 어머니 그 옷 참 잘 산 것 같아."

"정말로."

"응, 색깔도 어머니 흰 피부에 잘 어울리고 몸매도 날씬하게 보여."

어머니가 배시시 웃는다.

"곱댄허난 좋다." (이쁘다고 하니까 좋다)

우린 나란히 앉아서 TV를 봤다. 얼마 안 돼서 어머니가 하품을 하신다.

"어머니, 오늘 지쳤지예?"

"아니, 하나도 안 치쳐."

"그래도 졸리잖아. 참 약 먹어야 되잖아."

"맞다. 가서 물 한 컵만 갖다주라. 약 먹고 자게."

내가 물을 갖다드리자 어머니는 약을 드셨다. 이부자리를 펴고 어머니는 누우셨다. 불은 껐지만 TV 소리를 최대한 줄인다.

"어머니 먼저 자, 난 TV 좀 보다가 잘게."

"응, 알았져."

조금 있으니 어머니의 약한 코고는 소리가 규칙적으로 들려왔다. 난 항상 어머니를 보면 신기한 게 하나 있었다. 어떻게 베개에 머리를 갖다 대면 몇 분 이내에 잠을 잘 수 있을까? 어머니는 잠드셨고, 이제 나는 어머니 얼굴을 마음 놓고 쳐다볼 수 있다. 갑자기 어머니의 표정이 다섯 살 여자아이의 얼굴로 보였다. 어머니가 다섯 살이었으면 바로 저 얼굴이었을 텐데. 참 그런데, 저 얼굴 어디선가 분명 본 적이 있다. 곰곰이 생각하다 아, 맞다! 그때 병원에서 항암 치료할 때, 아마 1차였을 것이다. 밤에는 화장실 간다고 밤새 침대를 흔들어대다, 낮에 잠깐 잠이 들 때가 있었는데, 어느 날 저 얼굴을 본 것이다. 너무 천진난만하고 귀엽고 예쁜 어린아이의 얼굴. 내 어머니의 어릴 적 얼굴일 거라 짐작만 하고 있었는데, 이 시간 다시 한 번 그 얼굴을 보게 되었다. 나는 아침까지 자지 않고 어머니를 지킬 생각이었다. 하루가 주어졌지만 눈을 부릅뜨고 어머니를 지키고 있으면 아무도 못 데려갈 것 같았기 때문이다.

이런 내 마음을 신은 웃으며 보고 계신 듯하다. 12시, 1시, 2시까지는 분명 TV를 보고 어머니를 보고 있었다. 눈을 뜨니 TV가 켜져 있었다. 에고, 또 TV도 안 끄고 잤네. 하지만 평소의 아침과 다른 게 분명 있었다. 묘하게 기분이 좋았으나, 좋으면서도 서글펐다. 어젯밤에 꾼 꿈 때문인가, 어제 하루 종일 어머니하고 옛날처럼 이곳저곳 놀러 다니는 꿈을 꾸었다. 그런데 그날 아침은 아침마다 지긋지긋하게 생기는 어지럼도 없었고, 왼쪽 팔의 통증도 잦아들어 아프지가 않았다. 아프지가 않으니 살 것 같았다. 오늘 하루도 어머니는 어머니의 천국에서 우리 동물 식구들이랑 나를 응원하고 계시겠지. 오늘 하루만큼은 힘들지 않다. 아프지도 않다. 오늘 하루만큼은 살 것 같다.

재혼 가정의 현주소

우리나라는 세계적으로 이혼율이 1~2위를 달리는 나라다. 거의 반에 가까운 47%가 넘는다는 통계가 있다. 나도 거기에 일조를 한 1인이다. 재혼 가정의 이혼율은 상상을 초월한다. 거의 80%에 가까운 이혼율을 보인다. 재결합 이혼은 거의 90%가 넘는다고 한다.

딸과 헤어지고 나와 어머니는 내가 저질러놓은 보증 빚을 갚느라 허덕여야 했다. 거의 3년에 가까운 시간을 오직 빚 갚는 일에만 전념했다. 그러다가 상황이 좀 나아져 마음의 여유를 찾았을 때, 난 여행사 일을 시작했다. 항공사에서 일했던 경험을 바탕으로 이 일은 잘할 수 있다는 자신감이 들었다. 일을 하다 지금의 남편을 만났다. 늘 상 받기 전의 두근거리는 가슴을 안고 그를 만났다. 그가 너무 매력적인 사람으로 비춰졌다. 그를 만나고 있으면서도 벌써 그가 그리워지는, 채워도 채워지지 않는 목마른 감정까지 느꼈다. 참 이상한 느낌이었다.

그에게는 초등학교 4학년인 아들이 있었다. 우리가 결혼까지 가는 데는 채 1년도 걸리지 않았다. 그는 자기는 매우 현실적인 사람이라 같이 살면 그런 것 때문에 힘들어질 수도 있고 부딪칠 수 있다고 했다. 하지만 사랑에 눈이 먼 나는 그런 건 문제되지 않는다고 느꼈다. 내가 참으면 된다고, 얼마든지 참아낼 수 있다고 생각했다. 그때 나는 귀도 멀어 있었다.

그의 어머니를 만났는데 첫인상이 교양 있고 참으로 이성적인 분이셨다. 말도 부드럽게 하시고 친절한 분이었다. 결혼 무렵 허리가 너무 많이 아파 MRI 촬영을 했는데 허리에 염증이 보인다는 소견이었다. 그래서 수술을 하고 조직검사를 하기로 했다. 척추 결핵이 아니라 일반 염증이면 1주일에 한 번 주사 치료를 몇 회 하면 된다고 했다. 당연히 그냥 염증일 거라고만 생각했는데, 척추 결핵이었다. 약 2년 전에 무리했는지 열이 40도 이상 오르며 20일 가량 고열로 아픈 적이 있었다. 아마 그때 열과 함께 몸의 저항력이 나빠져 병이 난 것 같았다. 결혼하고 대만 신혼여행을 3일 다녀오고 난 후로 수술 날짜를 잡고 수술을 했다.

그의 어머니는 감귤 농사를 짓고 있었다. 수술하고 내려와 20일도 안 되었을 때 귤 수확을 한다고 했다. 나는 어떡하든 돕고 싶었고, 내 어머니에게 나랑 같이 가서 좀 도와달라고 했다. 큰 밭에서 귤을 다 따고 다른 곳, 마을 안에 옛날 할머니가 사시던 곳에도 귤밭이 조그맣게 있어 그 밭의 귤을 따러 마지막 날까지 어머니는 같이 가주셨다. 그때 아무 말도 없이 나를 도와준 어머니가 눈물겹게 고마웠다. 내가 뭐가 모자라서 시집에 눈치 보면서 어머니까지 일을 시켜야 했던 걸까. 재혼이란 이유로 가족들과 섞여들기 힘들었고 결혼하자마자 허리 수술을 해서 아픈 몸으로 재혼을 했다는 자괴감이 나를 괴롭히고 있었다.

결혼하기 전 남편은 일을 그만둔 상태라 뭔가 장사나 사업을 하려고 했다. 그래서 1층에서 장사를 하고 2층을 주택으로 쓸 수 있는 건물을 찾아다니기 시작했다. 얼마 후 위치도 좋아 보이고 집도 쓸 만한 곳을 찾았다. 건물을 수리하고 삼겹살집을 했다. 식당일은 해도 해도 끝이 없었다. 아침에 일어나 아이 아침을 먹이고 학교 보내고 나면, 그 시간부터 밤 12시, 1시까지 식당일에 매여 일을 해야 했다. 잠자는 5~6시간을 빼고는 17시간을 노동하는 거나 마찬가지였다. 처음 몇 달은 쉬는 날도 없이 일을 했다. 허리 수술을 받고 채 석 달도 되지 않았을 때라 허리가 정말 끊어지듯이 아파도 말을 할 수가 없었다.

처음에 너무 장사가 잘 되었는데, 그러면서 그는 내게 좀 과하다 싶을 정도로 화를 내기 시작했다. 처음에 알던 부드럽고 자상했던 모습이 점점 사라지기 시작했다. 일이 힘들어 그렇겠지 하고 생각했다. 그러다가 중국집을 하는 친구가 식당에 계속 놀러 오기 시작하더니, 갑자기 중국집을 하겠다고 했다. 친구와 같이 하는 일이면 절대 좋게 끝나지 않을 테니 하지 말라고 그를 말렸다. 하지만 이미 내부 공사가 진행되고 있었고, 더 말린들 들을 것 같지도 않았다. 친구는 주방에서 일하고, 남편은 배달 주문을 받으면 된다고 했다.

중국집 일은 생각만큼 쉬운 일이 아니었다. 배달도 해야 하니 배달원을 구해야 하는데, 배달 직원을 구하는 일이나 관리하는 일이 쉽지 않았다. 일하겠다고 와서 아침밥만 먹고 일을 못 하겠다고 하는 사람도 있었고, 하루 일하고 관두는 사람, 나이는 어린데 학교도 가지 않고 일하겠다며 찾아오는 청소년까지, 이제까지 보고 살아온 사람들과는 너무나 다른 사람들을 만났다. 주방에서 일하는 사람도 마찬가지였다. 아침에 와서 자장을 볶아놓고 낮이 되기 전에 술 한 병을 마시는 주방장도 있었다. 술을 먹고 출근하지 않는 사람들도 많았다.

식당 일을 하며 나는 지쳐갔다. 체중이 40kg도 안 나갈 만큼 살이 빠졌다. 척추 결핵이라 결핵약을 먹으면서 너무 과로했기 때문에 식욕도 생기지 않아 몸이 버티기 힘들어진 듯했다. 육체적으로 힘든 건 나만이 아니었다. 남편도 일이 너무 많았다. 배달 일도 해야 했고, 내가 혼자서 전화 받고 홀을 봐야 했는데, 전화 받느라 홀을 처리하지 못하면 홀도 같이 봐줘야 했다. 같이 너무 힘든 와중에도 제사나 명절엔 시댁에 가서 음식을 차려야 했다. 특히 제삿날이 문제였다. 가게를 조금 일찍 마감해서 서둘러 가느라고 가도 아무래도 늦어지게 마련이었다. 시어머니는 나라도 오전에 일찍 와서 제사 음식을 차리기를 원하셨던 것 같다. 식당에 내가 비면 홀을 볼 사람도 없고 주문전화를 받을 사람이 없다. 시어머니는 제삿날은 일찍 음식을 만들어야 하는데 늦게 왔다고 한마디 하신다. 굳이 변명은 하지 않았다. 설마 우리가 그렇게 힘들게 일하는 것을 모를 리 없다고 생각했다. 명절 전날까지 식당에서 일하다가 점심 손님이 거의 끝나면 시댁으로 가서 명절 음식 만드는 것을 도왔다. 명절엔 할 수 없이 식당을 쉬어야 했는데, 식당일보다 명절을 지내는 게 더 힘들고 피곤했다.

나중에 시어머니는 제주도 여성의 억척스러움과 독립심을 지니고 계신 분이란 걸 깨닫게 되었다. 이런 시어머님이 강인한 바위라면 내 어머니는 밭에 깔려 있는 흙이었다. 너무 대조되는 환경에서 자란 나와 남편이 문제가 생기지 않는다면 그게 더 이상한 일이었을 것이다. 시어머니는 함부로 욕을 하지는 않으신다. 하지만 어떤 일로 내가 실수를 하면, 말을 한마디 해도 너무 가슴을 찌르며 아프게 말을 하셔서 실수하지 않기 위해 바짝 긴장하고 있을 수밖에 없었다.

아들의 운동회 날이었다. 시어머니는 항상 손자의 운동회 날이면 어김없이 오셨다. 그 전날 남편은 내게 정말 너무 심하게 화를 냈고 나가라고 나를 몰아붙였다. 그런 상태에서 화해도 없이 운동회를 갔는데, 웃음이 그렇게 쉽게 나오지가 않았다. 시어머니가 오셔서 인사를 하고 같이 있으려는데, 시어머니가 눈도 마주치지 않고 자꾸 자리를 피하셨다. 남편을 찾아보려 학교 운동장을 기웃거리는데, 멀리 남편이 보였다. 남편이 있는 쪽으로 가니 나보고 어머니에게 가 있으라고 했다. 이젠 시어머니를 찾아 헤맸다. 겨우 찾아 옆에 있는데 그의 문자가 왔다.

'웃어요!'

전날 일을 생각하면 운동회도 겨우 왔는데 내가 아무리 얼간이어도 웃으라고 한다고 바로 웃음이 나오고 얼굴에 미소가 그려질까. 조금 있으니 다시 문자가 왔다.

'너, 가.'

아마 이 문자는 이전에 그가 내게 했던 어떤 말보다 백배의 위력으로 나를 아프게 했던 것 같다. 갑자기 어깨에 힘이 빠지고 허청거렸을 정도니까. 점심시간이 되어 아들과 넷이 식사를 하러 갔다. 나만 아이와 얘기하고 있었고, 두 사람은 표정 없이 식사만 했다. 정말 이상했다. 시어머니가 왜 그러는지를 이해하지 못했다. 훗날 알게 된 게 있었다. 결혼하면서 아들을 우리가 데리고 살았는데, 손자가 걱정된 나머지 시어머니는 우리 몰래 손자를 만나러 학교가 끝나는 시간에 자주 왔던 것 같다. 그러면서 용돈도 주시고 먹고 싶은 거 있으면 사주시고, 가끔 나에 대해서 물으셨던 것 같다. 아들은 좋다고도 했을 것이며, 잘해주는 할머니에게 없는 말을 꾸며서도 했을 것이다. 어린 마음에 생각대로 나오는 말이었을 것이다. 엄마가 용돈도 조금만 주고 아침밥도 해주지 않는다고, 그런 있지도 않은 말들을 해서 시어머니와 시누이들은 아마도 나를 오해했던 것 같다.

어느 날은 아침 7시가 좀 넘어 식당으로 올라가 아이 아침 밥을 챙겨주는데, 그 이른 시간에 시어머님이 큰시누이와 함께 왔다. 큰시누이가 근처에 살고 있어서 전날 미리 와서 주무신 것 같았다. 아이 밥 먹는 걸 보면서 저런 걸 먹으라고 줬냐고, 혼자 말도 아니고 누구를 향하지도 않으면서 큰 소리로 곧 울 것처럼 말씀하셨다. 그때 나는 참 순진했던 것 같다. 아들을 내 딸을 생각하며 정성껏 돌본다고 자부하고 있었고, 나로선 이유가 없었으니 시어머니의 그런 행동들을 이해할 수가 없었다. 어린 아들의 거짓말에 대해서도 그때는 전혀 모르고 있었다. 가끔 뭔가 잘못하면 아빠가 너무 심하다 싶을 만큼 과하게 반응하며 아이를 혼내는 것을 보았고, 그럴 때 말리면 더 화를 내기 때문에 나는 무서워서 말도 걸지 못했다. 그때 아빠는 아들의 거짓말과 관련된 여러 가지를 알고 있었던 것 같다.

그 무렵 난 여행사 일에 신경도 거의 못 쓰고 있었다. 그는 내가 사무실에 잠깐 갔다 오는 것조차 싫어했다. 그러면서 여행사를 언제까지 할 거냐고 나를 몰아붙였다. 하는 수 없이 세금 계산할 정도만 받고 직원에게 사무실을 넘겼다.

당시 제부의 보증으로 받은 대출도 잘못되어 동생과 제부에게 미안한 정도를 떠나 커다란 죄책감 덩어리를 껴안고 있었다. 남편은 본인도 모르는 빚이니 상관 않겠다는 뜻을 분명히 하고 있었고, 그편이 나에게는 다행으로 여겨졌다. 빚을 갚아 주면서 나에게 가해질 압박을 받는 게 더 싫었기 때문이다. 손자를 구박하고 밥도 제대로 안 주고 굶긴다고 생각하는 시어머니. 억울했다. 무일푼인 내가 한심스러웠고 그럴 때마다 어머니에게 돈이 없으면 나를 낳지 말아야지 왜 낳았냐고 발악을 했다. 이런 슬픈 일들이 감정적으로 나를 압박하고 있었다. 죄책감과 모멸감에 시달리며, 죽어야겠다고 생각했다. 몇 달을 그렇게 살았다.

그리고 10월의 어느 제삿날, 또 신발도 벗기 전부터 시어머니의 목소리가 들려왔다. 남편은 나보고 아들을 데리고 먼저 집으로 가라고 했다. 아들과 돌아오면서 아직 학원 시간이 남아 있어 아들을 학원 앞에 내려주며 인사를 건넸다. 엄마가 그동안 잘해주지 못해서 미안했다고. 아들은 아니 괜찮은데…, 하고 대답해 주었다. 집으로 가기 전에 번개탄 몇 개를 마트에서 샀다. 집에 보니 가스 버너가 없었다. 다시 마트에 가서 가스버너와 와인 한 병을 사들고 집으로 왔다. 집에 오니 강아지 초코와 고양이 태비가 나를 반기고 있었다. 먼저 태비를 안아주고 미안하다고 했다. 태비를 오래 안고 있으면 초코가 가만있을 리 없어서 태비를 내려놓고 초코를 안았다. 따뜻하고 조그마한 몸뚱이, 복슬거리는 털, 강아지 특유의 냄새. 초코를 같이 데리고 갈까? 태비는 고양이 키우는 사람이라면 문제없이 분양될 것이다. 하지만 이미 커버린 초코는 힘들 텐데….

하지만 가엾은 초코의 생명을 내 손으로 빼앗고 싶지 않았다. 이 아이들에게도 인사를 마치고, 안방 화장실에 들어가서 창틀과 문을 테이프로 붙였다. 너무 무서워서 손이 부들부들 떨려왔다. 미리 사온 레드 와인을 한 모금씩 마시면서 신경안정제와 수면제 모아놓은 것들을 한 봉지씩 먹기 시작했다. 그리고 잠들기 전에 번개탄에 불을 붙이고 연탄을 올려놓았다. 와인과 신경안정제가 들어가서인지 떨리던 손이 안정되는 게 느껴졌다. 요동치던 심장의 고동소리도 잦아들었다. 그리고 나는 잠에 빠져들었다.

나와 같이 화장실 들어갔다가 나만 살고 초코가 죽었으면 어떻게 되었을까. 생각하기도 싫을 만큼 끔찍하다. 결국 모든 게 실패했다. 이후 얻은 것은 몇 십 번의 수술과 왼팔의 장애와 마음의 상처뿐이다. 자살은 아무도 해서는 안 된다는 걸 말해주고 싶다. 죽지도 못하고 식물인간이 될 수도 있고, 걷지 못하는 장애를 입을 수도 있고, 혼자선 아무것도 할 수 없는 상태가 될 수도 있다. 그럼 고통을 받는 건 가족들뿐이다. 절대 하면 안 된다. 서두르지 않아도 인간은 누구나 죽는다. 확실한 사실이다. 죽음에 몰두하지 말기를 바란다. 내가 겪어본 죽음은 너무나 고독하고 무서운 일이었다.

다섯 번째

나는 이렇게
살아간다

쎄씨 주부님

정말 절박할 때 내가 내민 손을 잡아준 파워 블로거 님이 한 분 계시다. 남편과 시어머님께서 감귤 농사를 짓는데, 내가 할 수 있는 일이 거의 없었다. 처음에는 아예 밭에 가지 않았지만, 가족들이 농사를 짓는데 안 가는 것만이 능사는 아니었다. 거기다가 뭐라고 말씀은 안 하시지만 시어머니 눈치가 보여 무엇이든 내가 할 수 있는 일을 해야 했다. 남편은 하우스가 완공될 때부터 택배로 귤을 팔아보라고 했다. 그럼 아무래도 농협이나 상인에게 넘기는 것보다는 조금이라도 더 받을 수 있다고 했다. 또 택배 판매를 하면 내가 눈치가 덜 보일 거라는 배려에서 택배라는 말을 자꾸 꺼냈던 것 같다.

그러기 위해서는 블로그라도 만들어놔야 했다. 처음부터 홈페이지를 만드는 것은 나에게 무리였다. 한글 프로그램에서 겨우 몇 자 쓰는 거나 가능했던 내게는 당장 블로그 만드는 것부터가 난관이었다. 어느 날 초코를 데리고 가까운 오름 산책로에 갔는데 블로그 3일 완성이라는 광고를 붙인 종이가 보였다. 사진 찍고 들어와서 강의료를 알아보고 블로그 공부를 하기로 했다. 강의비가 약간 비싼 감은 있었지만, 당장 만들어봐야 글이라도 한 편 올릴 거라 별 수 없이 그 돈을 주고 만들기로 했다. 지금은 그냥 단순 블로그만 만든다면 만들어볼 수 있을 테지만, 그때는 어림없는 일이었다. 블로그 대문과 타이틀을 장식하려면 포토샵도 필요했다. 그래서 1:1 강의는 꼭 필요했다.

강사는 나이가 많지 않은 아가씨였다. 그 아가씨와 함께 내 블로그를 만들고, 포토샵도 조금 배워서 블로그 작업을 마쳤다. 블로그를 운영하시는 분들은 알겠지만, 블로그만 있다고 사람들이 들어와서 보는 건 절대 아니다. 최소한 포스팅으로 작성된 글이 100편 정도는 돼야 했고, 이웃의 수도 기본적으로 몇 백 명은 있어야 했다. 그 정도는 돼야 누가 들어와서 볼 것 아닌가!

블로그를 만들고 얼마 안 돼 하우스 감귤을 출하하게 되었다. 나름 감귤 사진도 찍고, 포토샵으로 가격도 올리고, 포스팅을 완성시켜 글을 게시했다. 진짜 하루에 20명 들어와 주면 정말 고맙고, 가격까지 문의해주는 사람은 더욱더 고마웠다. 물론 나는 엄청 실망했다. 옆에서 남편은 처음부터 그렇게 파는 건 무리니까 너무 신경 쓰지 말고 차근차근 하라고 위로 섞인 말까지 해주었다. 하지만 나 자신이 용납이 안 되었다. 자기 자신에게 철저한 사람들은 자기가 시도한 일이 한꺼번에 되지 않으면 극한 스트레스를 받는다. 나도 마찬가지였다.

시어머니께 면목이 없었다. 말만 택배로 판다고 하고 겨우 몇 박스 팔았으니 말이다. 그것도 내 지인들에게 부탁해서 겨우 팔았다는 것을 시어머니는 알고 계셨을 것이다. 거기다가 이상하게 살이 계속 쪘다. 시어머니는 내가 살기 편안하니까 살이 찌는 거라고 했다. 좋은 말도 자주 들으면 듣기 싫은 법인데, 그런 말들을 들을 때마다 가슴이 내려앉았다. 실제로도 하는 일 없이 너무 피곤하고 몸이 부었으며, 내가 느낄 정도로 행동 자체도 아주 느릿해졌다. 그러니 옆에서 보는 사람들은 얼마나 답답했을까? 혹시나 해서 신장내과에 가서 진료를 해봤더니, 신장 기능보다 갑상선에 문제가 있다고 했다. 내분비대사과에서 검사해본 결과 갑상선 기능 저하증이었다. 갑상선 기능 저하증은 신진대사가 느려져 많이 안 먹어도 살이 찌고 심한 피로감과 행동이 느릿해지고 겨드랑이의 털이 빠진다고 했다. 보니 정말 겨드랑이에 털이 다 빠져 있었다. 차라리 갑상전 항진증이면 좋겠다는 생각이 들었다. 항진증은 아무리 먹어도 살이 안 찌니까. 물론 항진증도 증상이 힘이 들긴 마찬 가지다. 그래도 편해서 살이 찐다는 소리는 듣지 않을 테니까.

2월 중순이 되면 천혜향 감귤 철이 된다. 천혜향은 과실이 매끈하고 굉장히 예쁘게 생겼다. 생긴 것처럼 정말 맛도 좋은 감귤이다. 하지만 천혜향 나무는 엄청난 가시를 갖고 있다. 길이가 긴 건 10㎝를 넘겨 무기 수준의 가시로 자라기도 한다. 그걸 일일이 잘라주어야 나중에 과일이 가시에 찔리지 않아 상품으로 수확할 수 있게 된다. 천혜향만큼은 반이라도 택배로 팔고 싶었다.

잘되는 블로그들은 뭐가 다른가 하고 블로그 서핑을 하던 중, 한 블로그에 눈이 멈춰졌다. "내 심장에는 그 무엇으로도 막을 수 없는 구멍이 있습니다" 바로 이런 문구가 내 눈을 사로잡은 것이다. 쎄씨 주부님은 큰아들이 '학교 다녀오겠습니다' 하고 인사하고 나간 후 집으로 돌아오지 못하고 하느님의 나라로 가고 만 아픔을 갖고 있었다. 몇 년 전 등굣길에 일어난 교통사고로 큰아이를 가슴에 묻고, 미치지 않기 위해 청소를 하며 그 노하우를 조금씩 블로그에 올리다가, '청소의 여왕'이라는 타이틀도 갖게 되고, 청소에 관한 책도 한 권 출간하게 된 사람. 머릿속이 복잡할 때 어딘가 몰입해서 할 수 있는 청소가 큰 위안이 될 수 있다는 말에 나는 크게 공감되었다.

나는 쭉 읽어 내려갔다. 가슴이 먹먹해져오는 사연…, 20년 전의 일이 떠올랐다. 다섯 살 딸이 내게 있었다. 힘든 부부사이를 극복해내지 못해 애 아빠와 이혼을 했다. 난 애가 없으면 살 수 없을 것 같으니 내가 키우겠다고 했다. 애 아빠도 엄마와 딸을 떼어 놓는 것은 못하겠는지 내 의견을 수용했다. 몇 개월 동안 아이와 나, 어머니는 평화로운 일상을 살았다. 어느 날 그가 애를 데려가기 전까지는 말이다. 아이가 가버리자 나는 생을 포기하기로 마음먹었다. 어머니가 걸리긴 했지만, 딸과의 이별을 견뎌낼 자신이 없었다. 모든 것을 정리하고 마음먹은 날이 왔다. 그렇게 갈 일만 남았는데 한순간, '죽을 거면 그 기분으로 조금만 버티자. 그래도 안 되면 가자' 하는 생각이 들었다. 그게 20년 전 일이다.

내가 읽은 블로그의 주인은 '쎄씨 주부'라는 필명의 블로거로서 '쎄씨 주부의 소꿉놀이터'라는 아주 예쁜 이름의 블로그를 운영했다. 갑자기 왜 내 사연을 얘기하고 싶어졌을까? 아마 그분의 마음이 너무 아파 보여서, 내가 가진 불행을 얘기했는지도 모르겠다. 내 불행으로 그분의 마음이 조금이라도 치유되기를 바라며 안부 글을 썼다. 아이가 어릴 적 내 곁에서 떠났다. 삶의 무게가 고달파 몇 년 전 무모하게 삶을 포기하려 한 대가로 왼손을 절단하게 되었다는 얘기를 안부 게시판에 담담하게 올렸다. 거기에 내가 현재 처한 상황과 택배 판매 방법을 모색하고 있는데, 방법만 좀 알려달라고 적어놓았다.

그 당시 그분의 블로그에서는 제주도 한 농가의 노지 감귤을 공동 구입(공구)하고 있었다. 부러웠다. '아, 이렇게 공구를 하면 얼마나 좋을까?' 그래서 어떻게 하는 건지 방법만 좀 알려달라고 쪽지로 부탁했다. 답장이 올 줄은 꿈에도 생각 않고 있었는데 답장이 왔다. 그러면서 물량이 두 농가를 하기엔 무리이고, 다른 방법으로 도울 수 있으면 좋겠는데 안타깝다고 했다. 정말 답장이 온 것만 해도 고마웠다. 우리 하우스에서 천혜향, 카라향, 하우스, 노지 일반 조생을 하고 있다고, 혹 기회가 닿으면 부탁한다고 했다. 카라향은 처음 들어본다고 그분이 말했다(카라향은 제주도에서도 서귀포 쪽의 몇몇 농가가 하고 있는데, 아직은 초기 단계라 모르는 분들이 많다). 그럼 천혜향이 수확 시기가 빠르니까, 천혜향 할 때 연락을 달라고 했다. 그런데 너무 쉽게 대답을 주서서 그냥 건성으로 대답하는 건가 생각했다. 내가 연락할 때쯤 되면 잊어버릴 거라고 생각했다.

청소를 얼마나 쉽고 완벽하게 하시는지 '청소의 여왕', '살림의 여왕'이라는 칭호를 받으며, 온갖 방송, 미디어에서 청소 비법 강의,

살림 강의들을 하느라 바쁜 와중에 책도 한 권 출간했다. 『반짝반짝 청소』라는 책이다. 이름만으로도 집이 깨끗해진 느낌이다.

아이가 그렇게 가버리고 슬픔을 청소로 승화시킨 것 같았다. 베이킹파우더를 한가득 사고 하나씩 청소를 시작해보았다고 했다. 슬픔을 어찌할 수 없어 청소에 매달리고 살림에 더욱 매달리며 열심히 하신 것 같았다.

가끔씩 그분 블로그에 들어가서 포스팅을 보는 동안 천혜향 수확 시기가 다가왔다. 열흘에서 2주일 정도면 수확해도 될 것 같았다. 혹시나 하면서 쎄씨 주부님에게 연락했다. 그러자 미리 한 박스 보내달라고 했다. 남편과 나는 한 박스를 보냈다. 쎄씨 주부님은 먹어봤는데 맛이 아주 좋다고 했다. 조금은 안심이 되었다. 수확을 시작하는 날짜가 되면 연락이라도 되면 좋겠다고 단순히 생각만 하고 있었는데, 너무 바빠져 버렸다. 주문이 생각보다 많이 들어온 것이다. 당장 포장을 하려면 사람이 더 필요했다. 큰시누이가 와서 도와주었다. 포장만 도와준 것이 아니라 지인들에게 주문도 많이 받아주었다. 약속한 날짜에 배송을 시작하려면 사람이 더 필요했고, 일당을 주며 아는 분을 불러 일을 같이 도와달라고 했다. 바빠도 기분이 좋았다. 한편으로는 '혹시 받아서 맛이 없다고 하면 어쩌지?' 하는 걱정도 되었지만, 천혜향은 따서 며칠 놔두면 단맛이 돌아 맛이 좋아진다. 내가 먹어봐도 천혜향은 굉장히 맛이 좋았다.

쎄씨 주부님이 그때 강원도로 휴가를 가는 중에 주문을 받아 엑셀로 넘겨줬다는 걸 나는 알게 되었다. 2월 학년말 방학이라 가족이 강원도로 휴가를 가는 길임에도 주문을 받아서 엑셀로 정리해서 넘겨주었던 것이다. 둘째 날도 마찬가지로 강원도에서 휴가를 보내면서 그렇게 해줬다는 걸 나는 나중에 알게 되고 너무 미안하고 고마웠다. 완판되면 좋겠다고 했다. 난 완판은 꼭 안 되어도 이 정도 주문 들어오는 것도 참으로 고맙다고 인사를 전했다. 쎄씨 주부님도 공동구매를 할 거라고 대답은 해놓고, 맛이 없으면 어떡할까 고민도 되었다고 했다. 기왕 해주기로 한 것 완판되어야할 텐데, 하며 신경을 써주었다. 물론 천혜향은 택배로 완판했다. 5월에 수확한 카라향도 없어서 못 팔 정도였다.

내가 다친 사연을 간단히 적어 메모에 남겼을 때, 내가 힘든 위치에 있다는 걸 그분은 공감해주었다. 과수원에서 분명 일은 많은데, 그걸 같이 못 하면 가족에게도 많은 눈치가 보인다. 사실 밭일도 쉬운 일은 아니다. 몸을 쉴 없이 움직여야 한다. 시설 하우스 재배라 겨울철엔 그래도 괜찮지만, 조금만 날씨가 더워져도 낮에는 일을 할 수가 없다. 새벽부터 오전에 조금 하고, 낮에는 쉬었다가 오후에 해가 약해지면 다시 일을 하는 식으로, 시간을 쪼개면서 일해야 한다.

왼쪽 손에 돌이킬 수 없는 부상은 입었지만, 방향을 잡을 수 없을 때 내가 내민 손을 조용히 잡아준 쎄씨 주부님이 진심으로 고마웠다. 다치지 않았다면 나는 모르는 사람에게 손을 내밀지 못했을 것이다. 비록 왼팔을 다쳐서 몸과 마음에 깊은 트라우마는 남아 있지만, 생판 낯모르는 누군가의 도움이 나를 치유하고 세워주는 힘이 되고 있다. 나도 어떤 형식으로든 누군가에게 힘이 될 날이 오리라 믿는다.

직장과 사람의 가치

　나의 직장생활은 고등학교 졸업과 동시에 시작되었다. 젊었을 때부터 어머니는 혼자 벌어서 나와 동생을 학교 보내느라 먹고 살기도 항상 빠듯했다. 그래서 어느 정도 철이 드는 나이가 되자 어머니를 웃게 만들려면 공부를 잘해야겠다고 마음먹고 정말 열심히 공부했다. 중학생이 되어 학교에 내는 등록금이라도 어머니께 부담 주지 말자고 생각하며 공부했고, 정말 3년 동안 등록금 없이 장학생으로 공부했다. 고등학교에 들어가서는 잠깐 성적이 떨어진 적은 있었지만, 몇 번을 제외하고 거의 장학금으로 학교에 다닐 수 있었다. 그런 날은 일부러라도 꼭 어머니가 일하시는 곳으로 얼굴을 보러 갔다. 그리고 장학생이 되었노라고 얘기하면, 어머니는 정말 환한 웃음을 내게 보여주었다. 착하다는 말과 함께. 난 어머니의 그 웃음이 너무 좋았다. 뭘 해도 어머니에게서 그 웃음만 볼 수 있다면 못 할 게 없을 것 같았다. 힘든 일 속에 늘상 찌푸리다가,

딸이 갖다 주는 상장, 장학증은 모르긴 해도 어머니께 꽤 큰 힘이 되었을 것이다.

고3이 되었지만 대학 진학을 꿈꿀 형편이 못 되었다. 어머니와 몇 날 며칠을 대치했는지 모르겠다. 난 정말 대학에 가고 싶었다. 하지만 어머니 형편을 알기에 고2때부터 마음속 깊은 곳에서 대학을 포기하고 있었다. 그리고 지금처럼 저소득층을 위한 장학제도가 있던 시절도 아니었다, 우리 때는 아르바이트도 일반적이지 않았고, 일할 곳도 없었다. 그래서 마음속으로 마지막 포기를 했다. 전날 밤 어머니가 밤새우시는 소리를 들었다. 이제 고집을 꺾어야 할 것 같다고 생각했다. 학력고사가 다 끝나도 우리는 매일 등교를 했다. 학생들이 탈선할까 봐 학교에서는 학생들을 풀어놓지를 않았다.

어느 날 담임 선생님이 종례하고 나가면서 대한항공에 가서 일하고 싶은 사람은 오라며 원서를 써주겠다고 했다. 단, 성적이 몇 퍼센트 안쪽이어야 한다고 말씀하셨다. 나는 어린 맘에 월급을 많이 주느냐고 물었다. "응, 많이 준다" 조금 생각해보다가 나는 교무실로 향했다. "선생님, 저 대한항공 원서 써주세요" 하고 말씀드렸다. 그랬더니 선생님께서 "왜, 대학은? 교대라도 가면 좋을 텐데" 그러셨다. 그래서 나는 입에서 나오는 대로 "야간대학 갈게요" 하고 대답했고, 훗날 그것들이 모두 현실이 되어 있었다.

돈을 벌게 되었다는 기쁨에 나는 정말 열심히 근무했다. 내가 키가 좀 있어서인지 공항으로 발령이 났고, 학교는 제주대학 야간 회계학과에 원서를 넣었다. 야간부 수석이라고는 했지만, 고3때 이미 마음으로 대학을 포기했기에 별로 좋은 성적도 아니었다.

대한항공에서 약 5년 정도 근무를 했을 때, 우리나라에 하나의 항공사만 있었는데, 경쟁사가 생긴다고 했다. 새로 생긴 아시아나 항공사는 경력직이 필요했다. 여기저기서 스카우트 돼서 자리를 옮기는 분들이 많았다. 제주도에서는 여직원은 두 명이 옮겨왔는데, 예약실에서 근무하던 1년 선배와 나, 이렇게 두 사람이었다. 회사를 옮긴다는 것은 꽤 두려운 일이다. 내가 그때 왜 갑자기 회사를 옮겼는지 모르겠다. 지금 생각하면 꽤 후회되는 일 중의 하나이다. 나는 주로 발권 업무를 해왔기에 그 분야의 교육을 담당했다. 선배는 예약을 가르쳤다. 회사 생활은 재미있었다. 내가 모르던 능력이 보였고, 그곳에서도 정말 모두에게 인정받을 만큼 열심히 일했다.

몇 년이 지나자 회사가 어렵다는 소리가 간간히 들려오기 시작했다. 회사가 하루아침에 망하는 것은 아니지만, 이런저런 소문과 함께 다들 불안해하고 있을 때였다. 회사에서 지점들을 GSA, 즉 총판 대리점 형식으로 운용한다고 했다. 나중에 보니 다른 지방은 변동이 없었고, 제주도만 총판 대리점인 GSA가 되었다. 지점장님으로 계신 분은 GSA 사장님이 되고, 나머지 직원들은 상담을 통하여 공항이나 서울로 발령을 내준다고 했다. 제주 지점장이었던 사장님은 초창기에 넘어와서 사실 고생도 많이 했고 좋은 일도 많이 추진하셨다. 그래서 본사에서도 우대 차원으로 정년까지 GSA 사장님을 맡기신 것 같다.

제주공항은 대한항공 때 근무했던 곳이라 따가운 눈총을 받을 것 같아 가고 싶지 않았다. 그렇다고 작아진 GSA에 남아 급여까지 깎이면서 일하고 싶지는 않았다. 그래서 서울로 신청했고, 내 적성에 맞는 과로 발령 받았다. 막상 서울로 갔지만 살 곳이 문제였다. 제주도에 어머니와 딸만 남겨두고 온 게 너무 마음에 걸렸다. 아이 때문에 아무 생각 없이 회사를 퇴직하고 제주도로 내려왔다. 그때가 IMF 구제금융으로 한국 경제가 요동치고 있을 때였는데, 생각이 너무 짧았던 것이다.

선배는 정말 연봉을 깎이면서도 GSA에서 열심히 일하는 것 같았다. 눈뜨면 제일 먼저 가서 문 열고 제일 늦게 퇴근하고, 일요일, 명절 근무도 모두 도맡아서 했다. 예약을 컨트롤 업무로 NO SHOW(예약 부도 승객) 감안 오버 예약을 받고, 설이나 연휴 때 제주 지역 대리점이나 직원들의 예약을 도와주는 업무를 하고 있었다. 하지만 이 일을 오래 하다 보면 타성에 젖게 된다. 내가 아니면 안 된다는 식의 자기자만에 빠지기 쉬운 것이다. 어려울 때 항공좌석 확보도 못 할 것이고, 대리점 발권 실적에도 영향을 미친다고 생각하게 된다. 자기가 제일이라는 자기기만에 빠져버린다는 것이다. 몇 번을 GSA 사장님께 대들어 갑자기 퇴근해버리거나 회의 시간에 사장님을 공격하는 일이 많아진 것 같았다.

그 시기에 나는 조그마한 여행사에서 항공 발권 일을 하고 있었는데, 선배언니가 있어서 참 좋았다. 명절, 연휴 등 항공이 너무 어려울 때 어느 정도 도움을 받을 수 있었기 때문이다. 여행사에서 3개월 정도 일했을 때였다. 갑자기 선배가 전화를 해서는, 나한테는 미안한데 회사를 관뒀다고 했다. 무슨 일이냐고 물어볼 새도 없이 전화는 끊어졌고, 전화를 해도 전화기를 꺼놔서 연결도 되지 않았다. 거긴 내가 다녔던 곳이라 거의 대부분의 직원을 아직도 알고 있었다. 후배 여직원을 통해서 알아보니 아침에 아무것도 아닌 일로 선배가 무척 흥분해서 사장님께 욕까지 하고 아주 난리가 났었다고 한다. 외부 손님까지 와 있었는데, 큰소리를 고래고래 질렀다는 것이다.

혹시 몰라서 사장님께 전화를 드렸다. 회사 창립부터 같이 근무했던 분이고 서비스 마인드가 투철한 분이었다. 사장님도 이번만큼은 굉장히 화가 나 있었다. 정신이 이상한 것 아니냐며 이해할 수가 없다고 했다. 그래도 한 번 불러서 얘기를 해보시면 어떻겠냐고 부탁을 드렸다. 하지만 이번만큼은 그냥 못 넘어가고 사직서를 받겠다고 했다. 선배는 사직하면 아마 돌아버릴지도 모른다. 무섭게 일에만 애착을 갖고 사는 사람이었다. 나는 먼저 그 선배부터 만났다. 무슨 일이냐고, 뭐가 그렇게 힘드냐고 물었다. 그랬더니 자기보고 발권으로 가서 근무하라고 발령을 냈다는 것이다. 아니 발령받으면 발권 가서 일하면 될 거 아니냐고 했더니, 자기는 발권 업무 하나도 모르는데 그걸 어린 직원들한테 배워가면서 어떻게 하느냐는 거였다. 예약 관리는 자기가 제일 잘할 수 있는 일인데, 일부러 회사 그만두게 하려고 발령을 냈다는 말이다. 하이고…. 한숨이 나왔다. 들어보니 이전보단 못해도 연봉도 꽤 받고 있고, 요즘 일자리 구하기가 얼마나 힘든지 알기나 할까 싶었다. 내가 한 손으로 투닥투닥 여행사에서 일하면서 얼마 받는지나 아냐고 물었다. 왜 예약에 목숨을 거냐고, 꼭 갑이 되는 일만 하고 싶으냐고 물었다. 그러자 자기가 할 수 있고 정말 잘할 수 있는 일이 그것뿐이라는 거다. 발권 일 하라고 하면 가고, 또 발령 시기가 되면 예약 관리도 할 수 있으니까, 회사에서 일할 수 있는 것만도 고마워해야 한다고, 내가 사장님과 만남의 자리를 마련해볼 테니, 마음의 준비를 하고 용서도 빌러 좀 단정하게 해서 나오라고 나는 신신당부했다.

회사 후배를 통하여 사장님이 출근한 걸 알고 GSA로 갔다. 아침 미팅이 거의 끝나가고 있었다. 회의에 참석한 인원은 아직 일어서기 전이었다. 사장님께 인사를 하고 자리에 앉았다. 그리고 나의 팔에 두르고 있던 보조기를 빼고 안에 감겨 있던 붕대를 풀었다.

"사장님, 저 이렇게 크게 다쳤습니다. 오늘 겨우 외출해서 여기까지 왔는데, 부탁드릴 것이 있습니다."

직원들은 나의 팔을 보고 흡, 하고 숨을 멈춰버렸다. 사장님도 한동안 꼼짝도 않으시더니, 어떻게 된 일인지 물으셨다. 사고로 조금 다쳤다고 했다. 그리고는 그 선배에게 한 번만 더 기회를 달라고 말씀드렸다. 요즘 그 애가 많이 이상해졌다면서, 어떻게 해야 할지 모르겠다고 하셨다. 그러면서 사표를 받는 게 맞을 것 같다고 하셨다. 정말 나는 그때 무슨 정신으로 그렇게 사정을 했을까? 결국 사장님은 나에게 연락하겠노라고 하셨다. 몸조리 잘하라고, 너무 힘들어하지 말고, 용기를 가지고 살아가라고 격려해주셨다. 팔에 다시 보조기를 감고 그 사무실을 빠져나오는데 눈물이 났다. 제일 몰랐으면 하는 사람들에게 이걸 보이다니, 쥐구멍으로라도 숨고 싶었다. 그래도 이것 때문에 사장님과 선배가 만날 희망은 생긴 거다.

이틀 후 사장님이 전화를 주셨다. 정말 너무 기뻤다. 내가 다시 입사하는 느낌이었다. 만날 장소를 정했다. 그렇게 사장님과 선배 언니, 나는 차 한 잔씩 마시며 분위기 좋게 얘기를 시작했다. 하지만 점점 분위기가 이상해지고, 선배는 다시 동문서답만 하고 있었다. 여전히 발권은 절대 못 간다는 등, 얘기가 처음으로 돌아갔다. 그래! 소를 끌고 연못 앞까지 데려다 줄 수는 있지만, 마시는 건 소가 마셔야지, 억지로 입에 넣을 수는 없는 거야. 할 수 없는 것 아닌가. 그 후 나는 당분간 그 선배와 연락을 끊었다. 들어보니 선배는 사표처리가 되었고, 회사 앞에서 1인 시위를 계속하고 있다고 했다. 나중에 복직은 되었지만 연봉도 깎이고, 결국 발권 업무를 한다고 했다.

그 무렵 어머니가 돌아가셨다. 그 선배한테는 연락하지 않고, 예전에 같이 근무했던 후배 한 명에게만 연락했다. 후배가 사장님께 말씀드렸더니 당연히 꼭 가야 한다면서 같이 와주셨다. 성당에서 장례식을 치렀는데, 그 다음날 성당 안에서 하는 장례미사에도 오셔서 같이 미사를 봐주셨다. 어머니를 실은 운구 버스가 지나가길 기다렸다가 90도 각도로 절을 했다. 잘 알지도 못하는 망자를 위해 그렇게 깊숙한 절을 한 사람은 그분이 처음이다.

가끔 직원들에게 내 얘기를 한다고 한다. 정말 여자지만 의리 있고 용기 있는 사람이라고, 본받아야 한다고. 그렇게 내 얘기를 가끔 하시는 것 같다.

스트레처로 서울 병원에 가던 날

119 구급차를 타고 가까운 종합병원으로 갔으나, 며칠 후 의식을 차려도 화상으로 손상된 곳을 이식수술할 만한 큰 병원이 제주도에는 없었다. 내가 그렇게 다쳐 의식을 잃고 화장실에 누워 있는 걸 보고 남편은 몸서리쳐지도록 두려웠을 것이다. 타다 튕겨져 있는 손가락 두 개를 주워 내 팔에 같이 넣고, 드레싱하는 소방관에게 그걸 넣지 말라는 말을 못 했을 것이다. 결국 내가 보게 되었고, "제발 손가락 좀 버려주세요, 선생님" 하고 의사한테 내가 부탁을 했으니까. 남편은 정신을 차릴 수가 없었을 것이고, 누군가 도와줄 사람이 필요했을 것이다. 당시 큰시누이도 개인적으로 아주 큰일을 겪고 있었다. 하지만 남편이 한밤중에 전화하자 바로 와주었다고 했다. 오빠가 당황해하고 어쩔 줄 몰라 하고 있을 때, 바로 달려와 준 여동생이 큰 힘이 되었을 것이다.

내가 처음 눈떴을 때 남편은 내게 말했다. 대한민국에서 최상의 치료를 받게 해주겠노라고, 아무 걱정 말고 자기만 믿고 치료에만 신경 쓰라고 했다. 평생 내가 눈 닿는 곳에 자신이 있을 것이고, 남은 생을 나를 위해 살겠노라고 했다. 어떤 말도, 아무런 생각도 할 수 없었다. 그런데 나는 겨우 "초코는?" 하고 물었던 것 같다. 잘 있는데 벌써 며칠째 밥을 안 먹는다고 했다. 10월 25일 병원에 왔으니까, 벌써 5일이 지나 있었다.

제주도 병원에서는 이런 깊은 화상을 치료할 병원이 없다고 했다. 그러면서 서울로 올라가라고 했다. 남편은 제주도 담당의에게 서울 어느 병원에 가야 이런 화상을 치료할 수 있는지 알려달라고 했다. 몇 군데 얘기한 것 같은데, 그 중에 화상을 전문으로 하는 병원이 있는데 거기 한 번 가보라고 했다. 화상 전문 병원이란 말에 남편은 B병원으로 결정하고, 큰시누이한테 어렵지만 서울에 나와 같이 가서 병원 입원수속만 좀 해달라고 부탁했다. 큰시누이도 그때 힘든 일이 있어 같이 갈 형편은 안 되었지만, 제주도에 내겐 아무도 없었다. 사촌여동생이 있었는데, 애들이 초등학생 이하로 셋이나 있었다. 학교 수업도 빠질 수가 없는 형편이라 시간을 좀처럼 낼 수가 없었다.

남편은 아직 가게를 하고 있는 중이라 집을 떠날 입장이 안 되었다. 우리끼리 공항으로 가서 비행기 타고 서울로 가면 된다고 생각하고 퇴원 수속을 밟으려는데 중환자실 담당의사가 말했다, 지금 그렇게 간다고 바로 항공기에 탈 수 있는 게 아니라고. 항공사에서 탑승을 거부한다는 것이다. 손과 팔이 타도 모를 정도로 심각하게 가스에 질식되어 있었기 때문에, 항공사에서 의사 동반 하에 산소

호흡기를 장착해야 탑승이 가능하다는 것이다. 고도가 올라가면 공기와 압력이 지상과는 다르게 변하기 때문에 위험한 부작용이 생길 수도 있고, 가스로 뇌손상이 있을 수도 있었기 때문에 산소 통도 필수라고 했다. 병원에서 진단서와 항공 스트레처 요청서 등 서류를 만들어주었고, 그것을 항공사에 제출했다. 의사의 동반과 산소통을 필수로 탑승이 허가되었다.

서류 준비가 되고 탑승이 가능해지자 남편은 항공사에 전화해서 최대한 빨리 갈 수 있도록 항공편을 예약했다. 스트레처를 장착하려면 시간도 걸리고, 좌석도 여섯 개가 필요하다. 여섯 자리 항공료를 지불하면 보호자 1인은 무료이지만, 의사가 앉을 좌석은 따로 발권을 해야 한다. 그러니까 스트레처에 총 7석의 항공료를 지불해야만 했다. 의사에게도 진료 출장비 명목으로 정해진 금액을 주어야 한다. 활주로를 통해 항공기까지는 예약하면 119 구급대가 이송해준다. 스트레처는 간이침대처럼 세팅을 해서 환자가 누워서 갈 수 있게 만들어져 있다. 다행히도 커튼이 쳐져 있었다. 이건 환자에 대한 배려도 배려지만, 다른 승객들을 배려하는 차원에서도 좋은 것 같다.

동승한 의사는 간간히 산소 포화도를 체크하고 나에게 어지러운지, 구토는 괜찮은지 확인했다. 그때 나는 의식도 완전히 회복되고 있었고, 또렷하게 말도 할 수 있는데, 너무 과도한 항공료가 들어간 건 아닌가 걱정되어 남편한테 미안했다. 서울 김포 공항에 도착하니 예약되어 있는 119 구급차가 대기 중이었다. 큰시누이와 구급차에 타고 예약되어 있던 화상 전문 병원으로 향했다.

병원 응급실 앞에는 내 동생이 와 있었다. 응급실에서 의사가 붕대로 동여매어진 다친 손을 풀어보았고, 동생은 내 팔의 상태를 보고 얼어붙어 벽에 박힌 것처럼 꼼짝하지 않았다. 아니, 꼼짝할 수 없었다는 표현이 맞는 것 같다. 그 와중에 나는 어머니에게 말하지 말라고 당부했다. 너무 불안해서 어머니에게 하루만이라도 나를 보러 와달라고 했는데, 만난 지 겨우 한 달여 만에 난 생을 포기하려 했다. 어머니 심장이 가뜩이나 안 좋으신데, 기절할까 봐 걱정되었다. 나중에 안 사실이지만, 어머니는 무슨 느낌이 있으셨는지 수면제를 플라스틱 중간 크기의 통에 거의 가득 모아두고 계셨다.

나는 말 그대로 아무 느낌이 없었다. 왜냐하면 나는 죽었으니까. 죽은 사람이 무슨 생각을 하며 무슨 말을 한단 말인가. B병원 응급실에서 내 상처를 풀어본 의사는 무엇으로 화상을 입었는지, 며칠 되었는지 정도의 간단한 질문만 했다. 어떻게 치료할지는 아직 생각할 단계가 아닌 것 같았다. 상처가 너무 심하여 절단밖에 방법이 없을지도 모른다는 생각을 했다. 그 병원에 한 달을 입원했는데, 수술을 두 차례 정도 받았다. 너무 심하게 타다 남은 곳을 도려내고 잘라내는 수술을 했다. 수술한 피부 위에는 혹시 감염에 노출될 수도 있어 인조 피부를 붙여 놓았는데, 그게 굉장히 비싼 시술이었다. 남편은 가게와 집이 당장은 팔리지 않아 임대를 주고 병원으로 왔다. 한 달여를 그 병원에 있으면서 이것저것 방법을 찾아도 뾰족한 대책은 없었다. 이제 더 이상 상처를 오픈해서 놔두기가 위험해져왔다. 감염되면 패혈증이 올 것이고, 그렇게 되면 더 이상 손쓸 수 없게 돼버린다. 담당의사는 할 수 없이 팔꿈치 아래에서 팔을 절단할 수밖에 없다고 했고, 남편은 그래도 다른 방법이 있지 않겠느냐며 사정사정했다. 그러자 국내에서 조직 이식수술을 하는 교수님이 계시다고 어렵게 말씀해주셨다. 사실 병원 측에서도 그런 식으로 환자를 다른 병원으로 보낸다는 것이 병원 이미지에 도움이 안 되기 때문에, 그렇게 조심스럽게 말씀해주신 것 같았다.

한 달 정도 입원해 있었는데, 병원비가 예상보다 굉장히 많이 나왔다. 화상 환자들의 치료비는 대개 이렇게 비싸다고 했다. 보험 적용이 안 되는 것들이 많았다. 인조피부, 주사, 기타 용품들이 아주 비싸고 보험 적용도 안 되는 바람에, 처음부터 만만찮은 비용이 들어갔다.

처음 그 병원에 입원해서 보니까, 입원 환자가 모두 화상 환자들이었다. 남자 분들은 전기에 의한 화상이 가장 많았다. 전봇대에서 전기 작업을 하던 중 감전되어서 두 다리를 아예 못 쓰게 된 사람도 있고, 손과 팔 쪽에 화상을 입어 진짜 양손 다 사용 못 하는 환자도 있었다. 그 당시 나는 아무 희망 없이 삶을 거의 다 놓았었기 때문에, 그래도 내가 저 사람보다 낫다, 그나마 다행이다 하는 말조차 받아들이기 힘들었다. 그만큼 삶의 거리를 끊는 데만 매달려 있었다.

아기 환자들도 꽤 있었다. 아기들은 어른들의 부주의로 대부분 뜨거운 물이나 국물을 뒤집어써서 고통스럽게 피부가 익어버린 상태로 치료를 받으러 왔다. 그 병원에서는 화상으로 익어버린 곳을 매일 한두 차례씩 소독된 천으로 밀어내는 치료법을 쓰고 있었는데, 그게 어른들도 정말 견디기 힘들 만큼 아픈 치료 방법이었다. 그래서 치료 시간만 되면 어른들도 어디 숨고 싶은 심정인데, 그 치료를 받으려고 치료실 앞에서 대기하는 아이들은 얼마나 무서웠을까? 아이들도 이미 한 번 치료받고 경험이 있기 때문에, 치료실 앞에서 대기하는 순간부터 악을 쓰며 울기 시작한다. 화상으로 다친 곳을 소독하고, 인정사정없이 닦아내고, 다시 약을 바르며 밀어낸다. 손과 팔, 얼굴, 머리에 화상을 입고 치료하는 아이들은 그걸로 치료가 끝이 아니다. 자라면서 피부도 같이 자라기 때문에, 화상으로 쪼그라들었던 피부가 당겨지기 시작한다. 그러면 그 상처 부위에 자기 몸의 피부를 떼어다가 이식해주어야 한다. 그래야 몸이 자라는 아이들이 조금이나마 고통 없이 성장해 나간다. 아이가 있는 집에서 왜 그리 사골국물들은 많이 우려내는지, 정말 이해가 되지 않는다. 베란다에서 그 뜨거운 국물에 팔다리 화상을 입고 온 아이들이 참 많다는 기억이 또렷이 남아 있다.

내 옆의 아줌마는 강원도에 사는데, 나무로 난방을 한다 했다. 그런데 불이 붙어 있는 장작더미에 넘어져 등에 크게 화상을 입어서 잠잘 때도 엎드려 자야만 했다. 또한 나이 많은 어르신들은 저온 화상을 입은 분들이 많았다. 전기장판에 등을 대고 누워 자는데, 전기장판을 계속 켜놓아 전기장판 비닐까지 등에 붙은 채 실려 온 할머니도 같은 병실에 있었다. 등을 수술하기는 했는데, 상처 부위가 넓어서 결국은 돌아가셨다. 술을 마시고 라이터 불을 켰는데, 옆에 있는 천 조각에 불이 옮겨붙어 얼굴과 두피에 화상을 입어 힘들게 치료받는 여자 환자도 있었다. 피부에 화상을 입은 사람은 그 병원의 치료 방법으로 어느 정도는 화상 흔적만 조금 있을 만큼 치료가 되었다. 하지만 나처럼 뼈가 타버린 심도 4도 이상 되면 치료 효과를 볼 수가 없었다. 죽은 조직을 전부 잘라내고 내 몸의 다른 피부를 이식하는 피판술 밖에 방법이 없었다. 처음에 그렇게 얘기를 해주었으면 그만큼 시간과 돈이 절약되지 않았을까 하는 아쉬움이 많이 남는다. 그래도 결국에는 국내에 몇 분밖에는 못한다는 유리 피판술 수술을 받아 왼팔을 최대한 살려놓았다. 더 무엇을 바라겠는가?

이가 덜덜 떨리는 두려움을 견디며 나는 죽었는데, 죽지 않고 여기 이렇게 글을 쓴다. 이제 얘기하고 싶다. 절대 함부로 죽지 말라고. 나처럼 신체가 다쳐 불구가 될 수도 있고 머리가 다쳐 바보가 될 수도 있다. 하느님은 절대로 호락호락한 분이 아니다. 가고 싶다고 아무나 쉽게 데리고 가지 않으신다. 그 사람에게 주어진 인간으로서의 책임과 가치를 다하지 않는 한.

짠 눈물, 싱거운 눈물

가만히 앉아 있다가도 맑은 날 소나기가 쏟아지듯 눈물이 흘러 내린다. 차를 타고 가다 눈물을 참지 못하여 한동안 차를 세워놓고 운 적이 몇 번이던가. 어머니, 딸, 남편, 아내, 가족, 죽음…. 이런 단어만 봐도 주르륵 눈물이 흘러내리곤 한다.

가끔은 울면서 눈물을 맛보기도 해봤다. 이게 우는 자의 참모습인지 모르겠지만, 눈물을 맛보면 그 짠맛의 정도가 다 다르다는 걸 알 수 있다. 어머니가 돌아가시고는 장례식 내내 난 울지 않았다. 슬프지 않아서가 아니라, 집에 가면 어머니가 계실 것 같고, 어디든 분명 있을 거라고 어머니의 부재를 완강히 부정하고 있었다. 하지만 이런 나도 어머니의 관이 용광로 속으로 들어갈 때는 견딜 수가 없었다.

내가 왼손만 온전하여 정상인이었다면, 어머니를 모시고 어머니의 심근경색을 치료한, 어머니가 신뢰하는 서울 S병원으로 갔을 것이다. 어머니가 고관절을 다쳐 제대로 걸을 수 없었지만, 내가 정상인이었다면 어머니는 분명 살아 계실 것이다. 그래서 내가 쏟아내는 화를 받아주고, 아프다고 하면 죽도 끓여주시고, 나와 사우나도 같이 다니고 영화도 보러 다녔을 것이다. 내가 수술 받으러 가게 되면 동물병원에 맡길 필요 없이 어머니가 초코를 잘 보살펴주고 계실 것이다. 그러면서도 나는 어머니께 이런저런 화를 쏟아내고 있을지도 모르겠다. 나쁜 딸, 이런 못난 딸을 보물처럼 여기며 키워주신 나의 어머니.

항암 치료 1차를 마치고 집으로 며칠간 퇴원하는 시기가 있다. 병원에 있으면 좋은 점은, 맛이 있든 없든 식사가 나온다는 것이다. 그리고 간호사들이 상주해 있어서 무슨 일이 생기면 바로 처치가 가능하다는 것이다. 그런데 집에서 나 혼자 어머니를 돌보는 게 사실 그리 쉬운 일이 아니었다. 그래서 밥은 거의 시켜 먹었다. 어느 날은 중국집에서 볶음밥과 자장면을 시켰다. 내가 밥을 먹고 싶은 마음이 없어서 자장면을 시켰고, 어머니는 밥을 드셔야 한다고 혼자 판단 내렸다. 그런데 어머니가 냉큼 자장면을 집으려고 식탁에 앉으시는 것이다. 이 못나고 철없는 늙은 딸은 어머니에게 화를 냈다. 자장면은 내가 먹을 건데 어머니가 그걸 먹는다고, 어머니는 밥을 먹어야 하는데…, 하면서 화낼 일도 아닌데 그렇게 어머니께 화를 내고 있었다. 참 내가 생각해도 난 왜 이리 포용심이 없었던 걸까. 그렇게 고통스럽게 암 투병하는 어머니께 음식 갖고 화나 내고 있으니 말이다. 그래도 '아, 자장면이 드시고 싶었구나' 하고 얼른 어머니께 "어머니 자장면 먹고 싶었구나, 예" 하면서 얼른 양보를 했다. 그때 내가 끝까지 우기고 그 자장면을 먹었다면, 중국집 앞을 지날 때마다 목이 메고 아픈 가슴에 피눈물을 흘렸을 것이다.

내가 키운 어머니의 암. 어머니까지 남겨두고 세상을 버리려고 했으니 어머니의 그 마음 오죽했을까. 내가 다쳐서 병원에 있을 때 어머니는 말문을 잇지 못하셨다. 겨우 한마디, '곱게 난 보람 없이'라는 이 말이 날 얼마나 아끼고 질타하는 말이겠는가.

내가 죽기 전에(난 살아 있지만 세상을 놓으려고 한 순간 죽었다고 생각한다), 죽으려고 마음먹었을 때 정말 무서웠다. 매일 매일 입이 바싹 바르고 침이 꼴깍 넘어갔다. 누군가 나를 붙들어줬으면 좋겠다고 생각했다. 어머니뿐이었다. 어머니를 서울에서 하루 내려오시게 했다. 그때는 이미 결심한 상태였지만, 어머니가 서울로 올라갈 때 왜 그리 따라가고 싶었는지. 어릴 적 어머니를 쫓던 그 심정이 되어 어머니를 쫓아가고 싶었다. 어머니가 뒤돌아보셨을 때 난 흐르는 눈물을 주체 못 해 얼른 집으로 들어왔다. 어머니 심정이 오죽 참담했을까. 모든 것은 때가 있는 법이라고 항상 말씀해주시던 어머니, 마음 굳게 먹고 딴 생각 하지 말고 밥 잘 먹고 있으라고 했다. 꼭 마음 굳게 먹으라며, 그토록 다짐받고 또 다짐받던 어머니. 그러마 하고 대답하고 어머니를 대문 앞에서 배웅했다. 그리곤 집에 들어와 한참을 울었다. 눈물이 입 안으로 흘러 들어와도 닦고 싶지 않았다. 눈물을 먹었다. 진짜 짠 눈물이 내 눈에서 나오고 있었다.

그때부터 어머니는 잠이 안 온다며 수면제를 모으셨던 것 같다. 내가 잘못되면 어머니도 이 세상 살아갈 이유와 존재의 이유가 없다고 생각하셨을 것이다. 나중에 내가 불면증으로 잠을 못 잘 때 어머니가 수면제가 있다고 해서 있으면 달라고 했더니, 그렇게 많은 양이 모아져 있었다. 어머니에게 약을 달라고 해서 잠이 안 올 때마다 먹었다. 그 약은 결국 내 불면증에 쓰이고 말았지만, 어머니가 그걸 먹을 결심을 했던 게 너무 가슴 아프다.

어머니가 돌아가시고 4년이 지났지만, 나는 아직도 어머니를 생각하지 않는 날이 없다. 어머니가 그립고 목소리가 듣고 싶다. 내가 살아온 페이지마다 어머니는 항상 나와 같이 계셨다. 어머니에게 나는 남편, 친구, 딸, 그 모든 존재의 대역이었을 것이다. 학교 공부도 열심히 하고, 원하는 대학은 못 갔지만 회사 생활 하면서 야간대학에 다니는 내가 어머니의 자랑이자 자부심이었을 것이다. 너무 일찍 갑자기 가버린 어머니, 내가 힘들어하는 걸 보고 더 이상 생명을 붙잡으려는 노력조차 하지 않으셨다.

그런 어머니에게 조금만 협조를 안 해도 요양원에 보낸다는 말로 협박을 해댔으니, 살고픈 마음도 없으셨을 것 같다. 어머니가 병원에 입원했을 때 동생과 요양원 얘기를 꺼냈었다. 어머니가 주무시는 줄 알았는데, 다 듣고 계셨던 모양이다. 나중에 어머니가 그랬다. "네가 그럴 줄 몰랐다. 너를 다시 보게 되었다. 정말 섭섭하다"라고 하셨다. 나는 왜 그런 말을 하냐고 물었지만, 어머니는 대답을 안 하셨다. 아마 그 얘기일 거라고 짐작은 하고 있다.

어느 날은 집에서 밥을 먹는데, 갑자기 어머니가 주르르 눈물을 흘리셨다. 나도 가끔 그냥 눈물이 나올 때도 있어 별스럽게 생각하지 않고 닦아만 드렸다. 그런데 저녁에 밥 먹으면서 또 눈물을 흘리시는 게 아닌가? "어머니, 왜, 어디 아파?" 했더니 "아니여, 그런 게 아니고…" 하고 말을 멈추셨다. 왜 그랬을까, 그 눈물의 의미를 지금도 알고 싶다. 죽음에 다다른 걸 느끼셨을까, 아니면 내가 안쓰러워서였을까, 막내딸 주연이가 마음에 걸려서였을까. 지금 어머니는 안 계시고 나는 그 이유를 알 수가 없다. 어머니의 그 눈물은 무슨 맛이었을까. 분명히 굉장히 짠 맛이었을 것이다. 난 지금도 나의 자살의 결과로 타다 만 왼손 때문에 어머니를 잃었다고 생각한다. 그래서 내 마음이 혹독히 나를 비난하는 소리를 듣는다. '다 너 때문이라고.'

어릴 적 칠흑같이 깜깜한 밤에 어머니와 같이 길을 가고 있었다. 그때는 지금처럼 가로등이 여기저기 환하게 켜져 있을 때가 아니라, 밤하늘의 반짝이는 별을 어디서든 볼 수 있을 때였다. 몹시도 추웠고, 어두웠다. 그 시절 나는 귀신이나 도깨비 같은 존재가 진짜 있다고 믿었기에 그 밤의 깜깜함은 두려움 그 자체였다. 그래서 어머니 손을 꼭 쥐고 절대 떨어질 수가 없었다. 무섭다고 하면 "내가 얘기하면 괜찮다. 성숙아, 어머니가 옆에 있으니까" 하며 위로해주며 나아갔다. 하지만 지금 생각해보면 어머니도 무서웠을 것이다. 칠흑 같은 밤에 어린아이를 데리고 밤길을 걷고 있으니 안 무서울 수가 없었을 것이다. 어머니는 나한테 의지하며 그 무서운 암흑 속을 헤치며 앞으로 걸어가고 있었을 것이다. 작은 생명이지만 동행이 있다는 그 안도감 하나로 나를 붙잡은 손을 위안 삼아 어둠속을 걸었을 어머니.

나도 그랬다. 내 아이가 아주 어렸을 때 어두운 밤길을 가도 아이가 함께 있어서 이겨낼 수 있었다. 어둠이 무서우면서도 아기가 같이 있어서 안도하는 마음. 나도 그 어린 생명에게 의지하고 있었다. 이제야 어머니의 마음도 조금 알 수 있게 된 것 같다. 서로 의지하는 마음, 그 대상이 아주 작은 생명일지라도 말이다.

나는 아직도 어머니와 보이지 않는 끈으로 연결되어 있다고 믿는다. 어머니의 숨결이 느껴진다. 이제 조금씩 무서운 것, 두려운 것을 극복해내고 있다. 기댈 곳을 간절히 원하며 살았지만, 기댄다는 것이 서로에게 부담이란 걸 깨달았다. 누군가에게 따뜻한 위로의 말을 듣고 싶은데, 오히려 내가 위로해주어야 할 사람들이 주변에 많은 것 같다. 상처 받은 이들이 너무 많다. 매일 무언가에 쫓기듯 종종거리며 불안에 떨며 살았다. 나는 스스로 상처를 만들어내며 살았던 것 같다. 뭐든 잘한다는 소리를 들어야 했고, 아무도 모르게 열심히 공부하면서, 놀면서도 성적이 좋다는 칭찬을 듣고 싶어 했고, 머리가 좋다는 소리를 들어야 했다. 항상 남의 기분에 맞추고 배려하면서 살아야 된다고 생각했다. 다른 누군가가 나로 인해 행복해하고 좋아하는 모습을 보아야 만족했다. 누구에게나 착한 사람으로 기억되고 싶어 했다. 그러니 자신에게는 너무 엄격하고, 타인에게는 한없이 너그러운 이중 잣대로 나를 대하고 있었다.

정작 소중한 것은 나인데 타인에게 모든 걸 맞추려 노력했다. 그래서 어머니에게 집착하고, 어머니를 행복하게 해드리려고 숨은 노력을 아끼지 않았다. 결국 그런 삶은 나를 힘들게 하였고 자신을 옥죄이게 만들었다. 그 결과 가장 가까운 가족들을 나도 모르게 죄게 되었고 모두에게 크나큰 불행을 불러들이는 꼴이 되고 말았다. 조금 모자란 대로 멍청하다는 소리(내 남편은 대놓고 내게 멍청하다고 했다)도 가끔 듣고 살았어야 했다. 모자라면 모자란 대로 꾸밈없이 인생을 살았어야 했다. 완벽해지려는 몸부림이 나를 절망의 골짜기로 가차 없이 추락시켜 버렸다. 그 과정에서 나는 불행과 고난과 절망을 맛볼 만큼 맛보았다. 그러니 이제 스스로 행복도 찾고, 화초 가꾸듯 정성스레 나의 삶을 가꾸고 싶다.

어머니가 돌아가시고 얼마 안 돼 내 동생 수영이가 베이글과 카푸치노를 사왔다. 혼자 아들 셋을 키우는 동생은 이렇게 비싼 커피를 사먹지 않는다. 나를 위한 마음이 카푸치노에 고스란히 담겨 있었다. 미술과 공예 전공 교사로 일주일에 하루도 쉴 틈 없이 학교 수업을 가고, 토요일엔 단체에 수업도 간다. 아들이 셋인데 악착같이 혼자 그 아이들을 키워냈다.

이모가 암으로 병상에 누워 있어서 매일 똥 기저귀를 갈러 가야 하고, 약도 챙겨 드리고 밥도 차려드린다. 물론 요양 보호사가 오지만, 날짜가 한정된 터라 동생이 자주 이모를 돌봐주러 가야 한다. 내가 울까 봐 내 어머니 얘기는 절대 먼저 꺼내지 않는다. 이 아이는 자신이 너무 믿고 의지했던 우리 어머니, 즉 이모가 돌아가시자, 자신도 슬프지만 내가 자주 쓰러지고 그럴 때, 장례식 때도 이유 없이 화를 내는 나를 묵묵히 받아주었다.

내 막내 동생은 가녀린 어깨로 엄마, 엄마 하고 울기만 하고, 울기만 하다가 어머니 장례식 후 서울로 올라갔다. 그 후 동생은 몇 개월간 완전히 은둔해버렸다. 어머니의 유품을 같이 정리하고 싶어 전화해도 받지도 않고 연락도 오지 않았다. 혼자 어머니의 유품을 정리했다. 어머니와 나, 동생 셋이서 동생의 운동회 때 어머니가 싼 김밥을 먹는 사진을 보며 울었다. 내가 사준 화장품이 거의 쓰지도 않고 모아져 있었다. 그걸 보면 울까 봐 치워 버렸다. 글을 쓰면서도 울었다. 울기 싫어 죽겠지만 주룩주룩 눈물이 나왔다.

요즘 가끔 통곡하듯 꺽꺽 울 때가 있다. 눈물 맛이 어떨 땐 싱거울 때가 있다. 싱거운 건 내가 진심을 담지 않았기 때문일까? 아니면 덜 슬픈 걸까? 울어야 그리운 마음도 치유되고 마음이 한결 가벼워진다. 난 너무 울지 않으려고 애쓰면서 살아왔다. 앞으로는 가끔 울기도 하며 마음의 응어리들을 눈물로 씻어내야겠다. 마음이 홀가분해질 정도로 울고 나면 갑자기 배가 고프고 먹을 것을 찾게된다. 먹으면서 눈물 흘리며 빵과 함께 눈물 맛을 보며 또 운다. 친구들도 다 좋아했던 온화한 내 어머니. 마음씨 착한 어머니는 지금 환한 빛에 둘러싸여 따뜻하고 행복할 것이다. 내가 올 날을 천천히 기다리며 나의 행복을 빌어주고 계실 것이다.

아아, 사랑하는 어머니! 당신이 너무 그립습니다.

이별과 작은 희망

　자신을 죽였던 나는 솔직히 살 자격이 없는지도 모른다. 혼자서 해결 못 하는 크고 작은 일상사가 있고, 사람으로서의 생활이 누군가에게 부담을 준다면 더더욱 그렇다. 나름 열심히 살아왔고 노력하며 살아왔다고, 스스로를 대견해 하며 살아왔는데, 한순간에 모든 것이 무너져 내렸다. 키에르케고르는 절망을 죽음에 이르는 병이라고 했다. 절망으로 일어서지 못한 나는 죽음의 길로 빠졌다. 살아 있으면 뭐가 됐든 기회는 반드시 온다고 믿으며 살았는데 자신을 배반하고 만 것이다.

　수술로 팔의 상처는 어느 정도 나아졌지만, 이젠 마음의 병이 문제다. 자신이 불구가 되었다는 것 그 자체만으로도 나는 작아지고 겁쟁이가 되어 있었다. 선뜻 대형마트에도 못 들어갔다. 내가 가기에 그곳은 너무 크고 화려해 보였다. 그 좋아하던 옷 쇼핑도 당연히 할 수 없었다. 돈도 없었지만, 그런 브랜드 매장에 들어가기가 너무 무서웠다. 내가 한없이 초라해져 있었고 위축되어 있었기 때문이다. 내 동생은 말한다. "그렇게 당당했던 언니였는데 누가 이렇게…" 하며 눈물을 떨군다. 글쎄, 나도 모르겠다. 이런 모습이 원래의 나인지, 당당하고 거칠 것 없이 회사 생활 하고 사업을 하던 내가 나인지. 시간이 흐르면서 전부 극복하진 못했지만, 외출도 하고 옷도 사러 가고 대형마트에 장보러 가기도 한다. 내가 초라하다고, 불구가 되었다고 경계하거나 놀리는 사람도 없다. 이유 없이 겁을 집어먹고 위축되어 나 자신을 잃어버렸던 것이다.

늘 가슴이 텅 빈 것 같고, 책을 읽을 수도 없었고, 일기를 쓸 수도 없었다. 그 무엇도 눈에 들어오지 않았고, 마음에 감동을 주지 못했다. 정신적인 병은 이제 의사가 아닌 나의 몫으로 남겨졌다. 긴 입원 후에 그토록 무섭고 떨리던 퇴원하는 날을 생각하면 지금도 입이 바싹바싹 마른다. 병원 밖으로 나가는 것이 너무 무섭고 두려워서 어찌할 바를 몰랐던 날. 내려오니 공항에 남편이 마중 나와 있었고, 그것이 작은 위로가 되었다. 없어진 육체에 대한 상실감. 손 한 쪽만 잃은 게 아니라 내 몸 전체가 사라진 것 같은 기분이었다. 스스로를 망가뜨려놓고 징징 짜는 내 꼴이 혐오스러웠다. 모두를 힘들게 하고 자신을 무거운 돌덩이마냥 꼼짝 않고 방바닥에 망부석이 될 것처럼 방치시켜놓고 있었다.

비행기 타러 공항 가는 것은 오로지 병원에 갈 때뿐이었다. 하지만 이제 자신을 아주 조금씩 서서히 회복해 나가는 것 같다. 다른 일로도 비행기를 타러 공항 가는 것이 그다지 부담스럽지 않았다. 공항 가면 혹시 맞닥뜨릴지 모를 나의 동기들이나 선후배를 보는 게 싫었다. 내 왼손을 보여주기가 죽기보다 싫었다. 저만큼밖에 안 됐으면서 잘난 체했다고 내 등 뒤에서 말할까 봐 두려웠다. 이제 남의 눈을 의식하지 않는 법을 배워야겠다. 그들 모두도 나와 종류만 다를 뿐이지, 힘들고 굴곡진 삶을 살고 있을 것이다. 남의 일에 신경 쓸 여유가 없을 것이다. 그러니 부디 힘내고 꿈이 이끄는 삶을 살아볼 수는 없을까. 물론 있다. 이제 가능하다고 생각된다. 모든 건 때가 있고 어느 정도 받아들일 시간이 필요할 뿐. 절망도 익을 만큼 익어야 떨어져 나가나 보다. 이제 나를 사랑했던 절망에게 이별을 고해야 할 것 같다.

비록 나 자신을 죽게 함으로써 어머니를 빨리 잃어버렸지만, 어머니의 마지막 숨 자리에는 내가 있었다. 내 동생들이 있었고, 조카 지혁이가 있었으며, 남편과 아들이 있었다. 지혁이는 할머니가 눈을 감고 이제 숨을 못 쉰다는 걸 알았다. 울다가 갑자기 할머니에게 90도로 절을 하면서 "안녕히 가세요, 할머니" 하고 인사를 드렸다. 1학년짜리가 너무 대견하여, 난 어머니의 죽음보다 그 아이의 행동에 더욱 놀라 머릿속이 하얘졌다. 저 아이가…, 고마웠다. 자신을 키워준 할머니의 은혜를 생각해준 나의 조카 지혁이가. 미안하고 사랑한다. 이 못난 이모가.

어쩌면 내 인생 중에 제일 크게 남아 있던 숙제가 어머니의 죽음을 받아들이는 것과 장례식을 치르는 일이었던 것 같다. 동생과 나이 차이도 많고 어머니밖에 안 계셔서 나는 너무 빨리 집안의 가장이 되어버렸다. 어려운 일이 생기면 해결해야 했고, 힘든 결정도 나의 몫이었다. 내 삶이 절벽 아래로 추락하면서 나는 주위의

지인을 거의 잃었다. 그래서 그런 생각이 들었던 걸까. 어머니가 돌아가시면 장례식을 어떻게 치러야 할까? 긴 시간 삶이 추락하는 와중에도 걱정이 되었다. 결혼식 하객을 돈 주고 동원한다는 얘기가 있다. 나도 어쩌면 그들의 심정과 다를 바 없었던 것 같다. 누가 망가지고 가진 건 아무것도 없는 나를 보고 내 어머니의 장례식에 와 준단 말인가.

어머니는 내가 이혼하고 손녀딸까지 사위가 데려가 버리자, 혹시 큰 딸이 잘못되지나 않을까 노심초사하며 나만 바라보고 있었다. 하지만 제주도에 그대로 있을 수 없었던 나는 목적지도 없이 집을 나서고 말았고, 그런 어머니가 우연히 병원에서 대모님을 만나고 성당에 다니게 되었다. 세례식 날 그렇게 하염없이 울었던 어머니. 어머니의 유품과 사진을 정리하다 세례식 때 사진이 꽤 많이 담겨 있는 봉투를 발견했다. 한 장의 사진에서 나는 눈을 뗄 수가 없었다. 마치 내가 사진 안에 있는 듯 나와 똑같이 생긴 어머니가 그 사진에 담겨 있었다. 눈물 가득한 어머니의 세례식 사진들.

다치고 모든 자신감을 상실했던 나는 나중에 어머니가 돌아가시게 되면 장례식은 어떡하나 너무 걱정이 되었다. 그 당시 우연찮게 성당에서 장례 미사를 모실 수 있다는 것을 알게 되었다. 정 힘들면 성당에 부탁해서 해야 되겠다는 마음을 늘 품고 있었다. 어머니는 혼자 성당 다니기가 좀 외로우셨던 것 같다. 가끔 주일 미사를 안 갈 때도 있었고, 레지오도 탈퇴하셨다. 나는 어머니에게 화를 냈다. 성당에 왜 안 가냐고, 이제까지 다녔는데 열심히 안 나간다고 화도 내고 성당에 꼭 가야 한다고 부담을 주기도 했다. 성당

보수 공사할 때 내가 봉헌금까지 드렸는데 왜 안 가냐며 어머니를 들들 볶아댔다. 이런 내 마음속에는 종교적인 믿음보다 어머니가 성당 안 나가게 되면 나 혼자 힘으로 어머니의 장례를 치를 수 없다는 계산이 깔려 있었다. 너무 이기적이고 계산적인 나쁜 딸이었다. 겨우 몇 번 성당에 같이 다녀주지도 못했으면서, 아직 있지도 않은 어머니의 죽음을 건사하는 데 열을 올리고 있었던 것이다. 그 노력이면 같이 성당에 가는 편이 훨씬 어머니를 사랑하는 방법인데도 어리석은 나는 그걸 외면하고 있었다.

한편으론 사실 어머니가 일요일이 되어 옷을 깨끗하게 차려 입고 나서는 게 보기 좋았다. 내심으로 어머니가 나를 위해 기도를 열심히 해주고 계시니까 나는 걱정 없이 잘될 거라는 이유 없는 막연한 기대까지 하고 있었다. 정말 이런 딸이 세상에 존재할까. 대신 기도해달라고 하는 못된 이기심으로 똘똘 뭉쳐 있던 나를 생각하면 너무 창피해서 견딜 수가 없다. 어머니니까 당연한 거라고. 그런 나는 내 딸이나 아들에게 무엇 하나 잘해준 것 없는 팔푼이 같은 엄마에 불과하다. 자식 사랑에 대해선 내 어머니의 발꿈치만큼도 쫓아갈 수 없는 한심한 나라는 인간이 어머니라니.

나는 어릴 때부터 심할 정도로 어머니에게 집착했다. 자라면서는 어머니를 아끼면서도 막 대하고 막말을 쏟아내 어머니를 울게 만들고, 내가 잘못될 때는 모든 것을 어머니 탓으로만 돌렸다. 왜 내가 저질러놓고 정말 선하고 착한 어머니를 괴롭혔을까. 내가 쏟아낼 곳이 어머니밖에 없었다. 다른 사람 누구에게 화풀이를 할 수 있을까? 내가 한마디만 하면 더 큰 화가 내게 쏟아질 테니, 다른 가족한테는 절대 그럴 수가 없었다. 그것도 피로 맺어지지 않은 가족에겐 더 조심스러운 법이니까.

불구가 된 왼손이 아물어 가면서 마음의 상처에도 조금씩 딱지가 앉기 시작했다. 더 깊은 절망으로 다시 빠져들면 안 된다고 수도 없이 나를 타일렀다. 내 옆에는 어머니가 계셨고, 강아지 초코도 있었다. 둘 다 나를 하늘같이 믿고 사랑하는 존재들이다. 그래서 일을 하기로 마음먹었다. 육체적인 일은 잘할 수 없을 뿐만 아니라 나를 써주지도 않을 것이다. 열심히 구인구직 신문을 들춰보면서 내가 할 수 있는 일이 없을까 찾아보았다. 몇 군데 전화를 해보고 어떤 여행사 사장님과 면담 약속을 잡았다. 이력서도 안 쓰고 빈손으로 그냥 털레털레 찾아갔다. 여행사에서 하는 항공 예약 업무였다. 그 일은 내가 할 수 있는 몇 안 되는 일 중 하나였다. 사회에 처음 발 딛으면서 시작한 일이 항공사였으니까. 항공사 근무만 13년 했으니, 어렵지 않게 해낼 수 있을 것 같았다. 또 식당을 하기 전에 여행사를 운영했었는데, 그때의 경험이 나에게 적잖이 자신감을 불어넣고 있었다.

왼손은 주머니에 넣은 채로 건방지지 않을 정도로 숨기면서 면접을 봤다. 그 다음 주부터 출근하기로 했다. 기분이 묘했다. 항공사 근무도 오래 하고 여행사도 직접 운영했었는데 직원으로 일한다는 게 어딘가 좀 내가 낮아지는 건 아닌가 하는, 또 그 잘난 체병이 도지려는 참이었다. 하지만 나는 깜부기불에 덴 것처럼 얼른 마음을 내려놓았다. 열심히 일해야겠다. 새로 시작하는 삶에 나를 처음으로 인정해 주는 곳이 아니던가, 생긴 지 얼마 안 된 사무실이라 조금만 열심히 하면 빨리 자리를 잡을 수 있을 것이다. 사장님도 40대로 꽤 젊은 분인데, 서울을 오가며 참으로 열심히 영업을 뛰면서 일하는 분이었다. 출근할 때는 꼭 주머니 있는 옷만 입었다. 아무리 더워도 좀 두툼해 보여 덥게 느껴져도 주머니 있는 옷이라면 개의치 않고 입었다. 왼손을 보이느니 더운 것쯤은 얼마든지 견딜 수 있다. 한 달쯤 지나서야 사장님은 내가 왼손을 못 쓴다는 걸 알게 되었다. 혹시 장애인이라는 걸 알았더라도 채용을 했을까? 그럴지도 모른다고 생각해서 점심시간에 슬쩍 물어봤다. 그러자 상관없다고 했다. 어차피 일만 해낼 수 있으면 무슨 상관이냐고.

여기 오기 전 한 장애인 복지관에 이력서를 제출하여 직장을 알아봐 달라고 한 적이 있었다. 장애인 복지관에서 연락이 왔다. 장애인을 많이 쓰는 관광호텔인데, 가서 일해 보지 않겠냐고. 면접을 보았는데 바로 다음 날부터 출근해달라고 했다. 급여도 경력까지 고려해서 같이 일하게 될 선임자만큼은 아니지만 잘 맞춰 주겠다고 했다. 일하기로 결정하고 나는 호텔 일을 못 해내면 다시 돌아올 요량으로 출근하고 있는 여행사에 며칠 휴가를 받았다. 나도 모르는 사이에 이렇게 이중적인 나쁜 인성이 생긴 것 같다. 장애를 입고 생긴 피해의식 때문인지, 원래부터 무의식속에 숨겨져 있던 나쁜 내가 드러난 것인지 모르겠지만, 참으로 배은망덕하고 창피하여 면목 없는 일이었다.

호텔에 출근했다. 예약 시스템이 항공과는 좀 다르지만, 며칠 배우면 금방 따라 할 수는 있을 것 같았다. 호텔이라 그런지 외국 손님이 꽤 있었고, 그분들의 요구사항을 내가 아는 외국어를 동원해 안내해주었다. 영어야 남들 배운 만큼 배웠으니 간단한 안내 정도는 할 수 있었다. 일본인 손님들도 있었는데, 한 번은 재래식 시장을 찾는다고 했다. 문제없이 일본말로 안내를 해주었다. 직원들이 외국어 때문에 다른 직원 부르러 다니지 않아도 되겠다며 좋아했다. 외국어가 안 되면 직원들은 사장님을 찾든지 판촉 담당 부장님을 찾는 듯했다.

호텔 사장님은 60세 정도 되신 여사장님인데, 직원이 없으면 직접 청소하고 수리도 하시며 잡무까지 모든 걸 직접 다 챙기셨다. 놀라웠다. 그 정도 경제력이 되면 골프 치러 가든지 놀러 다니기 바빴을 텐데 말이다.

점심시간이 되어 밥 먹으라고 직원들이 먹는 식당으로 안내해주었다. 예닐곱 명이 밥을 먹고 있었는데, 식당 환경을 보고 밥을 먹고픈 마음이 싹 사라져버렸다. 테이블 두 개를 붙여 놓아 8~10명 정도 앉을 수 있는 좁디좁은 곳이 직원들 식사를 하는 곳이었다. 바로 옆에는 손님방에서 나온 침대보, 타월 등 빨랫감을 보관하며 세탁하고 있었고, 야채며 모든 식재료가 식당 바로 옆에 있는 뒷문으로 들어오고 있었다. 냄새 나고 먼지 날리는 빨랫감 속에서 밥을 먹어야 하다니. 장애인을 많이 채용하는 호텔이어서 직원들은 장애인이 많았다. 보통 약한 정신지체를 지니고 있었고, 그런 분들이 그렇듯 처음엔 내게 호기심을 보이며 이름부터 시작해서 대답할 새도 없이 질문을 해주셨다. 그러자 옆에 있는 직원은 화를 내며 밥 먹으라고 나를 내버려두란다. 조금의 지체는 있지만 참 정겹고 착한 사람들이었다.

하루를 그렇게 일하고 다음날 또 출근했다. 출근해서 세탁되어 걸려 있는 유니폼 셔츠를 하나 입고 프런트로 나갔다. 전화가 울려서 받았는데 일본인 손님을 안내하는 가이드인 듯했다. 대뜸 쌍욕과 반말로, 너희 호텔에는 트윈과 더블도 구별 못 하냐며 고래고래 소리를 지르며 욕설을 해댔다. 놀랄 새도 없이 그걸 다 들으며 참다 참다 내가 말했다. 좀 진정하시라고. 그랬더니 너 누구냐며 저녁에 호텔로 찾아온다고 했다. 그러시라고, 나도 오늘 출근해서 이틀째인데, 무슨 일인지 와서 얘기하시라고 했다. 그러자 전화를 그냥 꽉 끊어버렸다. 이런 가이드가 손님을 어떻게 안내할까. 오직 손님 주머니에 있는 돈만 중요하고, 그래서 손님 앞에서 자기가 최고인 양 쇼를 벌였던 게 틀림없다. 어이없는 하루의 시작이었다.

다음날 나는 출근을 못 했다. 내가 있을 만한 곳이 아닌 것 같았다. 그래서인지 몸이 아파 일어나지를 못했다. 외국어를 좀 한다고 기성 직원 월급과 비슷하게 맞춰주기는 했지만, 자신이 없었다. 내가 할 수 있는 일을 하자. 너무 조바심 낸다고 일이 쉽게 풀리는 것도 아니고, 몇 십만 원 덜 받아도 지금 일하는 자그마한 여행사가 내게는 딱 알맞은 곳이었다. 일 년을 다녔다. 어머니가 버스 사고 나고 암 진단을 받고 치료를 하면서 나는 사무실을 그만둘 수밖에 없었다. 앞으로는 매일 병원으로 출근해 암과의 사투를 벌일 것이다. 일하면서 다른 곳에 면접을 보고 출근까지 했던 나의 과오. 정말 미안했다. 누구보다도 그런 짓을 싫어했던 내가 저지른 잘못은 오래도록 가슴에 남을 것이다.

어머니의 장례식을 걱정할 정도로 내가 힘들어지자 주변에 사람이 하나도 없었다. 처음에는 가끔 전화하면 전화를 받아주던 사람들도 나중에는 전화를 피하고 있다는 걸 알게 되었다. 이 정도이니 누가 전화라도 한 통 걸어오면 고맙기까지 했다. 그나마 여행사에 다니니 예전에 같이 근무했던 후배도 찾아오고 가끔 점심을 먹는 일도 생겼다. 사람은 일을 해야 한다. 누구든 생업에 열심히 힘을 쏟아야 살아 있는 존재감을 느낀다. 나도 그랬다. 일 년 동안 여행사에서 일한 경험은 내게 자신감과 살아 있음을 느끼게 해주었다. 화장도 다시 할 수 있었다. 내 손으로 직접 돈을 번다는 것이 그렇게 황홀하고 좋을 수가 없었다. 이제 살아났으니 나의 길을 묵묵히 걸어갈 것이다. 글쓰기를 시작했으며 그 글은 책이 되어 생명력을 지니게 될 것이다. 그리하여 절망에 힘들어 하는 한 사람만이라도 이 글을 읽고 힘이 되어 줄 수 있다면 더 바랄 게 없을 것 같다. 부디 자신에게 희망을.

뇌의 속임수

사람이 극심한 스트레스를 받으면 정말 말을 잃어버린다는 것을 몸소 체험했다. 재작년 여름이었다. 한 달 전부터 자꾸 구토 증세가 나며 머리가 너무 아팠다. 더워서 그런가 보다 생각하고 있었는데, 그날은 밤새 토하고 몸이 어딘지 모르게 이상할 정도로 아팠다.

낮에 초코가 자꾸 내 옆을 피하고 자기 집으로만 들어가버려서 "초코야!" 하고 이름을 불렀다. 몇 번을 부른 다음에야 마지못해 내 옆으로 왔다. 지금 생각해보면, 내 옆에 있다가 자기도 쉬려고 자기 집으로 간 건데, 그렇게 부르고 또 부르고 하니까 초코가 아예 못 들은 척하려 한 것 같다. 벽시계를 보는데 시계가 이상했다. 분명 조금 전에 9시 30분이었는데, 시계가 더 앞으로 가 있는 것이었다. 식은땀이 나고 밤새 토해서인가, 잘 걷기도 힘들었다. 119라도 부르고 싶었지만, 초코 혼자 집에 놔두고 구급차로 나만 가버리면 초코는 혼자 어떻게 해야 할지 걱정되었다. 날씨는 너무 더워

34~35℃를 훌쩍 넘기고 있는데, 초코만 남겨둘 수가 없었다. 동생에게 전화하려 했지만 휴대폰 액정이 전혀 움직이지가 않았다. 아무리 이것저것 눌러봐도 눌러지지 않았다. 그래서 밖에 나가서 공중전화나 어디 사무실 같은 데 들어가 전화 한 통만 빌려서 동생과 통화하고, 초코를 동물병원에 데려가 달라고 부탁하려 했다.

밖으로 나왔는데 세상 모습이 이상해 보였다. 꼭 세피아(sepia) 색채를 입힌 것처럼 컬러도 아니고 흑백도 아닌 이상한 색상으로 변해 있었다. 그런 몽롱한 기분 상태에서 초코를 데리고 차를 타고 가는데 자동차의 흐름이 너무 빠르거나, 아니면 너무나 천천히 움직이는 것이었다. 두 번이나 급브레이크를 밟아 초코가 의자 아래로 내동댕이쳐졌다. 정말 정신이 없어 보였는지, 옆 차가 고개를 돌려가면서까지 나를 쳐다보고 지나갔다. 나는 동생이 수업하는 학교로 가서 초코를 맡기고 입원할 생각이었다.

가다 보니 차에서 기름 냄새가 너무 심하고, 엑셀을 밟아도 차가 나가지 않는 것처럼 느껴졌다. 차까지 고장 난 것 같았다. 겨우 버스정류장 옆 공간에 차를 세웠다. 식은땀이 줄줄 나고 동생들 전화번호나 서귀포에 있는 남편과 집 전화번호가 아무것도 생각나지 않아 머리가 이상해져버린 것 같았다.

그때 내 차는 기아차였는데, 가다 보니 삼성서비스 센터가 보였다. 무슨 생각에서인지 나는 삼성이니까 친절하게 도움받을 수 있을 거라고 생각했던 것 같다. 입구에 차를 세우고 내렸다. 나 좀 도와달라고, 몸이 너무 안 좋은데 차가 좀 이상하다고 했다. 그러자 그 직원이 나를 위아래로 훑어 보더니, "아가씨인지 아줌마인지 모르지만 우리는 삼성 차만 봅니다. 그리고 여기는 출입구니까 차를 빼주세요" 했다. 너무나 냉정한 대답이었다. 그때 내 몰골은 슬리퍼 차림에 허름한 옷을 입고 땀을 비 오듯 쏟으며 서 있었다. 말도 내가 하고 싶은 말과 다르게 이상한 단어가 튀어나와 도저히 내가 들어도 이해하지 못할 말을 하고 있었다. 분명 머릿속에서는 정상적인 말을 가르쳐주는데, 입에서 튀어나오는 말은 앞뒤가 바뀌거나 뭔가 말이 안 되는 소리만 지껄이고 있었던 것이다. 바로 맞은편 카센터에서는 다른 차도 다 봐준다며 거기로 가라고 했다. 제가 지금 몸이 너무 힘들어 운전을 못 할 것 같은데, 저기까지만 운전해줄 수 없냐고 부탁했다. 그러자 그는 안 된다고 딱 잘라 말했다. 내가 삼성차를 타고 다니던 당시 차를 수리하고 보여주던 인상과 어떻게 이다지도 큰 차이가 있는 것일까?

겨우 맞은편 카센터까지는 갈 수 있었다. 마침 내가 차를 세운 곳이 카센터 옆 타이어 판매점이었다. 카센터가 바로 옆이지만 더 운전했다간 바로 토할 것 같아서 차에서 내렸다. 직원이 다가와서 무슨 일로 왔느냐고 물었다. 사실 타이어 교체하러 간 건 아니어서, 지금 몸이 안 좋은데, 차도 냄새가 이상하고 연기가 나오는 것 같은데 옆에 있는 카센터로 차를 운전해 줄 수 있겠느냐고 물었다. 그러자 그 젊은 직원은 알았다며, 차를 카센터로 옮겨주었다.

카센터에 가서 차에 대해 얘기하고 휴대폰이 고장난 것 같다고, 전화 좀 쓸 수 있느냐고 물었다. 약간 나이든 여직원이었는데 꽤 친절했다. 하지만 전화 다이얼을 돌리는데, 그 누구의 전화번호도 생각나지 않는 것이다. 거기서 거의 한 시간 이상 전화를 누르면서 동생들의 전화번호를 기억해내려 했다. 하지만 아무리 떠올리려 해도 머리에서만 맴돌 뿐 생각이 나지 않았다. 차는 거기 카센터 직원 분이 보고서는 지금 크게 잘못된 곳이 없다고 했다. 너무 이상했다. 기름 냄새와 연기는 뭐였을까. 나중에 알았지만, 그때부터 나는 환각을 경험하고 있었다. 환취, 남들은 맡지 못하는 냄새를 나 혼자만 맡고 있었다.

　잠시 후 카센터는 문을 닫을 것이고, 이 상태로 운전하는 것도 무리인 듯싶었다. 그래도 그때는 이성적인 사고가 가능할 때였다. 초코 때문에 걱정이었다. 그러다 어렴풋이 초코가 다니는 병원 이름에 '퍼피 하우스'라는 말이 들어간 게 기억났다. 그래서 그곳 여직원에게 부탁하여 그런 동물병원이 있는지 찾아봐달라고 했다. 용담동에 퍼피 하우스라는 동물병원이 있는데 맞느냐고 했다. 아, 하고 안도감이 밀려왔다. 미안하지만 전화해서 그곳과 통화하게 해줄 수 없냐고 물었다. 그러자 그 직원은 그리로 전화를 걸어, 나와 초코가 여기 와 있다며 나를 바꿔주었다. 그 동물병원은 내가 수술하러 갈 때마다 초코를 많이 맡기고, 볼일이 있을 때도 잠깐씩 거기 데려다놓고 볼일을 보곤 해서 오래 아는 사이였다. 얼마 후 원장님이 오셨다. 내 상태를 보고 초코와 나를 태우고 나를 먼저 병원에 데려다주고는 초코를 데리고 동물병원으로 가셨다.

　응급실에 가서 내 인적 사항을 얘기해야 하는데, 이름 말고는 아무것도 떠오르는 게 없었다. 몇 번을 틀린 숫자만 부르다가 겨우 생년월일이 한 번 맞게 나왔다. 그것만도 다행이었다. 그것까지 몰랐으면 어떻게 되었을까. 병원에 도착해서도 출입문 쪽에 있는 전화로 계속 동생에게 전화를 넣어봤다. 그러다 한 번 전화번호를 맞게 눌렀는지 통화가 되었다. 말도 어눌해지고 앞뒤가 맞지 않았지만, 영리한 내 동생은 그 전화를 확인해봤고, 그 전화가 병원 응급실 전화라는 것을 알게 되었다.

얼마 후 동생이 왔다. 정말 눈물겹게 반가웠다. 처음엔 내 말이 이상하여 제대로 알아듣지 못했다. 하지만 얼마 안 있어 내가 단어를 뒤죽박죽 얘기해도 다 알아들어주어서 참 다행이라고 생각하고 있었다. 그런데 좀 있으니 세상의 온갖 소리가 들리기 시작했다. 밖에 있는 환자나 보호자의 말소리, 간호사 스테이션에서 간호사와 의사들이 얘기하는 소리, 멀리 밖에 차가 오가는 소리까지, 내 귀가 슈퍼 귀가 되어버렸다.

자동차 기름 냄새도 금방 기름을 채울 때가 아니면 그리 심하게 나지 않는다. 내가 낮에 자동차 기름 냄새까지 맡은 건 환취 때문이었는데, 내 동생 몸에서 나는 섬유 유연제 냄새까지도 맡을 수 있었다. 병원에 숨겨져 있는 안 좋은 모든 냄새까지 내 코로 들어왔다. 사람 팔에 바른 로션 냄새까지 모두 맡을 수 있을 정도였다. 간호사가 주사를 놔주고 갔는데, 그 알코올 솜에서 우리가 평소에 맡는 알코올 냄새가 아니라, 그 안에 숨어 있는 여러 가지 화학 약 냄새까지 모두 코로 들어왔다. 역겨움에 구토를 할 뻔 했다.

엑스레이나 CT 상에선 뇌의 문제는 아닌 것 같다고 했다. 그런데 조금 지나고서는 불빛에 눈이 부셔 눈을 뜰 수가 없었다. 눈을 뜨면 눈물이 쏟아져 내렸다. 바쁜 동생을 병원에서 밤샘하라고 할 수도 없고, 나도 집으로 가고 싶었다. 가면 조금이라도 잠을 잘 수 있을 게 아닌가 하는 생각이 들었다. 퇴원을 하고 동생과 집으로 갔다. 나를 챙기느라 동생은 12시가 넘어서야 자기 집으로 돌아갔다.

문제는 그때부터였다. 이불을 덮고 누웠는데 이불이 비닐처럼 바스락거렸다. 촉각에도 이상이 생겼다. 그러면서 갑자기 추워지고 더워지기를 반복하기 시작했다. 시계를 좀 전에 보고 나서 시간이 얼마나 지났을까 하고 보면, 겨우 1분 지나 있었다. 다음날이 되어도 증세는 나아지지 않고 계속 나빠지고 있었다. 초코를 자꾸 부르고, 옆에서 자라고 하고, 산책도 갔다 왔는데 몇 분이 채 지나지 않아 그 더운 여름에 또 나가자고 하니 초코가 산책을 안 가려고 버둥거리기도 했다. 속으로만 '산책을 좋아하는 아이가 왜 이러지?' 하며 의아해했다. 그 증상이 일주일도 전부터 시작된 것을 나는 모르고 있었다. 어느 날엔 초코가 밥을 먹지 않아, 자세히 보니 사료에 곰팡이가 잔뜩 피어 있었다. 그걸 버리고 새로 사료를 주면 그제야 먹었다. 그 일주일간 초코는 얼마나 무서웠을까. 산책 시간도 아닌데 시도 때도 없이 나가자고 하고, 내가 자꾸 불러대고, 잠을 못 자고 자려 하면 또 내가 침대로 데려오고….

병원에서 퇴원을 하고 밤새 화장실을 드나들었다. 뭔가를 조금이라도 먹으면 계속 구토가 올라와서 참을 수가 없었다. 화장실에 있는 비누에서도 그 안에 숨겨진 다른 성분들 냄새까지 다 맡는 듯했다. 그 냄새가 나의 구토를 더욱더 부추겼다. 잠을 좀 자보려고 누우면 별별 소리가 다 들렸다. 누군가 아래 나를 때리러 온 사람들이 기다리고 있었다. 너무 무서웠다. 어떻게 할지 몰라 하는데, 이젠 돌아가신 어머니가 아래층 계단에서 내 동생과 얘기하면서 "아이고, 언니가 어쩌다가 이렇게 됐냐?"며 제발 우리 성숙이 좀 도와 달라고 빌고 또 비는 소리가 들렸다. 그러면서도 어머니는 한 번도 내 방에 들어오지는 않으셨다. 아래층에선 날 때리려는 사람들이 기다리고 있었고, 나는 무서워서 도망치고 또 도망쳤다. 처음 몇 번 도망친 곳은 어머니 자궁 안이었다. 여기 있으면 아무도 나를 못 해칠 거야. 어머니의 비는 기도 소리가 들렸다. 제발 우리 딸 살려주십사 하고 어머니는 빌고 또 빌었다. 바로 옆에 있는 것처럼 목소리도 선명했다.

바쁜 내 동생은 종종걸음으로 매일 아침 내게로 왔고, 먹을 것도 가져다놓곤 했다. 꼭 속옷에 똥을 싼 것 같아서, 동생에게 저기 벗어놨는데 한 번 보라면서 빨래를 못 했다고 했다. 하지만 옷에는 아무것도 묻어 있지 않았다. 연세가 많은 어르신들이 그랬단 말을 들은 적이 있어서 그런 생각을 갖게 된 것 같기도 했고, 나의 뇌가 나를 갖고 노는 것 같기도 했다.

그 당시 나는 초코를 내가 죽였다고 굳게 믿고 있었다. 가까운 곳에 하천이 있는데, 내가 빠뜨려 죽였다고 생각하고 있었다. 비몽사몽인지는 몰라도 어떤 사람이 어머니에게 얘기하길, 딸이 손에 인형처럼 생긴 걸 들고 다니고 있다고 했다. 어머니는 그게 초코일 거라면서, 왜 그걸 아직도 들고 다니는지 속상해 죽겠다고 했다. 대화 소리가 너무 생생하게 들렸다. 동생이 나를 챙겨주러 왔을 때, 초코도 죽었으니 저 초코 집과 옷들을 전부 동물병원으로 가져가라고 했다. 동생은 초코는 동물병원에 잘 있다고 누누이 내게 얘기를 했지만 난 들으려고도 안 했던 것 같다. 그 무렵은 환청이 너무 심하게 들려 옆집 할머니가 딸에게 내 얘기를 하는 소리도 들렸고, 같은 건물 사람들이 내가 이상해졌다며 수군거리는 소리까지 진짜인 것처럼 들려왔다.

아침에 동생이 오고 내가 정신이 조금 돌아왔을 때 물어봤다. 초코 집이랑 옷들을 동물병원에 갖다 주었느냐고. 동생은 갖다 줬다고 했다. 그리고 지금 내가 제정신일 때 얘기하는데, 나를 복지시설 같은 데 알아보고 입원시켜버리라고 했다. 동생도 당분간이나 가능하지 혼자 할 일이 너무 많았다. 알아 본 곳은 알코올 중독자나 뭔가 중독이 있는 사람들이 가는 병원이 있긴 한데, 거긴 진짜 중증 환자들이 있는 곳이라고 했다. 그러면서 그날은 의사가 퇴근했으니 다음날 나를 데리고 오라고 한 모양이었다. 도무지 혼자 결정을 못 내려 둘째 동생은 서울에 있는 동생에게 전화를 했다. 언니가 너무 이상한데 꼭 빨리 내려와야겠다고.

전화를 받고 동생은 회사를 조퇴하고 늦은 오후에 제주도로 내려왔다. 죽을 사가지고 왔다. 그러면서 나보고 배가 고파 그런 거라며, 뭘 좀 먹으면 일어날 거라고 했다. 오랜 만에 동생을 봤는데 나는 "우리 주연이도 내 나이만큼 늙었구나" 했다. 나이 든 얼굴이 영 낯설어 이상해 보였다. 나는 갑자기 혼란에 휩싸이고 말았다. 아무튼 정신병원 입원을 앞두고 동생이 내려와서 정신이 번쩍 들었나보다.

커튼의 먼지 냄새, 냉장고 안에서 나오는 불빛 때문에 잠들지 못하고, 어머니의 기도소리, 아래층에 나를 때리러 온 두 사람 다 온데간데없이 사라지고 난 정상으로 돌아왔다. 나중에 초코를 데리왔는데, 동생이 강아지 집과 옷을 모두 차에 싣고 다니고 있었다. 울면서 다녔다고 했다. 언니가 있는 것만으로도 힘이 되는데, 나를 잃을까 봐 굉장히 걱정을 많이 했다고 했다. 그토록 심한 환각 상태에서도 초코를 죽였다고 생각하니 슬프고 가슴을 후벼 파는 고통을 느꼈던 기억이 난다.

그 일주일 동안 여기에 다 쓰지 못할 만큼 긴 여행을 했다. 먼 옛날 빙하기까지 갔었고, 움직임이 없는 물에서 생명이 싹트는 것도 보았다. 산업혁명 시대에 누구나 시키는 일만 하고 있었는데 어떤 놈 하나가 튀어나와 뭔가 쉽게 일할 수 있는 다른 것을 생각해냈다. 계속적이고 끊이지 않는 세계를 지나다 내 어머니와 잠깐 옆을 스쳐 지나친 적이 있었고, 어머니를 다시 만나게 될까 봐 열심히 여행을 했다. 하지만 마음은 가까워지려고 애쓰고 있었지만 오히려 점점 더 멀어지고 있었다. 내가 가고 있는 곳과 어머니의 세계는 각각 다른 차원이었다. 그러니 아무리 빙빙 돌아도 결코 만날 수가 없었다. 그때 느꼈던 상실감과 슬픔. 어머니가 돌아가셔서 느껴야 할 감정들을 그때 비로소 병처럼 앓고 지나 보냈다.

극심한 스트레스가 인간의 정신과 오감을 박살내는 체험을 했다. 너무 불안하면 사람들의 머리는 거의 마비 상태가 되어버리는 것 같다. 오로지 무의식의 세계가 나를 지배하여 이제까지 느껴보지 못했던 공포와 환각을 경험했다. 뇌에게 나는 놀림을 당했다. 하지만 값진 경험이었다. 사람은 언제 어떻게 스트레스로 무너질지 모른다. 누군가의 도움이 꼭 필요할지 모르니 연락처 한두 개쯤은 무의식 속에 저장하고 어딘가에 꼭 적어놓는 게 좋을 것 같다.

미천한 엄마 만나서 미안해

항암 1차를 시작하고 약 2주가 지났다. 어머니의 경우 1회 차에 항암 10개를 한 달에 맞는 계획으로 4차까지 맞아야 했다. 그러니 하나 맞아도 힘들어 집에 돌아가면 1주일 이상은 식사를 못 한다고 하는데 머릿속이 하얗게 된다. 항암주사 열 개는 절대 10일 안에 전부 맞을 수 없다. 분명히 크고 작은 부작용이 생길 것이고 그것을 버텨낼 체력이 어느 정도는 있어야 하는데, 어머니의 심장이 걱정되었다. 항암을 시작하면서 어느 날은 간 수치가 오르고 어느 날은 백혈구 수치가 바닥을 치는 바람에 2주가 지나도 세 개 정도밖에 맞지를 못했다. 거기다 식욕도 떨어져 체력은 바닥을 달린다. 사람이 너무 몸이 힘들면 먹을 의욕조차 사라진다. 식사를 못 해서 빵이나 과일을 사다드려도 잘 드시지를 못했다.

어느 날은 어머니께 밥을 먹여드리는데, 입 안에서 계속 씹고만 있으면서 삼키지를 않으셨다. "어머니, 그만 씹고 삼켜도 돼" 그러니까 눈을 꿈쩍 크게 뜨더니 꿀떡 겨우 삼키셨다. 어머니에게 "아, 해봐" 하고 입 안을 들여다봤다. 그러자 입속과 잇몸, 입천장, 목구멍 등 보이는 모든 곳이 새빨갛게 헐어 있었다. 세상에! 그래서 음식을 못 삼키니까 계속 입에만 물고 계시다가, 내 눈치 보고 몇 숟갈 받아 드시고는 "아, 정말 배부르다. 그만 먹어야지" 했던 거구나. 눈물이 핑 돌았다. 목이 아파 못 삼키면 빨대로 영양 보충해주는 것도 얼마든지 있는데, 어머니는 밥을 내가 한 줄 알고 조금이라도 꼭 드시려고 노력했던 모양이다. 어머니, 불쌍한 우리 어머니, 나한테 말을 하시지. 내가 다쳐서 마음을 다잡을 시간이 필요해서 어머니에게도 참지 못하고 화를 냈던 것뿐인데, 이 세상에서 내가 만만하게 화낼 수 있는 사람이 어머니밖에 안 계셔서 그런 건데, 어머니를 미워하는 걸로 오해하셨나 보다.

사실 어머니 병간호를 나는 이를 악물고 겨우겨우 버티면서 하고 있었다. 땀이 많이 나서 옷을 자주 갈아입혀드려야 하는데, 주사기를 꽂고 있거나 어머니가 누워 있거나 하면 옷을 갈아입힐 때 허리가 꺾어지는 듯이 아프다. 정신이 허공을 그리거나 상념에 빠져버린 어머니께는 잠깐 일어나보라는 소리가 안 들리는 듯하다. 간호사에게 부탁도 하지만 가끔 자기들도 바쁜데 자꾸 이런 일로 부르시면 안 된다, 어쩐다 하는 소리를 한다. 그래서 아예 듣기 싫은 소리는 듣지 않으려고, 내 어머니는 내가 돌보겠다고 굳은 결심을 했다. 옷을 갈아입히고 나면 내 옷이 흠뻑 젖어 있다. 집에를 못 가니 병원에서 간단하게 씻을 수밖에 없다. 옷은 필요하면 동생에게 부탁했다. 그렇게 병원 간병인 생활에 나는 점점 익숙해져갔다.

암이 눈 아래까지 왔고 그것이 전두엽을 자극하는 것 같다고 한다. 전두엽은 언어를 관장하고 있기 때문에 말이 이상해지고 자주 잊어버린다. 그래서 말이 뒤죽박죽이 되어 나온다. 그래서인지 아니면 난혈관성 치매 때문인지 몰라도, 어머니는 종종 목소리가 이상하게 변할 때가 있었다. 다섯 살 난 여자아이의 귀여운 목소리였다가, 어떤 때는 어머니의 음색을 잃고 가스를 마셔서 나는 코맹맹이 소리로 얘기할 때도 계셨다. 그런 날은 다섯 살짜리랑 술래잡기를 한다. 서로 각자의 말만 하고 대답도 자기 자신이 알아서 한다. 내가 뭘 물어보면 어머니는 전혀 다른 얘기를 하고 있고, "있어봐이" 하면서 또 대답도 자신이 하신다. 누가 우리 얘기를 유심히 듣는다면 꼭 코미디를 하는 것 같았을 것이다. 이런 상황에서 그날 어머니는 나를 울리고 말았다. 코맹맹이 아이 소리로 얘기하시던 어머니가 갑자기 "미천한 엄마 만나서 미안하다, 성숙아. 너 팔 꺾어지게 해서 미안하다고밖에 무슨 말을 더할 수가 있겠니, 숙아!" 또박또박한 소리로 그러시는 게 아닌가. 목소리는 지금 아이의 것이지만, 정신만은 예전의 내 어머니였다. 한동안 움직이지를 못했다. 눈물을 닦을 생각도 못 하고 우두커니 앉아서 어머니의 누운 옆모습을 쳐다보고 있었다.

"왜 이게 어머니 잘못이야? 내가 인생을 잘못 살아서 그런 거지, 내가 사람을 잘못 만나 그런 건데, 어머니가 왜 미안해? 어머니, 제발 그런 소리 하지 마."

꼼짝을 할 수 없었다. 어머니는 정신이 나간 것 같다가도 이렇듯 홀연히 돌아오신다. 비록 아이 목소리이긴 하지만, 그 말을 듣고 사실 너무 기뻤다. 이런 말을 듣게 될 줄은 몰랐다. 이 말은 내가 그동안 참 수고 많았다고 해주시는 말이었다. 살아오면서 집을 이끌면서 어머니에게 이 격려의 소리를 얼마나 듣고 싶어 했던가.

답답하고 묵직했던 가슴이 한순간 따뜻한 바람에 스르르 녹아내렸다. 어머니의 잘못이 아니었다. 내가 마지막으로 잡고 싶었던 손이 어머니 손이었고, 죽기를 결심했을 때도 나는 마지막으로 어머니를 찾았다. 그런 말을 해놓고 다시 화장실 간다고 침상 난간을 붙잡고 흔들어댄다. 화장실을 가야 한다고 또 진정을 못 하시기 시작한다. 기쁨의 한 순간이 지나고 현실로 돌아온 어머니는 주사를 맞고 약을 먹어야 진정이 되셨다. 그러면 한 시간 정도 어머니도 나도 잘 수 있을 것이다. 이렇게 조금씩 쪽잠이라도 자야 나도 밤을 세울 테니까. 그래도 내게는 참으로 기쁜 날이었다.

어머니는 멍하게 천정을 주시하고 있다. 나보고 가까이 오라고 한다. "천정에 쥐가 살고 있어" 그러면 "아니야, 어머니" 하고 대답한다. 하지만 어머니에게 각인된 쥐는 계속 천정에 살고 있다. 이 상태가 얼마나 지속될까. 아기가 되어가는 어머니와 아이 대화로 소꿉장난하듯 하는 대화. 속이 새까맣게 타들어간다.

몇 번의 항암제가 들어가면서 어머니의 머리카락이 조금씩 빠지기 시작하더니, 이젠 침대 주위에 온통 머리카락이다. 사람의 머리에 이렇게 많은 머리카락이 있었던가. 침대 위, 옆, 베개, 어머니 옷에 끊임없이 떨어져 내리는 머리카락. 아무리 휴지로 닦고 또 치워내도 계속 떨어지는 머리카락에 정신이 하나도 없다. 침대 주위도 전부 머리카락으로 뒤덮여 있다. 청소야 가끔 하지만, 돌아서면 또 한 뭉텅이씩 뽑혀 나온다. 그래서 항암치료 받는 환자들이 머리를 모두 밀어버리는구나. 이제 알 것 같다.

어머니 병간호를 한 지 한 달 조금 넘었다. 너무 지쳤다. 겨우 한 달에 점점 바닥을 드러내는 체력과 인내심. 그때쯤엔 어머니도 너무 힘들었는지 기저귀 갈 때 같이 좀 움직여줘야 내가 한 손으로 어떻게든 할 텐데, 어머니가 알아듣지 못해 나를 힘들게 할 때가 많아졌다. 기저귀 한 번 갈면 온몸에 진이 다 빠져나간다. 어떻게 할까, 방법이 없을까. 아무리 혼자 끙끙대도 달리 방법이 없었다.

나와 어머니가 잘해내지 않으면 어머니는 돌아가실지 모른다. 그러니 마음을 다잡자고 생각했다. 어머니와 잘해보자. 어차피 1차는 어머니 상태로 보아 열 개를 다 맞고 퇴원하는 것은 무리다. 병원에 있기 때문에 마음이 약해져서 저러실 수가 있으니 조금만 인내하며 어머니에게 최선을 다하자. 내가 제일 믿고 사랑하는 어머니는 아이가 되었지만, 그래도 내 어머니이다.

내가 아프다고, 다쳐서 불구가 되었기 때문에 어머니에게 이젠 나를 믿지 말고 모든 것을 어머니 스스로 하라고 한 적이 있다. 일을 못 할 거니까 어머니에게 용돈도 못 드릴 거라고, 그러니 아무 것도 나를 믿지 마시라고 했다. 어머니는 대답을 못 하셨다. 얼마나 속상하고 외로우셨을까. 말을 잃었고, 외출도 하지 않고, 오로지 트로트 음악 나오는 TV 프로만 하루 종일 보고 계셨다. 어떤 날은 우두커니 앉아 눈물을 흘리고 계셨지만 나는 애써 외면해 버렸다. 꼭 그런 말로 어머니께 상처를 주어야 했을까.

항암치료 도중 어머니가 정신이 좀 돌아왔을 때 말씀하셨다. 오른손, 왼손이 다 떨리고 힘이 없어서 집에 가도 아무것도 못 할 것 같다는 것이었다.

"응, 어머니 걱정 마. 내가 다 하면 돼, 할 수 있어. 어머니는 병만 빨리 나으면 돼. 병 다 나으면 여행 가자."

"어머니는 어디로 가고 싶어?" 하고 물었다. 어머니는 한참 생각하다가 일본 온천에 가고 싶다고 하셨다. 어머니는 일본 전통 료칸식 온천과 요리가 방으로 나오는 걸 굉장히 좋아하셨다. 예전에 둘이 간 적이 있는데, 세상에 그렇게 좋아하실 수가 없었다. 꼭 소녀처럼 활짝 웃으며 온천을 했고, 방으로 날라져 온 음식을 보고 눈이 휘둥그레지면서 얼마나 좋아하셨는지. 어머니가 어느 정도 회복되면 어머니와 둘이서 꼭 가야겠다 하고 마음에 새겨놓았는데…. 가끔 일본 온천 여행지 소개가 나오면 어머니가 생각난다. 어머니는 나와 꼭 온천에 가자며 약속하셨는데, 그런 어머니는 지금 여기에 없다. 내 아픈 왼손을 잡아 줄 사람이 없다.

한동안 어머니와 미사를 다닌 적이 있다. 우리가 다니는 성당 신부님은 '주님의 기도'를 노래로 부를 때는 꼭 옆 사람의 손을 모두 잡고 하게 했다. 그럼 나는 왼쪽에 누가 앉은 게 싫어서 왼쪽 끝에 주로 앉았는데, 늦게 온 사람이 나보고 안쪽으로 가라고 하면 옮길 수밖에 없었다. '주님의 기도' 노래가 시작되면 서로서로 손을 잡고 불러야 하는데, 남에게 내 왼손을 보여주거나 맡길 수 없는데. 그래서 어머니는 나와 성당에 가면 꼭 내 왼편에 앉으신다. 그리고 일어서서 '주님의 노래'를 부르려고 손을 잡는데, 어머니는 내 왼손을 잡고는 항상 울컥해 하셨다. 어머니가 그렇게 슬퍼하는 게 싫어서 사실 성당에 잘 안 가려고 했다. 하지만 어머니 아니면 누가 내 왼손을 그리 따뜻하게 잡아줄 것인가. 어머니가 돌아가신 후 남편과 성당에 갔는데 남편이 내 맘을 알았는지 내 왼편으로 와서 앉아주었다. 그때는 참 따뜻한 사람이구나…, 하는 마음이 들었다.

어머니가 아기처럼 이것저것 기억을 못 하다가도, 갑자기 내 왼손을 두 손으로 잡아 뽀뽀해주신 적이 있다. 병원에서 어머니 식사를 먹여드리고 있을 때였다. 갑자기 내 왼손을 잡고 연거푸 이곳저곳 돌아가며 뽀뽀를 하시는 게 아닌가. 어머니가 하는 행동이 그토록 따뜻하고 아플 수가 없었다. 딸의 다친 손이 너무 걱정되어 기억 저편을 왔다 갔다 하시면서도, 내 왼손을 잡아 뽀뽀를 해주시다니. 나의 주치의 안희창 선생님은 내 왼손을 살펴주실 때 상처를 자주 쓰다듬어주신다. 잘은 몰라도 열렬한 신자이신 그분도 혹시 내 왼손을 쓰다듬으며 짧은 기도를 해주는 게 아닐까 하는 생각이 든 적이 있었다. 그분은 참 따뜻하신 의사이시다.

내 어머니, 어머니도 내 왼손이 가슴에 한이 되셨을 것이다. 한두 번도 아니고, 한 번 왼손을 잡으면 이쪽저쪽 돌아가며 한두 군데만 하는 게 아니라, 아주 많이 어머니의 입술로 뽀뽀를 해주셨다. 천국에서도 어머니는 나의 왼팔을 걱정하고 계실 것이다. 내게 어머니 팔을 잘라서 이식해주고 싶어 하셨던 내 어머니. 분명 어머니는, 어머니가 만든 천국에서 우리 강아지였던 한중이, 쎄리와 함께 행복하게 계실 것이다.

미리네방

1차 항암치료를 마치고 한 번 퇴원했다가 예약된 날 병원으로 갔다. 아침에 미리 혈액검사를 하고, 시간이 되길 기다렸다가 담당 의사를 만났다. 수치를 보면서 좀 나아졌다며 며칠 후 입원해서 2차를 시작하자고 했다. 난 오늘 입원하는 줄 알았다고, 겨우 어머니를 모시고 왔노라고 했다. 나의 왼손을 보면서 의사는 말했다. 입원은 미리 병실도 알아보고 예약 날짜를 정해서 하는 거라고 했다.

힘이 풀렸다. 잘 걷지도 못하는 어머니를 집에서 겨우 태워 병원까지 와서, 차를 세우고 현관에서 휠체어 가져다가 어머니를 앉혀놓고, 지하실에 차를 주차하고 땀을 쫄쫄 흘리면서 겨우 왔건만, 입원이 안 된다니. 집으로 가야 하는데 그대로 집에 돌아갈 일이 태산 같았다.

혈액종양내과를 나와서 맞은편 의자에 앉았다. 어머니는 휠체어에 그대로 앉혀놓았다. 이제 집으로 가야 하는데, 그 길이 왜 이다

지도 험난해 보이는지…. 넋을 놓고 앉아 있는데, 어머니 담당 주치의가 문 밖으로 나서다 우리를 보았다. 내 얼굴에 정말이지 '힘 듦'이라고 쓰여 있었을까. 주치의 선생님은 잠시 가다려 보라고 하곤 다시 진료실로 들어갔다가 나오셨다. 그러면서 마침 오늘 퇴원 환자가 한 사람 있어 병실 침대가 하나 비니 좀 기다리라고 하셨다. 침대 세팅을 하고 청소를 해야 한다면서…. 너무 고마웠다. 온 길을 다시 돌아가, 어머니를 내 한쪽 손만으로 집으로 이끌어갈 엄두가 나지 않았다. 입원하라는 연락이 왔기에 한 손으로 살살 휠체어를 밀면서 병실로 올라갔다. 어머니를 침대에 눕히고, 나는 차에 있는 입원 용품들을 가져다 정리해놓았다.

그날 저녁부터 2차 항암제가 들어왔다. 이제 집에 있을 때보다 상태가 아주 안 좋아지실 것이다. 그래도 집에선 벽을 짚어 혼자 화장실을 가기도 했는데, 항암제가 들어가면 사람이 갑자기 100살은 되어 보인다. 사람이 어떻게 그렇게 빨리 늙어버릴 수 있을까.

입원하고 3일 정도 지난 한밤중이었다. 어머니가 자꾸 기저귀에 대변을 누서서 나는 계속 그것을 치우다, 대여섯 번쯤 되니 짜증이 났다. 그래서 도움을 좀 받으려고 간호사를 불렀다. 어머니에게 "어머니, 한꺼번에 좀 눠, 내가 너무 힘들어" 그러면서 들고 있던 대야로 세워져 있던 어머니 무릎을 톡톡 쳤다. 단지 그것뿐이었다. 6번 대변을 보셨고 내가 치우고 어머니 무릎을 톡톡 쳤을 뿐인데, 간호사가 뭔가를 확인하더니 갑자기 중환자실로 옮겨야 한다고 했다. 이 와중에 난 아픈 어머니 무릎을 치는 정말 못된 딸이구나, 하며 자책하고 있었다. 긴박함을 전혀 모르고 있었다. 지금도 그

것은 내 가슴에 슬픈 기억으로 남아, 가끔 묵직하고 아픈 무엇이 되어 나를 짓누른다. 자책보다 더한 비통함.

그렇게 어머니가 중환자실로 가는 바람에 병상의 짐을 모두 휠체어에 태우고 중환자 보호실로 갔다. 커다란 방에 벽을 따라 누워 있는 사람도 있었고, 앉아서 생각에 잠긴 사람들도 있었다.

조금 있으니 누가 날 찾았다. 응급실 담당의라면서, 어머니가 호흡이 멈추면 심폐소생술을 하고 호흡기를 기도에 꼽을 건지를 결정하라고 했다. 기가 막혔다. 그때가 밤 12시가 좀 지나 있는 시간이었는데, 그 의사는 나보고 결정을 해달라고 했다. 지금 가족도 아무도 없고 나 혼자니 아침까지 시간을 달라고 했다. 그러곤 의사는 돌아갔다. 그런데 중환자실에서 나를 찾았다. 화장지나 기저귀 같은 걸 우리 것으로 가져와야 한다고 했다. 한밤중에 사러 갈 수도 없고 난처해 하니 지금 당장 없으면, 이전 환자가 놓고 간 게 있으니 그걸 쓰고 있겠다고 했다. 아침에 사다 놓겠다고 하고 어머니를 보았다.

어머니는 산소마스크를 쓰고 가쁘게 숨을 몰아쉬고 계셨다. 아니, 이게 갑자기 이럴 수 있는 것일까? 아무 일 없이 저녁을 먹었고, 내가 얼굴을 닦아드리고 의치를 씻어서 물에 담가놓고 어머니도 나를 잘 알아보고 있었는데, 중환자실에 누워 어머니는 눈도 못 뜬 채 가쁜 호흡을 몰아쉬고 있었다. 어머니를 불러보았다. 호흡이 힘든 중에도 어머니는 대답을 하셨다.

"어머니, 많이 아파?"

"아니."

"근데 숨을 왜 그렇게 쉬어? 힘들어?"

"아니."

"어머니, 사랑해."

"나도 사랑해."

겨우 들리는 소리로 대답을 하셨다. 길게 대화는 못 하지만 말을 다 알아듣고 있었다. 병실에서 아마 혈압과 호흡이 안 좋았고, 몸이 너무 아프면 자기도 모르게 대변을 지리게 되는데, 어머니가 그때 그런 상태였나 보다. 힘이 없어 나에게 말도 못 하고 있었던 것 같다. 어머니를 보고 나와서 중환자실 보호자실로 갔다. 우두커니 쪼그려 앉았다. 날이 밝으면 동생들과 남편에게 연락해야 할 것 같았다. 옆을 보니 사람은 없는데 수건이 하나 보였다. 그것을 접어 잠깐 누워 있었다. 조금 있으니 중환자실 과장이 다시 나를 찾았다. 심장의 압력을 측정하려면 심장을 조금 뚫어야 하는데 들어가지 않는다고 했다. 다시 한 번 내게 기도에 호흡기를 삽입할 것인지 물었다. 나는 부탁인데 제발 아침까지만 기다려 달라고 했다. 의사는 내게 심폐소생술은 사실 환자에게 굉장한 고통이라면서 자리를 떴다.

밤새 중환자실 가서 어머니 얼굴을 들여다보고 불러보고 대답을 듣고 하면서 보호자실을 오갔다. 한밤중에 가족들에게 연락할 수도 있었지만, 뭘 할 수 있단 말인가. 아침 7시 무렵에 모두에게 문자를 넣었다. 서울에서 출근하던 동생이 울면서 전화를 했다. 엄마 많이 아프냐고 물었다. 나는 그렇다고 했다. 주연이는 바로 항공 알아보고 오겠다고 했고, 사촌동생도 깜짝 놀라서 바로 병원으로 왔다. 밭으로 가던 남편도 가던 길을 돌려 바로 병원으로 와주었다. 서울에서 동생이 큰조카와 같이 내려왔다. 그리고 모두 어머니를 보러 중환자실로 들어갔다. 어머니를 부르면, "웅!" 하고 대답하고, 내가 "어머니, 사랑해" 그러면 어머니도 "나도 사랑해" 하셨다. "어머니, 주연이 서울서 왔어" 하면 어머니는 눈을 감은 채 "기이" 하고 대답했다. 동생이 울면서 어머니를 부르고, 어머니는 대답했다. 내 둘째 동생이 불러도 대답했고, 사랑한다고 하면 어머니도 "나도 사랑해" 하고 대답했다. 남편이 어머니를 부르자, 대답 대신 웃음을 지어 보였다. 대화를 하면서 우리 어머니는 조금 지나면 금방 나을 거야, 하고 나는 생각했다. 희망이 있는 줄 알았다.

그런데 중환자실에서 심장 압력을 측정하기 위한 구멍 하나 못 뚫다니 말이나 되는가. 중환자실에서 나와 가족들에게 물었다. 심폐소생술을 할지 말지, 기도에 호흡기를 삽입할지 말지를. 아무도 답을 주지 않았다. 온전히 어머니 목숨은 내가 결정 지어야 했다. 어떻게 내가 어머니의 죽음과 삶을 결정할 수 있단 말인가. 그건 분명 신의 영역인데, 내게 왜 이토록 무서운 일을 시키는지 알 수가 없었다.

아무 생각도 할 수 없었다. 호흡기를 차고 시간이 지나 살아난 사람들 얘기를 많이 들은 적도 있었고, 심폐소생술이나 호흡기 삽입이 너무 힘들어 차라리 죽는 것이 낫다는 글도 읽은 적이 있는 것 같다. 그래도 이렇게 다들 모여 있는데, 나 한 사람이 어머니의 목숨을 결정해야 한다는 것이 너무 가혹했다. 두려웠다.

결국 나는 깨끗이 승복했다. 내가 어머니의 목숨을 죽음 쪽으로 보내버렸다. 중환자실 의사가 와서 결정되었느냐고 묻는다. 말하기가 싫었다. 대답이 없자, 암 병동 주치의가 왔다. 어머님이 이미 신부전 상태로 소변이 아예 안 나오고 있고, 조금 있으면 심장에도 시작된다고 했다. 나는 의사한테 말했다. 결심했다, 심폐소생술을 하지 않겠다고 했다. 그 대신 산소호흡기와 소변기를 떼지 말아달라고 부탁했다. 담당의는 조용한 데서 임종을 맞을 수 있도록 옮겨주겠다고 했다. 어머니의 침대를 밀고 가는 사람을 따라갔다. 그곳은 암 병동이었는데, 입구 왼쪽에 미리네실이라고 적혀 있었다. 그곳으로 그는 우리 어머니를 모시고 갔다. 세상에 여기라니! 몇 번 이 방 입구까지 와봤지만, 우리가 들어오게 될 줄은 꿈에도 생각 못 했다. 병원 사람들이 나가고 어머니의 왼손을 잡았는데, 움찔하면서 손을 뺐다. 손등을 보니 반창고를 얼마나 세게 잡아챘는지, 어머니의 손등 살갗이 발갛게 벗겨져 있었다. 중환자실 간호사에 대해 맹렬한 분노가 치솟았다. 당장이라도 가서 머리끄덩이라도 잡을 수 있을 것 같았다.

겨우 마음을 가라앉히고 테라마이신 연고를 발라드렸다. 시간은 잘 모르겠지만, 우린 아침에 미리네실로 들어왔다. 동생은 내려올 때 큰조카를 데리고 왔다. 할머니 손에서 컸으니 어머니와의 사이에 남다른 애정과 교감이 있을 것이다. 하지만 너무 어린 나이에 죽음을 경험하게 하는 것은 아닐까 하는 걱정도 되었다. 그래도 할머니와의 작별이 중요하리라 생각됐다. 우리는 어머니에게 연결된 바이패스만 쳐다보고 있었다. 혹시 기적이 일어나 어머니가 기운을 차리고 살아나지 않을까 하는…:

7월이라 아직은 해가 길었다. 어머니는 불러도 대답을 안 하셨다. 그리고 눈을 한 번도 안 뜨셨다. 세상의 보기 싫은 것을 눈에 담아가기 싫어서였을까. 저녁 8시경 간호사가 와서 기계를 껐다. 내가 울면서 제발 그냥 놔두라고 했다. 간호사는 나를 안으면서 "그동안 애쓰시고 잘하셨잖아요" 한다. 수고한 것 안다면서 나를 토닥거리다가 나갔다.

이제 장례 절차만 남았다. 하지만 난 아직도 사람이 그렇게 너무나 쉽게 죽을 수 있다는 게 믿어지지 않았다. 어떻게 숨 몇 번 몰아쉬다가 저 세상으로 가버릴 수 있을까. 돌아가실 때까지 어머니는 아무 말씀도 없으셨다. 그냥 눈만 감고 계셨을 뿐. 그럼 중환자실 가기 전에 6번이나 눈 게 저승 똥이었단 말인가? 그걸 모르고 나는 어머니께 한꺼번에 누라고 대야로 어머니 무릎을 톡톡 치기까지 했단 말이다.

장례식을 치른 후 종종 나는 혼자 죄의식에 가슴을 떨었다. 심폐소생술을 하고 호흡기를 달았다면 일주일 후, 혹은 한 달 후 어머니가 혹시 살아 나오시지 않았을까? 지금도 가끔은 그때의 결정을 자꾸 되짚어본다. 내가 잘한 것인지, 아니면 10년을 더 사실 수 있는 어머니를 내 손으로 죽게 만든 건 아닌지. 그래서 나의 슬픔은 비통하다. 이럴 때 나오는 눈물은 너무 짜디짜다. 짜서 얼굴이 굉장히 얼얼해진다.

지금도 그 병원에 가면 습관적으로 3층을 맴돌다 온다. 동생과 반대쪽으로 밀대를 밀고 가서 내게 손을 흔들던 어머니. 3층 병동을 맴돌다 보면 내겐 보이지 않겠지만, 어머니가 나를 발견하고 말하실지 모르겠다. "성숙아, 사랑해. 엄마가 모자라서, 미천한 엄마 만나서 미안해" 하시며 내 앞머리를 쓸어 올려주실 것 같다.

사랑하는 어머니! 어머니의 사랑 잊지 않고 있어요. 우리 만나면 우리가 키우던 강아지들, 고양이들 모두 데리고 살아요, 어머니. 사랑하는 나의 어머니.

바나나

한양대로 옮기고 팔의 타버린 부분을 뭔가로 메워놔야 했다. 수술 날짜가 잡히고 하루 전날 수술 부위를 디자인하는데, 팔 부분 수술 디자인은 했지만 어디 살로 메꿔야 할지 결정을 못 한 상태였다. 옆구리 살이나 허벅지 살이 될 거라고만 얘기해주었다. 나는 내심 옆구리 살을 좀 떼어 가면 좋겠다고 생각했다. 정말 아이러니가 아닐 수 없었다. 언제는 죽겠다고 덤비더니, 이젠 몸매까지 생각하다니 말이다. 그리고 옆구리 살을 떼어야 걸을 때 좀 덜 힘들 것 같았기에 레지던트 선생님들한테 부탁을 해놓았다. 그건 수술실 들어가서 교수님이 결정할 일이지 자기네는 어쩔 수가 없다고 했다.

수술을 마치고 회복실로 나왔다. 그런데 몸에 대단한 한기가 느껴져서 입이 딱딱 부딪칠 만큼 떨렸다. 간호사가 이불 안으로 따뜻한 바람이 나오는 드라이어 같은 것을 넣어주었다. 좀 지나니 견딜 만해졌다. 어딘가가 견딜 만해지자 왼쪽 허벅지가 말 그대로 누가 양 옆에서 생으로 뜯어내듯 아프기 시작했다. 허벅지 살을 떼어냈구나. 나는 단박에 알아차릴 수 있었다. 허벅지 살만으로 모자라서 양쪽 사타구니 살까지 떼어내서 유리 피판술 수술을 했다. 사타구니 피부는 뗀다는 말이 없었던 터라 그 부분이 굉장히 날카롭게 욱신거려서 물어보니, 피부 조직이 모자라서 사타구니에서도 떼어냈다고 했다.

유리 피판술은 일반 피부이식과는 전혀 다른 고난도의 수술이다. 내가 수술할 때만 해도 국내에 그런 수술이 가능한 의사들이 몇 분 안 되었다. 유리 피판술은 단순하게 피부만 떼는 것이 아니라 그 안에 있는 혈관, 신경 등 모든 조직을 한꺼번에 같이 떼어다가 필요한 부위에 이식하는 것이다. 머리카락보다 더 가는 신경을 그것보다 더 얇은 실로 연결해야 하는 아주 정밀한 수술이다. 떼어낸 부위에도 신경과 혈관을 잃었으니 신경 써서 혈액순환에 이상이 없도록 연결시켜주어야 한다. 신경도 마찬가지로 신경 연결에 이상이 없도록 다른 신경과 섬세하게 연결시켜주어야 한다.

수술 시간도 굉장히 길어서 아침 7시 30분경 들어가서 오후 6시 가까이 되어서야 회복실로 나올 수 있었다. 처음에 수술실에서 나오자 너무 추웠다. 아마 떼어내는 곳과 이식할 곳 두 곳에서 출혈이 꽤 많이 되어 추운 것 같았다. 병실로 올라와서 수혈을 몇 팩이나 받았으니 추울 만도 했겠다 싶었다. 겨우 목숨만 붙어 있을 정도만 남기고 인간을 거의 빈사 상태가 되게 해서 수술을 한다. 그러므로 수술 시간이 길수록 회복 시간도 늦어지고, 쪼그라들었던 폐를 정상적으로 돌리기 위해서는 병원에서 주는 호흡기를 힘차게 불고 있어야 한다.

수술해서 살과 혈관, 신경들을 붙여놓았지만, 조금이라도 잘못 움직이면 만에 하나 신경이나 혈관이 끊어질 수 있다. 그래서 수술 후 한 달은 자세도 못 바꾸고 왼팔을 높은 베개에 올린 채 꼼짝없이 있어야 한다. 도플러로 혈관이 뛰는지도 시간마다 와서 체크를 했다. 내가 할 일은 통증을 이겨내는 것이다. 이겨낸다는 말….

통증과 싸워 이길 수는 없었다. 내가 아무리 아픈 걸 잘 참고 애까지 낳아본 여자지만, 이 통증은 말 그대로 신경이 찢어지는 고통에 불에 타는 것과 똑같은 통증을 몰고 왔다. 처음엔 이겨낼 수 있다고 생각했다. 그러다가 점점 이겨낼 수 있는 상대가 아니라는 것을 알게 되었다. 그냥 받아들여야 한다.

어디까지 아플지 몰라도 순응하겠다고 통증과 무언의 약속을 했다. 이 통증을 이기려다가는 미쳐서 날뛰게 될 것 같았다.

'그래, 무통주사 맞고 가끔 마취과에 가서 아주 센 진통제 주사 한 번씩 맞고 와서, 조금 덜 아프게 해서 자두자. 잠을 자야 통증에서 해방될 것이고, 시간도 그런 대로 흘러갈 거니까. 자야만 통증도 빨리 낫는다.'

역시 통증도 인정이 있었다. 한 달쯤 되어가자 나는 소변 줄을 빼고 침대에서지만 소변을 직접 보게 되었다. 인간으로서의 존엄성이 생기기 시작한 것 같았다. 얼굴과 입 근육을 마비시키는 통증의 위력에 나는 대항하는 것을 그만두었고, 결국 시간은 흘러갔다. 예수님이 "이 또한 지나가리라"고 하셨는데, 이 말을 사랑하지 않을 수 없었다.

수술하고 일주일쯤 있다가 허벅지에 있는 실을 몇 개 뽑았다. 그때 처음 나의 허벅지를 보았다. 쌀 포대를 보면 실만 하나 잡아당기면 주르륵 풀린다. 그렇듯 나의 허벅지도 무릎 바로 위에서 사타구니까지 그렇게 길게 꿰매져 있었다. 나중에 이걸 뽑을 때 아플까, 하는 사소한 걱정도 하게 되었다. 한 일주일쯤 지나 사타구니의 실밥을 하나하나 제거했다. 거의 한 달이 다 될 무렵 허벅지 실을 제거하는데, 레지던트에게 많이 아프냐고 물었다. 입원 기간이 길어 이젠 다 친해진 의사 선생님들이다. "아뇨, 절대 안 아파요" 그런다. 그래서 "내기 할까요?" 하는데 의사가 실 하나를 똑 풀더니 순식간에 실밥을 제거해버렸다. 너무 놀랐다. 이럴 수가. 쌀 봉투 열 때 옳은 방향에 있는 실만 하나 똑 잡아주면 그대로 풀리듯 똑같은 원리로 꿰매 놓은 것이다. 이제 다리는 되었는데, 사실 팔은 그렇게 간단히 풀 수가 없었다. 허벅지와 사타구니 실을 제거하니 씻어도 된다고 했다. 하지만 팔에는 절대 물이 들어가면 안 된다고 주의를 주었다.

남편이 나를 휠체어에 태워 화장실로 데려다주면 볼일을 해결할 수 있었다. 그리고 양치도 할 수 있었다. 문제는 몸을 좀 씻어야 하는데, 왼팔에 물이 가면 안 되니까 방법이 없었다. 어느 날 남편은 나를 휠체어에 태우고 가서 휠체어에 앉은 그대로 고개만 뒤로 기대라고 했다. 그 상태 그대로 휠체어에 앉힌 채 남편이 머리를 감겨주었다. 거의 한 달 만에 머리를 감은 것이다. 처음 몇 달 남편이 정말 고생을 많이 했다. 그렇게 해서라도 나를 씻겨주고 식사를 챙겨주고, 불편한 잠자리에도 인상 한 번 쓰는 일이 없었다. 그런 남편의 정성으로 죽자고 나 자신을 해한 극도의 불안 상태가 조금씩 안정을 찾아가고 있었다.

유리 피판술 이후 회복 과정에서 이식한 팔에 작은 문제들이 몇 번 생겼다. 아무리 자기 살이라도 조금만 염증이 들어차도 바로 감염된다. 나의 손에도 어느 한 부분 보라색으로 색이 변해가는 곳이 있었다. 아무리 거기를 눌러 짜도 염증이 나아지지 않고 점점 더 커졌다. 교수님은 전공의들에게 무슨 일을 이런 식으로 처리하냐며 화를 내셨지만, 그렇게 해서 끝날 일이면 좋으련만, 다시 수술실에 들어가지 않으면 안 되었다.

이번 수술은 그리 길지 않았다. 네 시간 정도 걸린 것 같다. 회복실로 실려 나왔는데 오른쪽 허벅지를 날카로운 칼로 도려내는 듯한 통증이 있었다. 도대체 뭐가 어떻게 됐는지도 모르겠고, 날카로운 통증이 계속되었다. 병실로 올라와 그날 오후 소독하면서 보니 대패로 약 6×10㎝ 정도로 3장, 살을 긁어낸 흔적이 보였다. 아픈 거야 이제 이골이 났다. 아프면 진통제를 달라고 했고, 너무 못 참겠으면 마취실에 가서 주사를 맞고 올라왔다. 물론 걷지를 못하니 침대 째로 움직여서 다녔다. 지금은 많이 엷어졌지만 그 후 몇 년간 내 수술 상처들은 소고기처럼 선홍색으로 남아 있었다.

'병원살이' 환자야 물론 아파서 온 거고 자신의 일이다. 아무리 가족이라도 병원에서 사람을 간호하는 것은 보통 중노동이 아니다. 남편이 간병 병원살이가 그렇다. 아침에 일어나면 환자도 세수는 해야 하니 물수건이라도 해서 닦아준다. 식사는 환자가 먹은 후 얼른 치워놓고, 직원식당이 있는 곳으로 가서 거기 식권을 사서 밥을 먹는다. 늦으면 식사 시간이 끝나 버려 서둘러야 한다. 뭐 좀 하다 보면 점심시간, 또 밥이 나온다. 그럼 보호자도 환자 먹은 거 치우고 아침과 똑같이 직원식당에서 밥을 먹고 올라온다. 내 머리가 너무 더럽고 냄새가 난다 싶으면 휠체어에 태운 채로 욕실에서 머리를 감겨준다. 그것만으로도 정말 상쾌해서 살 것 같다.

간호하는 사람은 자기도 씻고 챙겨야 하고, 갈아입을 옷이 여의치 않으면 세탁도 해야 한다. 환자야 환자복으로 갈아입으면 그만이지만, 남자가 간호하는 것을 보면 하는 것 자체가 너무 힘들고 안쓰러워 보인다. 병동에서는 시간이 느리게 흘러갈 것 같아도 이 것저것 잡무가 참 많다. 아무리 자기 아내지만 남을 챙기는 일이 자기 마음처럼 안 된다. 하다가 내가 불평이라도 할라치면 화가 머리끝까지 치솟는 것 같았다. 하지만 참아야 했을 것이다. 거기서 화를 내면 나는 다시 더욱 안 좋아질 것이고, 그럼 더 수습하기 힘들어졌을 것이다. 나도, 남편도.

그가 얼마큼의 인내심으로 참으면서 나를 간병했는지 그 얼굴에서 나는 알 수 있다. 웃음기를 잃은 얼굴, 입술은 웃지만 얼굴 근육은 더욱 굳어지고 눈이 웃지를 않는다. 나 때문에 좋은 위치에 있던 집과 가게를 싼 값에라도 처분해야 한다는 자괴감. 모든 게 내 탓으로만 보이는 그때에 막상 나는 쓸데없는 불평이나 하다니. 말이 되는 소리인가 싶었을 것이다. 그래서 꼭 필요한 순간, 그러니까 내가 밥 먹는 시간, 화장실 갈 때, 머리 감길 때…, 이럴 때는 같이 있다가 거의 병실에는 같이 있지 않았다.

너무 지저분해 보였을까? 남편이 목욕을 하자고 했다. 나는 "팔을 이렇게 하고 주사까지 달려 있는데 할 수 있을까?"라고 했지만, 한 번 가보자며 갈아입을 옷과 세면도구를 챙기고 욕실로 갔다. 주사 있는 곳을 조심하면서 옷을 벗고 나는 왼팔을 들고 있기로 했다. 하지만 왼팔을 들고 있기가 너무 무거워 오른손으로 왼팔을 지탱할 수밖에 없었고, 남편은 그 상태에서 씻을 수 있는 곳만 깨끗이 씻고 얼른 닦아주었다. 겨울이라 욕실이 너무 추워 내 피부는 좁쌀 같은 소름이 온몸에 돋아 있었다.

유리 피판술 후 하는 첫 목욕이었다. 6주 만인가? 그랬던 것 같다. 한 번도 해보지 않은 여자 머리 감기기, 목욕시키기, 이런 일들이 얼마나 힘들고 신경이 쓰이는지 나는 잘 알고 있다. 예전에 어머니가 심근경색으로 쓰러졌을 때 서울 삼성의료원에서 한 달을 그렇게 지냈던 적이 있다. 나야 경험이 있다고 해도 남편은 이 모든 일이 처음이었을 것이다. 아파서 병원에도 거의 가본 적 없는 사람이었으니까.

인간은 힘들면 말과 얼굴에 전부 나타난다. 말은 부드럽게 하는 것처럼 들리지만 입술은 거의 움직이지 않는다. 남편은 밖에 잠깐 나갔다 오려는데 뭐 먹고 싶은 것 있냐고 물어본다. 나는 거의 늘 바나나가 먹고 싶다고 했다. 남편이 돌아올 때 보면 어떤 날은 빈손으로 온다. 과일가게가 문을 닫아서 못 사왔다고 했다. 그러면 나는 "응, 알았어, 고마워" 했다. 가끔 어떤 날은 바나나 두세 꼭지를 사 가지고 왔는데, 껍질이 아주 시커멓게 변해 있어서 못 먹을 것 같았다. 왜 이렇게 검게 변한 걸로 사왔냐고 물으면, 그런 게 더 잘 익고 맛있는 것 같아서 샀다고 했다. '응, 그렇구나' 하고 정성인데 싶어 바나나를 까서 보면 안에까지 너무 까맣게 돼서, 정말 미안하지만 먹을 수 없는 정도여서 할 수 없이 버린 적도 있다. 아마 제대로 된 바나나를 먹은 건 내가 나중에 걷게 되면서 1층 편의점에서 두 개나 세 개 넣어서 파는 걸 사 먹었을 때였던 것 같다.

사실 남편 입장에서 보면 죽은 사람이 먹고 싶다고 뭐 사와 하는 것부터가 이건 아니다 싶었던 것 같다. 아주 나중에 남편이 먼저 제주도에 내려간 뒤 주사도 중심 정맥관에다 필요할 때만 맞게 되고 왼쪽 다리에 힘이 안 들어가지만 부자연스럽게라도 걷게 되었을 때, 한양대 후문에서 언덕을 내려 조금만 더 올라가면 이마트가 있다는 것을 알게 되었다. 병원 셔틀버스도 이마트가 있는 왕십리역까지 간다는 것을 알게 되었다. 그래서 나는 환자복 위에 긴 점퍼를 걸치고 환자가 아닌 척 셔틀버스를 타고 왕십리역에 간 적이 있다. 2층에 있는 이마트에 들어가 보았다. 너무 넓어 처음에는 뭐가 어디 있는지 찾는 것조차 힘들었다.

그러다가 과일 코너를 찾았는데, 아주 먹음직스런 바나나들이 손을 벌리고 나를 쳐다보고 있었다. 나는 샀다. 적당히 노랗게 잘 익고 도톰하고 예쁘게 생긴 바나나를. 가슴 한가득 바나나를 사고 셔틀버스로 돌아온 나는 그래도 살아서 다행인 것도 있는 것 같다고, 바나나도 있고 셔틀버스도 있고, 죽음이 삶이 되기도 했다고 생각했다.

성경 필사

퇴원 후 나는 이식을 위해 살을 떼어낸 아픈 다리 때문에 외출을 거의 못 하고 살았다. 물론 아픈 다리 때문만은 아니었다. 왼팔의 장애가 나를 완전히 방에 갇혀서 사는 히키코모리가 되게 만든 것이다. 나가고 싶은 생각도 없었고, 가고 싶은 곳도 없었다. 멍하니 앉아 창밖만 하릴없이 쳐다보고 있었다. 새가 날아가는 거나 구경하면서…. 사람의 정신이 극도의 공포나 불안으로 내몰리면 책도 읽을 수가 없다. 글쓰기 또한 마찬가지다. 책을 못 읽는데 어떻게 글을 쓸 수 있단 말인가. 둘은 서로 불가분의 관계이거늘.

그 당시는 어머니께서 살아 계신 때이고 성당에 다니고 계실 때라 남는 것 있으면 성경책 하나만 가져다달라고 부탁했다. 글을 베껴 쓰는 것에 정신이 팔리면 내 머리 속에 있는 온갖 고통과 생각과 소리로부터 벗어날 수 있을 것 같았다. 어머니는 필사를 할 거면 신약부터 하라고 했다. 신약을 먼저 이해하고 있으면 구약을 읽을 때 도움이 된다고 했다. 구약은 사실 페이지 수도 어마어마해서 생각도 못 하고 있었다. 다행히 신약부터 쓰라니 좋았다. 구약은 신약의 2.5배 정도는 되지 않을까? 신약을 쓰기 시작하는데 왜 그리 재미있는지 금세 신약 필사에 빠져들었다. 우리가 알고 있는 성경 얘기도 있고 고사성어와 비슷한 구절, 인간의 뻔뻔스러움, 배신, 폭력, 질병 등, 정말 어떤 책과도 비교되지 않을 만큼 재미있었다.

예수님의 숭고하고 순수하심을 빼놓고 가면 안 된다. 그분에게는 우리처럼 악도 있고 선도 있는 게 아니라, 오직 절대 선만이 존재하는 분이라는 걸 책 속에서도 알 수 있었다. 나중에 예수님의 얼굴도 모르는 바울 같은 사람이 그토록 예수님의 사상을 전파하느라 애쓴 걸 보면, 우리가 매일 쉽게 '예수님!' 하고 부르지만 그분은 정말 높디높은 분이고 선이셨다. 어찌 함부로 부를 수 있겠는가.

매일 남편이 아침에 일 나가면 쓰기 시작해서 저녁이 되면 저녁에 먹을 것만 조금 만들어놓고 계속 썼다. TV도 보지 않고 켜놓지도 않았다. 어차피 불면증이 심해 잠도 제대로 못 잤기 때문에 밤 늦게까지 나 자신을 잃을 정도로 써내려갔다.

며칠을 계속해서 쓰는데 오른손 바닥과 팔목이 아프기 시작했다. 손바닥은 저리기까지 했다. 오른손마저 못 쓰게 되면 나는 그냥 몸뚱이만 있는 식물인간이나 마찬가지가 되어버릴 텐데, 큰일이다. 남편은 내가 자해를 했다는 이유로 사실 나와 눈도 잘 안 마주친다. 내가 조용히 있을수록 안 좋은 모든 건 내 탓이 되는 것 같았다. 그래도 괜찮았다. 어차피 인생 자체가 내 책임이니까.

성경 필사를 마칠 때까지는 오른손이 제 구실을 해야 할 텐데 걱정이다. 그래서 할 수 없이 병원으로 외출을 하기로 했다. 제주 대학 병원 재활의학과로 가서 주사를 맞고 왔다. 정말 며칠 뒤 증상이 깨끗하게 나아져 있었다. 자주 다니니 그 선생님과도 친해져 다른 병원으로 가시면 안 된다고 나는 몇 번을 다짐 받는다. "전 다른 데 안가요, 집도 제주도인데 다른데 가서 뭐해요?" 하신다. 아문 상처지만 환상통과 불면증, 내게는 진통제와 무리가 된 팔과 다리에 쓸 주사가 꼭 필요했다. 선생님이 계셔서 통증을 견딜 수 있는 든든한 지원군을 얻은 것 같았다.

어머니가 항암치료 도중 운동이 조금이라도 도움이 될까 하여 재활의학과에서 몇 가지 치료 요법을 실시하기로 했었다. 자전거 타라고 자전거에 앉혀놓으니, 어머니는 뭔가 놀랍고 이상한 것을 본 것 같은 표정을 하고 옆 사람들이 운동하는 것을 물끄러미 쳐다보고만 있었다. 내가 "어머니, 자전거 타봐" 하면, 한두 번 돌리다가 그냥 다리를 내려버리곤 했다. 그때 이미 혈관성 치매가 시작되어 어머니의 눈에 비친 세계는 참으로 이상하게 보였던 것 같다. 그렇게 운동하러 내려가서 옆의 환자들 치료하는 것 구경만 하다가 올라오기를 며칠, 그마저도 갈 수가 없게 되었다.

항암제가 들어가니 어머니는 다시 100살이 넘은 사람처럼 변해버렸다. 피부도 까맣게 변하고 눈은 퀭하게 들어가, 눈에 마치 작은 동굴이 두 개 뚫린 것 같았다. 지금도 가끔 그쪽 재활 치료장을 가면 어머니가 자전거 위에 앉아 신기한 눈으로 옆 사람들을 쳐다보던 광경이 생각난다. 그러면 묵직한 돌덩이 하나가 목을 짓누르는 것 같은 슬픔에 빠져들곤 한다. 얼마 안 되어 어머니가 돌아가셔서 재활의학과 선생님께 말씀드렸더니 너무 놀라하셨다. 그렇게 금방 가실 만큼 나빠 보이지 않았다고 했다. 그러면서 "그 한 손으로 열심히 간병까지 하셨는데…" 하며 위로해주셨다.

어느 날 어머니가 보고 싶어 휴대폰으로 찍은 사진들을 하나하나 돌려보고 있었다. 어머니가 아팠을 때도 사진을 찍었나보다. 그 정신없는 와중에 말이다. 비통함이란 이런 걸까. 슬픔, 아픔, 그리움을 모두 품고 있는 것.

너무 아파 보이는 사진을 몇 장 삭제했다. 머리를 완전히는 안 자르겠다고 해서 반쯤만 자른 모습으로 찍은 사진도 삭제했다. 반쯤 자른 머리에서 머리카락이 빠져나가 더 아파 보였고 나이 들어 보였다. 밤에 잠을 안 자고 화장실 간다고 계속 침대를 흔들어대던 사진도 삭제했다. 그냥 반짝반짝 빛나는 민머리가 나은 것 같았다. 내가 나중에 눈썹 칼로 머리를 밀어드렸는데, 생각해보니 비누칠도 안 하고 마른 머리에 그냥 해서 굉장히 쓰리고 아프셨을 것이다. 그래도 아프다는 말도 표현 못 하셨다. 그때는 어디가 제일 아픈 곳인지도 잘 몰랐을 것 같기도 하다. 그렇게 머리를 밀면 며칠 동안 굉장히 쓰라릴 텐데 너무 죄송하다. 어머니 사진 중에 너무나 천진난만하게, 아무 걱정 없는 평화로운 얼굴로 잠자는 다섯 살짜리 얼굴이 사진에 있었다. 눈물이 왈칵 쏟아져 내리고 가슴에 뜨거운 핏덩이가 요동치며 내려가는 것이 느껴졌다. 아아 어머니!

오른손을 치료하고 다시 성경 필사에 돌입했다. 쓴다는 것 자체만 보면 별 어려움이 없어 보인다. 하지만 쓰다 보면 엄지손가락이 둘째 손가락을 눌러 아프고 빨갛게 된다. 볼펜을 계속 잡고 글을 쓰면 손아귀에 힘이 떨어져서 밥 먹을 때 손이 떨리기도 한다. 문구점에 가서 고무로 된 골무와 힘 안 들여도 잘 써지는 볼펜 몇 자루를 사가지고 왔다. 고무 골무를 두 번째 손가락에 끼우고 새로 산 볼펜으로 글을 써내려갔다. 미끄러지지도 않고 아주 좋았다. 완벽했다. 속도가 조금 빨라졌다. 처음엔 2년 안에 마쳐보자고 시작한 성경 필사였다. 책을 못 읽는 대신 하느님의 얘기라도 적자며 시작했는데, 아, 진짜 장난 아니다. 오늘은 어느 정도 썼을까 하고 노트를 세어보면 몇 장 안 된다. 정말 부지런히 쓴 날이라고 생각하면서 넘겨봐도 겨우 대여섯 장이었다. 필사의 어려움이 가슴속에 와 닿으며, '이거 내가 중도에 포기하면 나라는 인간은 어떻게 될까. 또 남편은 자기가 시작한 일, 그렇게 쉬운 일도 제대로 못 해내는 나를 얼마나 무기력한 인간으로 볼 것인가' 하는 생각이 들었다. 이런 일도 위기라면 위기다. 너무 방대한 양의 글을 필사로 남겨 기록하는 것.

다시 마음을 다잡고 쓰기 시작했다. 이번에는 글씨체도 바꿔보고 글씨 크기도 바꿔보면서 나름 변화를 주었다. 그러다 보니 재미있는 성경 얘기가 나올 때는 즐거웠고, 무거운 얘기가 나올 때는 같이 무거워졌다. 성경 필사를 하며 느낀 점은 가끔 굉장히 기분 좋은 감정에 젖어든다는 점이다. 생각이 유연해지고 창조적이 되고 망상에 젖지 않는 즐거운 마음에 나 자신을 담글 수 있었다. 넓어지는 마음, 상쾌한 기분, 긍정, 미소 띤 웃음까지 피어오른다. 뭔가 가능해지지 않을까 하는 긍정적인 에너지도 마음에 생겨나기 시작했다. 비록 짧은 시간이지만 말이다. 그래, 지금처럼 한 걸음 한 걸음 가다 보면, 진짜 내 왼팔을 당당하게 들고 다닐 날이 올지도 모른다. 주머니 있는 옷에 왼손을 처박아놓고 다니지 않아도 되는 날이 올 것이다.

성경 필사를 하면서 나는 자주 과거를 회상했다. 최근의 10년 동안 꼭 내가 아닌 다른 사람이 나의 인생을 산 것 같은 느낌이다. 삶에 충실하지 않았으며, 아무렇게나 살았으며, 나와 남에 대한 이해심을 잃었다. 누군가 나를 지배하려고 하면 얼른 일어서지 못하고 비굴하게 타협하고는, 내 삶을 지탱했던 당당함과 자존심을 내던져 짓밟아버렸다. 내 실패에 대해서 늘 솔직하게 인정하고 반드시 다시 일어섰던 나는 용기 있는 사람이었지만, 이제는 새장에 갇힌 새만도 못한 것 같았다. 자존심과 용기가 땅에 떨어져 뒹굴고 있어도 나는 아랑곳하지 않았다. 다시 그것들을 일으켜서 돌보아야 마땅했다. 하지만 나는 오히려 그것들을 더 처절히 짓밟고 있었던 것이다.

막막한 현실, 두려움, 내가 내민 손을 누구 하나 잡아줄 사람이 없었다. 그저 미쳐 날뛰는 여자만이 내 안에서 점점 힘을 발휘하고 있었다. 잘난 것도 없이 오만방자하게 살아왔으면서, 그것이 잘 산 삶이라고 생각했다. 남편이 가끔 나한테 여왕처럼 모든 걸 시키려 한다고 했다. 난 그럴 마음도 없고 그런 적도 없는데, 그가 그렇다니 그런가보다 수긍해버린다. 아니라고 내 주장을 얘기할 수가 없었다. 그렇다면 그런 거지 그냥 덮어 버렸다. 반박할 용기가 없었던 것이다.

스스로 일어서서 구하지 않으면 아무도 내게 손 내밀어주지 않는다. 누구나 다 힘들게 사는 세상이다. 하지만 각박한 세상이라고는 해도 아직은 우리에게 인간적인 온정이 남아 있다. 아무리 힘들어도 누군가 내게 도움을 청한다면 그 사람을 함부로 쉽게 뿌리치지는 못할 것 같다. 죽음으로 끝난 내 인생, 하지만 다시 삶이 되고 뭔가를 소망하게 되었다. 당시 남편은 나의 그런 점을 잘 이해하지 못했다. 밖에 나가 보라고, 목표를 세우고 사는 사람이 몇이나 있을 것 같느냐고 한다. 왜…? 생계를 위해 막노동을 하고 있던 남편은 나보다 몇 배 더 힘들었을 것이다. 내가 목표, 소망 운운한다는 게 그 당시 우리의 삶에는 사치였을 테니까.

나도 비참하다. 수치심에 몸을 떤다. 자기 목숨을 버리는 죄악을 저질러야만 하다니, 살면서 하나하나 풀어나가면 될 인간관계들을 난 단칼에 잘라버리려고 했다. 부끄러움에 내 팔의 상처가 치욕적이고 불경스럽게 느껴졌다. 어쩌면 그래서 남들 앞에 내 상처를 보이기가 더 수치스러웠던 것이다.

무더운 여름에 시작한 성경 필사는 다음 해 가을에 겨우 끝을 맺었다. 홀가분했다. 그리고 처음으로 어려운 뭔가를 해낸 내가 대견스럽고 고마웠다. 너도 할 수 있구나.

트라우마, 무대 공포증

골절로 다시 입원했다. 다치고 난 후에도 1년에 두세 차례 수술
은 늘상 있어왔다. 골절, 신경 말단에 자라난 신경종 덩어리 제거,
핀이 헐거워지거나 팔이 곡선을 그리며 휘어버려서 바로 잡는 수
술 등. 수술을 자주 하는 사람은 통증도 덜 느끼고 무섭지도 않을
거라고 느껴질지 모르겠다. 그러나 수술은 할수록 무섭다. 수술이
끝나도 예전보다 더한 통증이 느껴지고 주사도 더 아프다. 못 맞겠
다. 이미 통증을 예상하기 때문에 더욱 아픈 느낌이다. 입원 중에
통증 관리가 될까 하고 재활의학과를 찾았었다. 나는 이제 다른
사람보다 통증에 대한 반응이 대단히 강하다고 한다. 다른 사람이
3 정도 아프다면, 나는 8 정도 아프다고 생각한다고 했다. 통증이
심하면 쇼크로 죽을 수도 있다고 들었다. 의사들은 아프면 참지
말고 반드시 얘기해서 진통제를 쓰라고 한다. 사람들 중에는 진통
제를 많이 쓰면 나중에 더 강한 진통제를 써야 한다며 진통제 사

용을 싫어하는 사람들도 더러 있다. 그건 덜 아팠을 때의 얘기다. 극한 통증으로 얼굴이 마비되고 내장이 마비되는 경험을 했다. 그때 알았다. 통증으로도 죽을 수 있다는 것을.

작년에 어머니 장례식을 치른 후 올해는 초코를 동물병원에 맡겨놓고 왔다. 거기서 자기가 주인인 체 하며 아주 잘 지내고, 원장님 댁도 같은 건물이라 안심은 되었다. 하지만 흰 차만 보이면 소파 등받이 위에 올라서서 쳐다보다가 오르락내리락할 모습에 가슴이 무겁다. 어둠이 내리기 시작하면 집에 가야 된다고 생각하여 또 나를 기다리기를 반복할 것이다.

이번 수술은 이전에 다친 부분의 뼈가 약해서 골절된 거라 그리 어려운 수술도 아니고, 한 달 이상 오래 입원할 수술도 아니다. 작년 어머니 장례식 치르고 연락도 되지 않던, 삶의 밑바닥으로 숨었던 내 동생도 이제 일상을 찾아가는 것 같다. 마음속에 묻은 슬픔과 죄책감, 그리움은 지금도 치유되지 않았을 것이다. 나도 그러하므로. 한양대 병원에 있다고, 내일 수술한다는 문자를 남겼더니, 수술 받는 날 사람이 필요하니 오겠다고 답장이 왔다. 얼굴이라도 볼 수 있게 되어 다행이지 싶다.

해마다 계속 수술을 받으러 올라오니, 안면이 있는 전공의 선생님들이 참 반갑다. 우선 말하기가 편하다. 그리고 약이 필요한데 처음부터 지루하게 얘기하지 않고 증상과 먹었던 약만 말씀해드려도 다 알아서 챙겨주니 마음 편하다. 치료할 때는 무조건 살살해달라고, 안 그러면 기절해버린다고 협박 아닌 협박을 한다. 맨처음 입원했던 병원에선 서너 번 기절한 일이 있다. 낌새가 이상하다고 생각되면 정말 감탄할 정도로 빠르게 치료해서 침대로 나를 보낸다. 치료실에서 기절하면 모두가 힘들 테니까. 그 모진 통증을 건너고 건너 여기까지 왔다.

왼손은 그렇다 쳐도 이젠 오른쪽 팔꿈치가 아프다. 고맙게도 시어머니가 쓰시던 차를 주셔서 5년 정도 탄 것 같은데, 그 차 핸들이 내게는 굉장히 무거웠다. 아무래도 한 팔만 쓰니 그 무거움 때문에 오른쪽 팔꿈치에 뒤틀림 현상이 생긴 것 같다. 다른 방법이 없어 아플 때마다 병원 가서 주사를 맞는다. 잠깐 주사 맞을 때만 '아야' 하면 일주일, 길면 한 달이 편하다. 1년 전쯤 너무 아파 환각 증세에 시달릴 때 서울에서 동생이 내려왔었다. 내 차를 타고 잠깐 나갔다 오더니, "언니, 저 차는 언니가 타기에 너무 힘들다. 안 되겠다" 하며 자기가 타던 차를 보내주었다. 아직 채 2년도 되지 않은 차였다. 동생은 새 차는 아니지만 아직도 새 차 냄새가 좀 남아 있다며, 서울 올라가면 보내준다고 했다. 놔두라고, 내가 많이 외출하는 것도 아니고 잠시 잠깐 타는 것은 괜찮다고 했는데, 동생은 정말로 차를 보내왔다. 부두에 가서 차를 찾았는데, 내비게이션도 되어 있고 후방 카메라도 있어 내가 운전하기에는 정말 편했다. 고마웠다. 본인도 당장 차가 필요했을 텐데 내게 차를 보내주는 동생의 마음 씀에 뭐라고 감사의 말을 표현해야 할지, 내가 동생에게 저질러 놓은 일도 있는데…; 그냥 "잘 탈게. 고마워" 이 한마디가 전부였다.

9살이란 나이 차 때문에 우린 서로 어린 시절이 달랐다. 내가 20살이면 동생은 초등학교 4학년. 동생은 나를 굉장히 무서워했다.

어머니가 늘 시간이 없어서 동생 교육이나 버릇은 내가 바로잡아 주어야 했다. 그것이 동생에겐 내가 무척 무서운 존재로 비춰지게 된 것 같았다. 친구들이 집에 와서 같이 놀다가도 내가 들어오면 집안은 삽시간에 조용해졌다. 나중에 동생 친구들이 말했다. 자기들은 언니가 제일 무서웠다고. 내 동생만 나를 무서워한 게 아니라 동생 친구들까지 전부 무서워했다. 나이 차이가 나서 동생들과 같이 어울리지는 못했지만, 둘째와 막내는 네 살 차이다. 그래서 둘은 그런대로 소꿉놀이도 하고 이런저런 놀이로 어린 시절을 함께했다.

힘겹게 살았는데 난 왜 보상을 못 받았을까. 곰곰이 생각해본 적이 있다. 하지만 그게 아니었다. 나는 모든 것을 다 받았고 누렸다. 원하는 일을 하며 살았고 먹고 싶은 것은 다 먹으며 살았다. 정말로 내가 원하는 것, 내가 되고 싶은 것, 가지고 싶은 것을 어떤 형태로든 가지고 누렸다. 세계 여러 곳, 가고 싶은 여러 나라도 여행했다. 당시엔 그것을 몰랐을 따름이다. 어린 시절부터 꼭 하고 싶은 것이 세 가지 있었다. 인터폴, 승무원, 작가. 어디서 들었는지 작가도 베스트셀러 작가가 되고 싶었다. 이들 중 인터폴은 경찰 문턱도 못 가봤으니 나와 전혀 인연이 없는 일 같고(CSI, 수사 드라마, 스릴러를 TV에서 보는 걸로 만족한다), 항공사에 13년 근무했으니 승무원 가까이는 간 것 같다. 그리고 베스트셀러 작가는 아직 잘 모르겠다. 시간이 얼마나 걸릴지 모르지만 작가의 꿈을 꼭 이루리라 생각하며 여기까지 왔다. 중학교 때 무슨 백일장을 하면 꼭 글을 써서 냈다. 짐 정리하다 보니 글짓기 상이 몇 개 보였다. 머릿속에선 전혀 없는 일 같은데 이런 일도 있었구나. 고등학교는 인문계라 모든 학교 교육이 입시에 맞춰져 있었다. 그래서 글짓기, 그림대회, 이런 것은 아예 할 생각을 못 했다. 다만 미술반처럼 대학을 그쪽으로 잡은 아이들은 대회에도 나가곤 했다.

초등학교 때 어머니는 제주 시내 식당에서 자면서 일했기 때문에 나와 어린 동생은 시골에 사는 이모가 돌봐주었다. 나중에 시내에 집을 한 칸 얻어 어머니가 우리를 데려갔다. 중학교에 진학을 했지만 난 전학을 가지 않았다. 친구가 모두 그곳에 있었기 때문에 통학을 했다. 그런데 중학교 때 내 인생의 가장 큰 트라우마가 생겼다.

중학교 2학년쯤 되었을까. 내가 다닌 중학교는 시골에 있는 편에 속했다. 남학생 한 반, 여학생 한 반, 이렇게 두 반이 학년의 전체였다. 그러니 성적은 친구들과 선두 그룹 안에 들어 있었다. 어느 날 선생님이 장한 학생 선발대회가 있는데 나보고 나가라고 했다. 그때는 정말 순진하고 어려서 싫어도 싫다는 소리를 못 했다. 선생님 말씀을 잘 들어야 한다고 배웠고, 부모님 말씀 잘 들어야 착한 사람이라고, 우리를 착한 아이 신드롬에 빠지게 하는 사회였다. 발표지도 원고지에 선생님이 직접 써주셨다. 이걸 읽고 암기를 해야 하는데, 우리 집이 가난하여 이런 대회에 나가야 한다는 게 몹시도 수치스러웠다. 하지만 거부할 힘이 없었다. 그 당시 어머니는 식당일도 하고 공사장에도 다니셨다. 그 월급으로 나와 내 어린 동생 셋이서 생활하고 있었다. 그러니 선생님들이 볼 때 나는 장한 학생으로 보였을 것이다.

선생님이 써준 원고를 거의 외우다시피 읽고 또 읽고 했지만, 외우는 데 애먹는 이상한 단어들이 꽤 들어 있었던 것 같다. 지금도 생각나는 게 있다. '일각이 여삼추 같은 날들을 어머니를 기다리며'라고 쓰어 있었는데, 여삼추? 아무리 앞뒤 문장을 생각해도 해석이 되지 않는 말이었다. 진짜 아주 후에 성인이 돼서 문득 여삼추라는 말을 찾아보았는데, 무엇인가를 애타게 기다린다는 뜻이라고 되어 있었다. 중2짜리 원고에 그 어려운 한자 말 여삼추라니. '추'가 여우 꼬리인데, 여우 꼬리를 다 세도록 오랜 시간이라고.

대회 날이 되었다. 나는 끝나면 바로 집으로 가기로 하고 혼자 학생회관으로 향했다. 가서 보니 학생회관 의자는 남녀 학생으로 가득 차 있었다. 맨 앞 의자에 앉아 있다가 이름이 불리면 가서 발표를 하는데 모두 너무나 잘했다. 나는 벌써부터 주눅이 들어 있었다. 드디어 내 이름이 불리고 단상 위에 가서 섰다. 그런데 세상에, 내 얼굴은 너무 밝은 불빛을 받아 여드름이 훤히 보일 정도였고, 단상 위는 너무 높아 아래 앉아 있는 학생들이 전부 보였다. 교련복을 입은 남학생 모습만이 눈에 들어 온 순간 너무 부끄러워진 나는 어디로든 숨고만 싶었다. 그래도 왔으니 그동안 암기해놓은 것을 읽기라도 해야 할 것 같았다. 떨리는 목소리로 읽어 내려가는데, 그 '여삼추'라는 단어에서 막혀 굉장히 당황스러워졌다. 그 페이지를 읽고는 다음 원고지를 넘기는데 한꺼번에 여러 장을 넘기고 말았다. 그 바람에 앞의 문장과도 연결이 안 되고 갑자기 내용이 이상하게 돼버렸다.

얼굴이 화끈거렸다. 땀이 비오듯 쏟아지고 금방 쓰러질 것만 같왔다. 입까지 굳고 서 있을 힘이 없이 부들부들 떨기만 했다. 겨우 "죄송합니다!" 한마디 하고는 꾸벅 절만 하고 원고지를 가지고 단상을 내려왔다. 수치심에 몸이 부들부들 떨리고 숨을 쉴 수가 없었다. 이것이 계기가 되어, 회사생활 내내 단상에 올라갈 일이 있거나 자기소개하는 시간을 견딜 수가 없었다. 앉아서 하는 것은 어찌어찌 그냥 넘어가지만, 단상 위에만 서면 갑자기 식은땀이 나며 입이 마비되고 구토가 올라오고 숨이 가빠져온다. 그래서 웬만하면 앞에서 발표하거나 교육시키는 일만은 절대로 하지 않았다. 교탁처럼 생긴 단상이 있고 마이크가 있으면, 나는 무슨 일이 있어도 절대로 앞으로 나가지 않는다. '나가야 한다'는 생각만 해도 심장이 요동치고 식은땀이 나기 시작한다.

신입사원들 교육을 내가 꼭 시켜야 하는 일이 있으면, 나는 다 같이 앉아서 했다. 마이크 들고 부들부들 떨리는 선배의 못난 점을 보여주고 싶지 않아서이기도 하지만, 그렇게 해서는 강의가 안될 게 너무 뻔하기 때문이었다. 그래서 한때는 스피치 코칭 등으로 무대 공포증을 고쳐보려 한 적도 있었다.

남이 알지 못하는 나만의 트라우마, 내 친한 친구조차 이걸 모른다. 동생들도 알지 못한다. 그냥 보통 아는 사람에게 가볍게 이런 얘기를 하면 거짓말이라고 한다. "아주 잘할 것 같은데 왜 그러세요?", "아니에요, 저는 무대 공포증이 너무 심해서 두 사람만 앉아 있어도 앞으로 나가 발표를 못 한답니다" 그렇게 열심히 나를 변명해보지만 변명은 변명일 뿐이다. 너무 오래된 병이라 한순간에 고치기는 어려울 것이다. 모든 것을 너무 잘해야 한다는 강박에서 생긴 것이 바로 이 무대 트라우마 같다. 착한 아이 신드롬, '좀 못 해도 괜찮아' 하면서 날 위로해주어야 하는데, 난 무엇이든 잘해야 하고 칭찬을 꼭 들어야 한다고. 칭찬받는 아이가 착한 아이라는 교육을 받으며 자라난 세대. 바로 우리 세대이다.

앞으로 어떤 세상이 나에게 펼쳐질지 모르지만, 나의 첫 번째 과제는 글쓰기와 독서, 두 번째는 글쓰기를 바탕으로 한 책 쓰기, 세 번째는 그림 그리기를 통해 15년 후 동생과 전시회를 여는 것, 네 번째는 무대 공포증 치유하기이다. 방법이 분명 있을 것이다. 혼자 못 하면 잘하는 누군가에게 내 서툰 손을 잡아달라고 손을 내밀어볼 것이다. 누군가 따뜻하고 친절한 마음으로 나의 손을 잡아주리라 믿는다.

이번 수술을 하고, 빨리 퇴원하고 싶다. 우리 초코가 너무 보고 싶다. 조금만 기다려 초코야, 엄마 금방 갈게. 밥 잘 먹고.

2009년 10월 25일, 그 즈음 나는 주위의 모든 것에 무력해져 있었고, 자그마한 불꽃만 튀어도 불에 타버릴 것 같은 절박함에 빠져 있었습니다. 세상의 마지막을 내 손으로 끝내고 완전한 단절을 하고 싶었습니다. 그러나 하늘이 나를 원하지 않았는지, 왼쪽 팔꿈치에서 손목으로 이어지는 뼈와 손바닥이, 엄지만 조금 남기고 뼈까지 전부 타버렸습니다. 손가락 몇 개는 타다가 파편으로 튀어올라 어딘가에 떨어져 있었는지, 중환자실에서 깨어났을 때 의사가 붕대를 풀어 제일 먼저 보여주었습니다. 어느 손가락인지 몰라도 두 개의 푸르딩딩한 손가락이 남은 팔목 위에 놓여 있었습니다. 기가 막히게 나는 살아나버렸고, 절망했습니다. 차라리 죽음이 낫지, 이제 한쪽 팔이 거의 없는 채 살아야 한다고 생각하니, 죽지 않고 살아난 것이 저주 같았습니다.

제주에서는 수술도 곤란하여 서울로 가서 6개월 정도 입원해 있으면서 몇 차례 이식수술을 마치고 집으로 왔습니다. 하지만 한 근은 떼어낸 허벅지와 이식한 팔의 통증보다, 완전한 대인기피증이 더 힘들었습니다. 2년 정도 외출을 할 수가 없었습니다. 병원 갈 때를 제외하고는 외출도 하지 않았으며, 옷은 늘 주머니가 있는 옷 만 입었고, 아무리 더운 여름이라도 왼손을 주머니에서 빼내지를 못했습니다. 신경정신과 약으로 어떻게든 버티고 있었지만, 수면제 를 먹어도 채 3시간을 못 자는 불면의 밤이 몇 개월씩 이어지는 건 보통이었습니다. 나는 떠나려 했지만 강력한 어떤 힘이 나를 다시 삶으로 데려다 놓았습니다. 하지만 전 대형마트도 못 들어갈 만큼 위축되어 있었습니다. 내가 들어가기엔 그런 곳이 너무나 거 대해 보였습니다.

나는 그렇다 치고, 제 어머니의 심정은 오죽했을까요? 남겨졌다 고 느껴지는 게 아니라, 버려졌다고 생각했을 것입니다. 내가 입원 해 있는 동안 심장병으로 평생 약을 드셔야 하는 어머니는 잠을 못 잔다고 병원 갈 때마다 수면제를 모아놓았더군요. 그런 어머니 에게 한없이 분노를 퍼부었던 잔인한 딸. 어머니는 내가 다치고 3 년 만에 세상을 떠나고 말았습니다. 어머니 나름대로 정리할 삶도 있었을 텐데, 그렇게 급작스럽게 떠나버리다니요. 어머니 탓도 아 닌데, 난 어머니를 고양이가 쥐를 몰듯 잔인한 말로 폭력을 휘둘렀 습니다. 그 시기의 내가 사라졌으면 좋겠습니다. 책임을 묻거나 원 망한다 해도 이게 다 무슨 필요가 있을까요? 그저 내가 스스로 무 너져내리며 세상을 정리하고 싶었을 뿐인데요.

무엇 때문인가 죽고 싶은 사람은 제발 죽음에서 삶을 보고, 열려 있는 문을 찾으세요. 이제껏 살아온 제 보잘것없는 인생에도 돌아보니 분명 한두 개의 행운의 문이 열려 있었습니다. 당시 자각을 못 한 것뿐이죠.

가까운 사람이 죽으면 누군가는 장례식에 오지요. 하지만 주변의 가족, 친구, 지인들은 그들 나름대로 육체적, 정신적으로 너무 힘들어집니다. 그리고 정신적 에너지가 너무 소진된 나머지 몸이 아픕니다. 저는 지금도 매일 어머니를 생각합니다. 처음 1년은 매일같이 가슴 깊은 곳으로 뜨거운 용광로 같은 액체가 솟구쳐 올랐다가 내려가는 고통을 겪었습니다. 모든 것이 내 탓이라는 죄책감을 버리지 못했고, 다시 어머니를 따라갈까 하는 부정적인 기운이 내 몸을 휘감아 올라오곤 했습니다. 또다시 그날처럼 손이 떨리고, 춥고, 땀이 주룩주룩 흘러내렸습니다. 너무 무서웠습니다.

이런 나를 보는 남편과 아들은 어땠을까요? 같이 울 수는 없어도 침묵으로 나를 위로해주었습니다. 뭐라도 한마디가 나오면 내가 눈물을 바가지로 쏟아낼 걸 알기 때문에요. 정말 무섭고 힘든 결정으로 진짜 죽음의 길로 내몰리게 되면, 누군가 가장 친한 가족이나 친구, 누구라도 나의 말을 믿어줄 사람을 선택해서 사실대로 이야기하세요. "내가 꼭 그 일을 저지를 것 같아. 그러니 나를 좀 잡아줘"라고.

당신이 선택한 사람은 그 말을 듣고 당신을 도우려고, 당신을 구하려고 분명히 애를 쓸 것입니다. 그러니 꼭 주변의 도움을 받으세요. 저처럼 자살에 실패하면 가족 모두가 괴롭고 불행해집니다. 남편이 한 손으로 살아야 할 나를 위해 머리도 감겨주고 드라이어로 머리도 말려주곤 하지만, 요즘 세상은 너무나 바쁘게 돌아가잖아요. 그러니 자기 자신의 육체를 절대로 흠집 내지 마세요. 살아야 할 이유가 정말 많습니다.

자살한 사람은 살기가 죽기보다 어려워서 그 무거운 선택을 합니다. 자살 기도를 했다는 사람도 자살한 거나 마찬가지입니다. 어쩌다 살아나서 몸과 정신이 다친다면, 나와 주변 모두가 힘들어집니다. 나처럼 손이 다치거나 뛰어내려서 살았는데 뇌를 다쳐 가족도 몰라본다면, 일산화탄소 중독으로 뇌에 영향을 미쳐 이전의 삶만큼도 못하게 된다면, 어떡하시겠습니까? 그러니 부디 마음을 세상에 단단히 심어놓고 살아갈 문을 눈으로 찾아보세요. 반드시 주변에 행운의 여신이 당신을 기다리며 빙그레 미소 짓고 있을 거예요.

한없이 추락하는 것도, 한없이 비상하는 것도 없는 것이
우리의 인생입니다.
살다보면 살아진다는 말, 맞는 말입니다.
부디 살아내서, 이후에 남아 있는 행복 놓치지 마시기를
간곡하게 말씀드리고 싶습니다.
저는 지금 조금씩 행복합니다.